人民共和國文化與文學叢書

七　編

李　怡　主編

第 **11** 冊

高行健文學藝術年譜
（1940～2017）（第二冊）

莊　園　著

花木蘭文化事業有限公司

國家圖書館出版品預行編目資料

高行健文學藝術年譜（1940～2017）（第二冊）／莊園 著一
初版 — 新北市：花木蘭文化事業有限公司，2019〔民108〕
目 2+206 面；19×26 公分
（人民共和國文化與文學叢書 七編；第11冊）
ISBN 978-986-485-783-8（精裝）
1. 高行健 2. 學術思想 3. 年譜
820.8   108011460

特邀編委（以姓氏筆畫為序）：

吳義勤 孟繁華 張 檸
張志忠 張清華 陳思和
陳曉明 程光煒 劉福春
（臺灣）宋如珊
（日本）岩佐昌暐
（新西蘭）王一燕
（澳大利亞）鄭 怡

ISBN-978-986-485-783-8

9 789864 857838

人民共和國文化與文學叢書
七 編 第十一冊   ISBN：978-986-485-783-8

高行健文學藝術年譜（1940～2017）（第二冊）

作　者　莊　園
主　編　李　怡
企　劃　四川大學中國詩歌研究院
總編輯　杜潔祥
副總編輯　楊嘉樂
編　輯　許郁翎、王筑、張雅淋　美術編輯　陳逸婷
印　刷　普羅文化出版廣告事業
出　版　花木蘭文化事業有限公司
發行人　高小娟
聯絡地址　235 新北市中和區中安街七二號十三樓
　　　　　電話：02-2923-1455／傳眞：02-2923-1452
網　址　http://www.huamulan.tw 信箱 hml810518@gmail.com
初　版　2019 年 9 月
全書字數　711727 字
定　價　七編13冊（精裝）台幣25,000 元

高行健文學藝術年譜
（1940～2017）（第二冊）

莊園　著

目

次

1987 年　47 歲

1 月 18 日，**劉曉波文章《十年話劇觀照》發表在《戲劇報》1987 年第 1 期。**〔註 788〕

劉曉波文中說：

《車站》在形式上借鑒了西方現代戲劇，採用了《等待多戈》的手法與構思。前面表現一群乘客等公共汽車，一直等了十年二十年，頭髮都等白了，汽車還沒來，可是他們還在等。最後忽然出來個戴眼鏡的知識分子模樣的人，就他不等了，自己走去尋找，這與前面的荒誕性根本是兩碼事，與整個基調是分裂的。荒誕派戲劇怎麼能表現這種觀念呢？本來荒誕派和意識流等，是與西方人的心理相對應的，是在他們的生活、文化、心理中自然而然地生長起來的，中國沒有這種土壤，偏要用這種形式來表現，只能在很大程度上造成分裂感。〔註 789〕

我看過高行健的幾個戲，給我的印象基本上是靠外在的東西支撐，內在的東西非常蒼白。我還是要說：中國現代的藝術形式，只能靠具有現代意識的中國人在自己的土壤上生長出來。借鑒外來的東西，不能只借鑒手法，根本的是要建立現代意識、現代感受，而中國大多數所謂創新戲劇只是借鑒外國戲劇的手段。〔註 790〕

我們的戲劇太缺乏來自深層體驗的東西，而自覺的強化意識太多了。我在看戲時經常有這種情況：這裡就是編導最得意的地方，可是我一看就想笑。編導的自覺強化意識太多了，太畢露了。

中國現在的主要的時代精神是與封建傳統對話，如何在這種情況下找到一種符合我們中國文化傳統與心理特點的藝術形式。所以我以為，藝術的衝擊，不單在形式上，主要表現在觀念的衝擊上。我們的話劇缺少那種來自編導本人深刻體驗的，流淌在血液中的，出自人的本體的感受。偉大的藝術，只能感受，沒法言傳。如果戲劇家缺乏來自人的本體的深層體驗，在他的作品中很難有只屬於他自己的東西，就不會有他的發現的、只屬於他的獨特的

〔註 788〕劉曉波《十年話劇觀照》，《戲劇報》1987 年第 1 期第 9～11 頁，文末標注：本文係作者在本刊召開的青年戲劇工作者座談會上的發言摘要，中國戲劇出版社 1987 年 1 月 18 日出版。

〔註 789〕《戲劇報》1987 年第 1 期第 10 頁。

〔註 790〕《戲劇報》1987 年第 1 期第 10 頁。

審美細節。話劇現代已經出現一種花裏胡哨的形式加上非常蒼白的觀念的新模式了。《絕對信號》用那麼花哨的形式去表現人的那麼高尚的純真，這是幹嘛呀！你再看當作家賦予作品中的正面人物以道德的時候，肯定都是傳統的道德。

我們的劇作家、導演不敢正視人的本體、人的潛意識、人的欲望。無論是搞戲，搞文學，搞評論，所有的深度都在你自己。你的作品有多少深度，就看你這個人有多少深度。要是不行，你不必怨天尤人，怨你自己。你敢於正視你自己，你就敢於正視世界。中國知識分子的惰性比大眾還多，這是一種自覺的奴性，總得有一種外在的尺度、永恆的尺度在知識分子的頭上。〔註 791〕

1 月，在北京寫作《就〈野人〉答英國友人》。〔註 792〕

他寫道：

西方戲劇被引入中國才只有八十多年的歷史。這之前，中國有自己的戲劇傳統，為區別兩者起見，被引入中國的西方戲劇樣式的中國人譯為話劇。因此，通常被認為是一種語言的藝術。而中國的傳統戲劇被介紹到西方的時候，又被譯成了歌劇。其實這種戲劇講究的不只是唱、念、做、打各種表演的工夫。這顯然是兩種在藝術觀念和表現方法上都有極大差異的戲劇，在中國彼此也還不溝通。我在《野人》中所作的努力則企圖將兩者結合起來，尋找一種新的戲劇樣式。〔註 793〕

《野人》一劇的創作追溯的正是中國戲劇的源流，而不只是其後已高度程式化了並且被封建倫理徹底改造過了的京劇和這類近代的劇種。我認為不斷受到質疑遇到危機的現代戲劇的生命力就包含在這門藝術的源起之中。〔註 794〕

戲劇是一門自由的藝術。戲劇史上各派戲劇家們的規定其實是他們對自己的規定。如果我們認識到演員的表演是無所不能的話，舞臺上就沒有不可以表現的，而表演的藝術並不只訴諸語言。我們訴諸語言的時候，也還不排

〔註 791〕《戲劇報》1987 年第 1 期第 11 頁。
〔註 792〕高行健《就〈野人〉答英國友人》文末標注：1987 元月於北京，高行健著《對一種現代戲劇的追求》第 143 頁。
〔註 793〕高行健著《對一種現代戲劇的追求》第 140 頁。
〔註 794〕高行健著《對一種現代戲劇的追求》第 141 頁。

斥這種自由，因爲語言和表演的潛力都遠沒有窮盡。又如果我們認識到戲劇歸根到底是在一個光光的舞臺上表演，人們就能從附加在戲劇身上的眾多的條件造成的困惑中解脫出來。再如果我們充分意識到戲劇的表演是建立在像遊戲一樣虛構的前提下，而且是在觀眾的想像力的參與下完成的，那麼無論劇作法還是導演的藝術都可以效力於一種十分自由的戲劇。

中國的傳統文化不僅是以儒家爲代表的古代理性主義文化（這是正統文化，建立在中國古代黃河流域的所謂中原文化的基礎上），還有長江流域的古代文化，道家是這種文化在哲學上的一種表現。〔註795〕

民族的文化可以是一種背景，而不應說成爲一種界限。我認爲東西方戲劇是可以溝通的，這種溝通給我的戲劇創作帶來的刺激，對我來說，就已經是一種報償。〔註796〕

2月9～11日，與詩人馬壽鵬就高行健戲劇創作做了兩次徹夜長談，後整理成《京華夜談》。〔註797〕

2月15日，《文學需要互相交流，互相豐富》刊發在《外國文學評論》1987年第1期（創刊號）。〔註798〕

2月18日，董子竹文章《該是作高層次回歸的時候了——話劇十年斷想》和譚霈生的文章《話劇十年——「人學」的深化與困頓》發表在《戲劇報》月刊1987年第2期。李雲龍在「高行健作品研討會」上的發言《戲劇隨想》一文分爲三次刊登在《戲劇報》1987年第2期、第3期和第4期上。

董文指出：《野人》在哲學上所達到的層次是不低的。作者的雄心極大，他不僅想反映一個歷史時代的社會心理真實，甚至想一下子攬括數萬年人性發展的艱苦歷程。全劇每一個人物的設置幾乎都是富有哲學深意的一個象徵。老巫師、山村姑娘、媒婆、科學工作者、當代的國家幹部、科學工作者的妻子……作者把歷時態的人性變異化爲具象人物，然後再把他們放在一個虛擬的共時態的環境中，希望超越歷史，尋找出人性中某種普遍的內涵。《野

〔註795〕高行健著《對一種現代戲劇的追求》第141～142頁。
〔註796〕高行健著《對一種現代戲劇的追求》第143頁。
〔註797〕《京華夜談》一文第一段標注：1987年2月，高行健和馬壽鵬（詩人，現在法國研究戲劇）就高行健的戲劇創作兩次徹夜長談，從9日晚10時談到次日凌晨3時，又從當天晚上9時談到11日凌晨3時。現根據錄音整理如下。記錄稿經他本人看過。高行健著《對一種現代戲劇的追求》第152頁。
〔註798〕《外國文學評論》1987年第1期（創刊號）。

人》看來並未完全達到劇作者預想的目的，但他對「人性」的高層次復歸，即馬克思所說的自然主義＝人本主義＝共產主義的前途的展望，無疑是充滿積極意義的。如果沒有新的戲劇觀念的出現，戲劇藝術根本無法設想問津如此重大的主題。〔註799〕

譚文認爲：《絕對信號》把三個青年人（黑子、小號、蜜蜂）聚集在一列貨車的守車車廂，在具有很大程度假定性和自由性的時空環境中，試圖向人物的深層心理世界開掘。全劇的外部情節包容著兩條線索：黑子接受車匪的一筆錢，被迫同他一起乘車準備作案，最後終於醒悟；黑子、小號、蜜蜂之間的愛情、友誼關係及其發展過程。如果劇作家把這兩條線索交織在一起，在複雜的關係中或許也可以編製成曲折、緊張的情節。然而，劇作家並沒有把情節的實體局限在這些事件和關係的表面進程，而是以人物心理的發展邏輯作爲情節的重心。意識與潛意識交融，人物的現實關係與回憶，想像交錯，客觀再現方式與主觀表現方法交替，構成了一幅幅心理圖像。劇本中大量的「內心獨白」，曾經引起劇作家們的重視。在戲劇中運用「內心獨白」，當它超越出敘事的性質而成爲人物心理流程的外觀形式時，才有眞正的戲劇價值。《絕對信號》中對「內心獨白」的運用，恰恰是出於表現人物心理流程的必然要求，因而它是和諧的、有效的。最明顯的例證是蜜蜂姑娘的「六分鐘獨白」，它準確表現了人物意識和潛意識交融的心理流程和層次，顯示出一定的藝術表現力。這部劇作也存在嚴重的弱點，至始至終貫串的道德批判的線索（由車長和黑子的轉變所承擔的），削弱和損傷了對人物心理深層的透視和開掘。〔註800〕

《車站》可以看作是對人物「抽象化」進行探索的代表性作品。這齣戲演出之後，有些同志根據某些政治規範認爲它的傾向是消極的。這實爲誤解。平心而論便不難看出，劇作家是以極大的政治熱情否定當代人普遍存在的盲目性和惰性，宣揚進取的精神和行動的價值，它的傾向性是積極的。儘管如此，我卻認爲，劇作家從《絕對信號》到《車站》雖然表現了不斷探索的精神，但兩相比較，後者卻未必是審美意識的眞正「革新」。劇作家從現實社會洞察到兩種對立的生活原則，發現在很多人普遍存在的盲目性和惰性的處事

〔註799〕《戲劇報》月刊1987年第2期第18頁，中國戲劇文學出版社1987年2月18日出版。
〔註800〕《戲劇報》月刊1987年第2期第22頁。

態度，並進一步把眾多的身份不同人物請出場來，讓他們充當「號筒」；同時，又讓「沉默的人」充當與此對立的另一種處世態度的代表。實際上，劇中所有人物都成為劇作家所表現的兩種對立的生活原則的「形象圖解」。有人把這部劇作與《等待戈多》相比較，發現兩者都包含著：無望的等待這一抽象主題。這似乎是有道理的。儘管劇作家本人把自己的作品稱為一個「多聲部的戲劇實驗」，但是，多聲部的對話卻只是在同一層次上表達了同一抽象的主題。儘管全劇確實有「情緒的起伏」，但由始至終也沒有超越一個「主旋律」的反覆演繹。如果說，在全劇的大部分篇幅中，人物只是同一抽象主題的形象圖解，那麼，在結尾處，它們又變成了劇作家向觀眾直接說教的工具。荒誕派劇作《等待多戈》原名就是《等待》，它正像其他荒誕派劇作一樣，「只提供見證，不進行說教」（尤奈斯庫）。劇中那些失去個性的人物，只是人的「非人化」的感性體現，在他們那種「無望的等待」的狀態中，表現出人類在荒誕的世界中的尷尬處境。《車站》的作者與貝克特有不同的社會觀念，他並不把我們生活的世界看成荒誕的，也並不是把劇中人物「無望的等待」看做是人類的普遍處境，而是把山場人物看作是應該否定的生活態度的代表，甚至把它們當成說教的工具。正因為如此，這些人物也就必然失去具有「純形象的深層」抽象的可能性，它們所傳達的只是淺層次的觀念。〔註801〕

李雲龍指出：

高行健的戲劇理想是明確的。但依我的意見一個文學遠方最好朦朧一些。〔註802〕一個作家，醞釀作品之初就把自己扔掉而去尋找為各方所容的焦點，這本身就不再是藝術創作。〔註803〕

高行健的戲劇觀，大致可以歸納為下述幾句話：

戲劇需要揀回它近一個多世紀喪失了的許多藝術手段。

戲劇原本誕生於原始宗教儀式，這個源泉具備了現代戲劇種種形式的萌芽和一切內在的衝動。

戲劇不是文學。

戲劇是表演藝術。

戲劇是過程、變化、對比、發現、驚奇。

〔註801〕《戲劇報》1987年第2期第22頁。
〔註802〕李雲龍《戲劇隨想》，許國榮編《高行健戲劇研究》第200頁。
〔註803〕李雲龍《戲劇隨想》，許國榮編《高行健戲劇研究》第203～204頁。

戲劇是在劇場……再現藝術家虛構的並由觀眾的想像加以完成的一個非現實的世界。

戲劇從根本上說建立在某種假定性之上，這導致了對戲劇的另一種認識：戲劇是遊戲。

沒有比面具更能表現戲劇這門藝術的本質的了。

反對戲劇文學化並不意味著摒棄語言。

現代的戲劇是導演的時代……

有如此明晰的戲劇理想，這在當代劇作家中不多見。高行健始終在固執地實踐著自己的理想。這種理想當然也包容著從古人洋人那裡繼承來的成分。

高行健戲劇觀最核心的部分，決定了他作品的基本成敗得失。

問題在於：他對手段與形式的關注，給中國戲劇舞臺送來了一股清新的風，同時也給他的觀眾送來了困惑與不滿足。

問題還在於：高行健的戲劇仍然是建立在他自己的戲劇文學的基礎之上的。那個非現實的世界，首先是由他虛構的，然後才走進劇場「由觀眾的想像力加以完成」。〔註804〕

劇作家與小說家的共同之處在於，他的劇本對劇作家自身來說，已經是一個世界；二者的不同之處在於，劇作家的「這一世界」，提供了一種基礎，一種揉進酵母的材料。劇作與演員、燈光、效果、置景相融合，在導演的手中創造出又一個世界。〔註805〕

《野人》寫了什麼？《野人》寫了一個作家的煩躁憂鬱情緒；寫了大自然中——森林、丹頂鶴、未出嫁的麼妹子、野人、保有童真的孩子細毛等等——這所有帶有處女色彩的東西被毀壞的過程，以及它們所引起的作家的痛苦與憂鬱；寫了作家希圖使人與大自然互相理解和交流的夢想；寫了那些被毀壞的東西重新復歸它們古樸的天然完整形態的願望。

不妨把《野人》放到「近十年中國戲劇文學的發展」這個大參照系中來考察。十年戲劇，大致可以分為三個階段：第一階段是社會問題劇。隨著哲學界對馬克思《1844年經濟學－哲學》手稿的討論，人的異化與人性的復歸的議題，引起了作家們的注意。馬克思在《巴黎手稿》中闡述的那個思想——一個社會的解放程度是以人的社會閑暇時間的長短為衡量尺度的——引起了作家的深

〔註804〕李雲龍《戲劇隨想》，許國榮編《高行健戲劇研究》第204～205頁。
〔註805〕李雲龍《戲劇隨想》，許國榮編《高行健戲劇研究》第206頁。

思。從理論上說，思想自由的文學家的自由支配時間是生活的百分之百，而那種把頭腦交給別人，違心地去圖解各種意念的作家則是最不幸的人，他們的社會閑暇時間是零。作家不再是工具，他們開始著眼於對人的研究，去寫人的情感，寫人性的內涵與遭遇。《巴黎手稿》之後怎麼辦？與各種文學追求相併存，文壇出現了兩股引人注目的流向：一是「文學尋根」熱的崛起，二是一批勤於思索的作家試圖寫一些人類自身無法解決的問題。〔註806〕

　　《野人》既接觸了文化史、自然史；也接觸了人類自身無法解決的問題。《野人》的追求是宏大的。但《野人》是話劇，《野人》儘管可以把舞臺的時空打碎、無限擴張；儘管可以希圖去寫一條河流，寫「河姆渡文化」至今這七千年的歷史，但劇場留給《野人》的演出時間畢竟不到3小時。戲劇的概念即使再寬泛、也仍有它的局限性，有它的內在規律。除了形式之外，人們對《野人》談論得最多的是主題。而《野人》最不好談論的恰恰是主題。所謂多重主題，每個主題是否都可以寫得遠比現在深刻？包括人與大自然的關係。〔註807〕

　　高行健有一點優勢：會講法語。

　　如果把這點優勢放到中國當代文學的大潮流中來認識，會發現它的特殊價值。

　　本世紀以來的中國文學曾出現過兩次大潮：一次是五四運動前後，以白話文運動爲先導，以魯迅爲旗幟；一次是1978年以後的中國文學。

　　我曾將兩次大潮的中堅力量進行過比較，大致有四點不同：一、第一次大潮的中堅，如魯迅、矛盾、郭沫若、巴金……大都對中國國學有過精深的研究。一部魯迅的《中國小說史略》從中國小說的淵源、神話，直至晚清的譴責小說，魯迅看了多少書？就國學研究而言，當代作家無法和他們相比。二、他們大都精通一門到數門外語，對外國文學有過很好的研究。這可以以二三十年代茅盾、鄭振鐸編輯的《小說月報》爲證。該報廣泛介紹了世界各國的文學，幾乎沒有哪一個重要作家沒涉獵到。介紹過來的作品拿到今天來看，也都是精品，包括所介紹的繪畫。而所謂新時期的作家，很少有幾個能精通一門外語。外國文學本身就是個茫茫的大千世界，但從主觀客觀諸多因素造成的多少次篩選，當代作家所能見到的已十分可憐。三、依天時而論，第一次大潮趕上了中國幾千年封建制度的總崩潰，應該出大作家；當代作家

〔註806〕李雲龍《戲劇隨想》，許國榮編《高行健戲劇研究》第207～208頁。
〔註807〕李雲龍《戲劇隨想》，許國榮編《高行健戲劇研究》第209～210頁。

則經歷過文化大革命，天時也不錯。四、就思索的深度而言，與第一次大潮相比，當代作家不必自卑。

　　高行健的優勢是令人羨慕的。

　　但任何優勢往往也是一種限定。〔註 808〕

　　高行健戲劇追求的著眼點是看得清楚的。

　　高行健當然是有意為之。

　　高行健也許是當代劇作家中最聰明的作家。也許。〔註 809〕

　　2 月 20 日，《人民文學》第一、二期合刊刊發葉君健與高行健的對話錄《現代派・走向世界》。

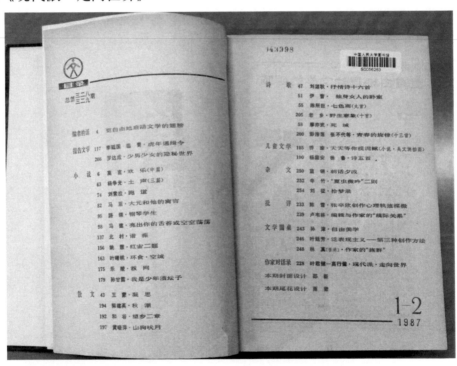

　　全文摘錄如下：〔註 810〕

〔註 808〕李雲龍《戲劇隨想》，許國榮編《高行健戲劇研究》第 210～211 頁。

〔註 809〕李雲龍《戲劇隨想》，許國榮編《高行健戲劇研究》第 211 頁。

〔註 810〕《人民文學》1987 年第一、二期合刊第 228～232 頁，是該刊記者根據談話錄音整理的。該文是筆者委託汕大畢業的研究生、現在人民文學出版社工作的黃彥博到北京圖書館查閱的。2018 年 1 月 1 日中午，黃彥博將該文拍照用微信形式發送給筆者。2018 年 1 月 2 日，該文由《華文文學》實習生、汕大在讀的中文系本科生陳曉乳整理成 word 文檔。特此感謝黃彥博和陳曉乳。

作家對話錄

葉君健──高行健

現代派‧走向世界

編者按　爲適應文學發展形勢的需要，本刊從本期起將加強理論批評版面，開闢「作家對話錄」專欄，特邀文學界知名人士，就各種文學專題進行對話或座談。

首次文學對話，由本刊副主編崔道怡主持，在葉君健和高行健間進行。他們關於現代派和我國文學如何走向世界的議論，想能喚起讀者特別是文學愛好者的興趣。

崔：葉老是我國早在三十年代就已取得世界影響的老作家，行健同志這幾年也已走向了世界。兩位對世界文學現狀多所瞭解，請向我國讀者介紹和評議一番。

葉：行健先談吧，你現在接觸得多。

高：我也只是對法國文學瞭解多點。現在我們把窗子打開了，介紹了西方現代文學的一些小說技巧，稱它爲現代派。這個說法其實不很確切。所謂現代派，是指上世紀末至本世紀初的一些文學流派，到三十年代就差不多了。然後是「紅色三十年」，第三國際的左傾時代，不少作家轉向左傾，文學的探索階段就間斷了。

葉：左傾時代是從 1929 年世界經濟恐慌開始。那時經濟蕭條，生產過剩，失業者很多。經濟恐慌從紐約華爾街開始，美國海明威、斯坦貝克都是這個時代的人。當時英國，法國有許多高級知識分子、作家，他們都出身望族，書香門第。如英國的奧登、伊修伍德、戴‧路易士、奧威爾、勞倫斯、斯本德……大多數人參加共產黨，受第三國際的影響。因爲經濟恐慌，世界像要毀滅一樣。生產過剩，大規模的失業，爲了維持物價，把產品往大海裏倒，而許多人沒飯吃，因而激起許多知識分子的不滿。他們許多人參加了西班牙內戰，一方面是反法西斯，一方面爲了保衛文明，特別是西方的文明。英國的年輕評論家佛克斯、詩人貝爾、達爾文曾外甥康福德都在戰場犧牲。法國馬爾洛、美國的海明威也到西班牙去參戰，後者回美還募捐支持反法西斯戰爭。我國「九‧一八」事變也是經濟恐慌開始後的兩年，1931 年爆發的。所以，那時是個大時代，直到二次世界大戰前夕，德、蘇簽定了互不侵犯協定，把波蘭分成兩半，許多人退出共產黨，才結束這個時代。這些人大都屬現代

派，政治上起初是左派，這是很特殊的情況。聶魯達也是現代派，所以說，現代派推動了現代文學歷史。

高：我們國內在介紹現代派時，沒有首先介紹到這一點。而且，現代派是本世紀初的一個大流派，它在今天的西方，已經是古典主義了。我們竟誤認為它是當今世界文學的潮流。不過，它曾經是世界文學的潮流。

葉：這個潮流曾經席卷整個世界，東方文學也不例外，日本就受其影響。這些人有極高的修養，素質好，第二次世界大戰結束後，這個進步的潮流仍在發展，如阿拉貢、薩特、艾呂雅、馬爾洛、加繆、布萊希特，拉克斯奈斯、洛爾加，他們都是左派，或是共產黨人，有的得斯大林文學獎，有的得諾貝爾文學獎。

高：葉老是中國作家中唯一參與這個文學潮流的人，在倫敦和巴黎他們編的刊物上發表作品。當時西方現代文學的主流，法國文學的主流，都是進步的。政治上的右翼作家，在文學界並沒有地位。所以，西方現代派文學是應該肯定的。二十世紀文學的大變化，主要應歸功於它。這並不等於說，我們在中國現在的情況下，要原封不動地照搬。因為社會不一樣，時代也不同，它現在也並不是十分新鮮的東西，我們因多年封閉，覺得很新鮮罷了。它也不能代表今天西方現代文學的現狀，它只是今天西方文學的先驅，在審美上，藝術上，藝術觀念上，對十九世紀的文學來說，起了一個很大的變革。這與二十世紀現代科學技術的發展，與兩次世界大戰給人們思想的影響有關係。在人類文化的發展史上，它已取得了應有的地位，並且也已成為本民族文化的教科書。正如我國魯迅、巴金、茅盾的作品，已進入中學的教材一樣。這些大作家現在已經去世，我們現在開始介紹的，是二次世界大戰後的作家，如法國的荒誕派戲劇家，薩特的存在主義文學，德國的伯爾。他們都是在二十世紀西方現代派文學的基礎上發展起來的。現在，這些在戰後起了重大影響的作家也已去世。去年，伯爾去世，前年阿拉貢去世，荒誕派戲劇最年青的一個代表熱奈也去世了。他們也不能代表今天西方現代文學的面貌。這就是當今西方現代文學的信息。我們要讓別人瞭解我們，我們也應該瞭解別人。

葉：中國的「五四」運動，使中國的社會起了很大的變革。反封建，提倡民主，慢慢影響到文學。文學從形式到語言，到內容都起了變化。社會問題也提到了很重要的地位。「五四」運動也是在二十世紀初期。在西方，二十世紀初期的性質與我國不同，但西方文學的變革，也是劃時代的。前

面已經提到，像老一代的人，如紀德、喬伊斯等人，在語言、文字、內容風格方面，都開創了一個新的時代。至於剛才所說的，三十年代、四十年代，法國、英國、美國的作家，如海明威等人，也都是創新派。他們的語言、技巧，所反映的內容，與上一代人也不同，又向前邁進了一步，對世界也有影響。

崔：前些時我們有人評述現代派，有沒有眞正抓住他們的特點呢？

葉：這個問題很難說。剛才我們只是從社會學，從意識形態來進行分析。作為一個文學創新的作家，僅僅這樣是不夠的。因為文學藝術究竟不是社會科學，文學藝術的特點，就是不斷地創新。不過，中國封建時代的創新，是比較慢的，詩詞就經歷了好幾個世紀。在西方，三十年代的作家，對二十世紀初的老一代作家是很推崇的，儘管他們的思想意識不同，但在創新方面，在語言藝術，技巧上，都繼承了他們的優點。當然，繼承不等於模仿。這些人都是現代，也都是藝術大師，他們的作品，有些雖然不太容易看懂，但卻可以使人感覺到美，就好像我們聽帕瓦羅蒂的歌唱，所以它們的生命力強，他們最大的特點就是創新。新的內容，新的風格，像意識流大師吳爾芙在內容和表現手法上都開創了一個新時代，現在國內所談的自我意識等等，事實上，這些他們早實現了。他們的不斷創新是時代特點的表現，正如物質生產的不斷創新一樣。像我家的這架彩電，現在又過時了。最複雜的電腦隔兩三年也換一代，由屋子那麼大變成打字機那樣小。他們的創新，開創了新時代，既有對前人的繼承性，又有發展。

高：評價一個作家，應該是他給人們帶來了什麼新東西，而不是他繼承了前人的什麼東西。

葉：創新應該包括對前人的繼承。沒有對前人的繼承，換句話說，沒有一定的文化素養，創新是不可能的。

崔：我國有的同志對現代派的作品難以接受，你們有什麼觀感？

葉：這是個很複雜的問題。因為各人的素養不同，愛好不同，各人的體會不同。稱它為現代派，是找不到一個合適的名稱，其實並不科學，因為它不是一個派。所謂派，大家都是一樣的，現代派也是百花齊放，只不過有一些共同點。這個共同點就是不斷創新。這個創新，完全符合文學藝術發展的規律，符合社會發展的規律。我們看不慣，是因為它打破了常規。要看慣，得有個過程，正如我們聽交響樂，彈鋼琴一樣。中央樂團有的同志到農村去

彈鋼琴，農民聽了說像撒豆子，這也說明有個習慣和訓練的過程。

高：看懂看不懂不應當是文藝批評的標準，有些好作品，有時不是一下子就能看懂，理解的。

葉：不習慣的東西，得有個習慣過程。我對京劇的欣賞就沒有訓練，但是有些勞動群眾從小經過訓練，就十分欣賞，一些退休的工人在小公園裏又拉又唱，既內行，又高度欣賞，對新生事物應該開明一點，因爲它可能推動社會的前進，如果它眞不行，會自己淘汰，現在淫亂的東西，並不是現代化的作品，倒是通俗作品，因爲現代派的作品不容易看懂，能起什麼腐蝕作用？現代派的第二個特點是這些作家、藝術家的文化素養都很高，如畢加索的畫，他一人就經歷了好幾個時代，如果說學派的話，他的作品就有好幾個學派，他早期是個現實主義大師。再如吳爾芙，她是意識流的傑出代表，但她對西方十八、十九世紀的現實主義作品研究很深，所以才能推陳出新。第三個特點是語言技巧的創新。這是無法翻譯過來的。海明威的《老人與海》，就創造了美國新的文學語言。故事雖枯燥乏味，語言卻很美，充滿了詩情，有風格。所以，沒有高度的文化素養是無法創新的。

高：法國語言的變化也很大，從巴爾扎克式的法語，到普魯斯特式的現代法語，就有巨大變化。

葉：這個變化來自推陳出新，不是從天而降，自己想怎麼寫就怎麼寫。它的語言很嚴謹，但是也不太好懂。現代派的語言十分成熟，它繼承，吸收了古今語言的優點。通常所說的西方朦朧詩，我自己寫不了，但是很欣賞。例如喬伊斯的作品，除了他早期的以外，我也看不懂，但是很欣賞，讀起來得到很大的快感。這個快感從哪裏來？從語言技巧。他的語言創造了許多新詞，如果你對這些詞句仔細體會，可產生許多聯想，讀不懂的詞句，你念一念，它行文的節奏，也可以使你感到某種詩的情調。

高：我們的作家，詩人現在開始注意對語言的研究了。但是還表現出一種不足，即語言的運用非常花。今天西方文學語言的傾向是比較靜，不動聲色。葉老作品的語言就具有這些特色。他描寫中國革命的小說《山村》，在西方很受歡迎。

葉：這涉及到了另外一個問題。假若我們文字寫作的方法不改變，就無法走向世界。當今世界現代語言的特色確是不動聲色，冷靜、平淡、普通、又能充分表達出作者的態度——老實，就是說，寫作時不要去搞什麼花哨，

只要比較客觀地反映自己對現實的感受就行了，也不要有意地去影響讀者，只讓他覺得你在用樸素、平淡的語言去敘述樸素的情節，使他自己得出結論和感受——我想只有這樣，作品才能影響他的感情和靈魂。

崔：當今世界文學的潮流是什麼？你們對中國文學走向世界有什麼見解？

高：我認爲現在世界文學是沒有潮流的時代。戰後有代表性的作家，大都已相繼去世。至於批評家怎麼去概括，那要看以後實踐的檢驗。

葉：現在是世界性的百花齊放。

高：哪條道路通向羅馬，通向世界文學？我看條條道路都通！誰都可以去實踐。羅馬又在哪裏？每個作家的理解不同，每人都有他自己心中的羅馬。我們不應該拒絕瞭解世界文學，要把窗戶打得開開的。健康人不怕吸收新鮮空氣，除非他自己有病，消化不良。我們也不必去追隨誰，按某種格式去進行創作。在充分瞭解別人之後，就該充分瞭解自己，找到自己的藝術表現手段，不斷探索，表現手段是不可能窮盡的。老年托爾斯泰的語言風格。與中年時代托爾斯泰就不同，語言簡潔多了。現在我們已有些創作探索的自由。中國的青年作者起點很高，文學的悟性也很高。但是其中有的作品反映出感傷主義和假浪漫主文的傾向，或者稱它爲現代派吧！這種作品渲染痛苦，渲染個人那點細小的感情，還不能恰如其分地去表現。假浪漫主義的作品反映了種種的不眞實，甚至連自我都不是很清醒的認識。人需要的是眞實，包括人的感情及對世界的眞實感受。

葉：也就是誠實。我們的作品如果拿到外國去，讓人感到不眞實，就難辦了。文學作品一定要提高藝術質量，注意寫作方式和技巧，這點很重要。我們通常說文學有兩性，政治性及藝術性。政治性，主題思想是第一性的。但是，當我們動手寫作時，主題思想一旦確定，藝術表現就應該提到第一性，就要千方百計在文學語言，表現方法上下工夫。因爲文藝作品的主題思想、政治性，要通過藝術來表現，藝術性差，會影響作品的靈魂，讀者也是從欣賞的角度來閱讀，從中得到藝術感受，不是聽政治報告。正如聽意大利歌唱家帕瓦羅蒂的歌曲，歌詞我們也許聽不懂，但因爲他的藝術造詣，高亢的歌喉，表達了歌詞的內容，我們聽起來愉快，也從中得到振奮。過去我們對這方面太忽略了，至今沒有一個評論家談這個問題。現在國外的讀者看中國文學，著眼點是信息，而不是藝術。中國文學要走向世界，眞正代表中國的文

學創作，還要作一番努力。就說長篇小說吧，情節重複多，寫得相當臃腫。一部長篇一寫就是四十萬、五十萬字。托爾斯泰的《戰爭與和平》也只有四冊。國外的出版家約我寫長篇時這樣說：希望書印出來的時候，最好不超過二百二十頁到二百五十頁。只相當中國的十八萬字左右。

崔：有人說，中國文學進入世界，要靠先鋒派作家，你們二位怎麼看？

高：中國剛剛開放，文學創作不像排球訓練，選個好教練，幾天、幾年下來，就上去了。但是，我們這個民族是有文化積累的。從長遠講，有信心。有個美國人說，中國的文學有希望，因爲中國有個知識分子階層。有些國家就沒有。他們的知識分子不呆在國內，到國外賺錢去了。中國就不一樣。中國的文學也總是在不斷翻新。現在門戶打開了，我們對西方文學也有個不斷消化的過程，也在不斷進行反思，但是沒有催化劑。各人的胃口也不同。作家不是明星，應該準備坐冷板凳。

葉：那個美國人看得不錯。中國確實有個知識分子階層，人數雖不多，但在一定的時候就冒出來推動社會的進步。魯迅一代人的那種反思是很深沉的。魯迅先生也曾尋根，尋出了個阿Q，使中國的文化開創了一個新局面。當然，不光一個魯迅，有一批知識分子。中國每到一個危急關頭，就會湧現出一批知識分子，挽救國家的危難，這批知識分子可以說永垂不朽。西安事變前夕，中華民族到了一個危亡階段，出現了「一二九」運動。「四人幫」要把國家搞垮時，出現了「四·五」運動、天安門前的詩。這些詩也起了作用。中國的文學也不例外，有文學素質，有文學才能的人不少，需要一點自由，讓作家們放手去創作。也希望編輯，評論家眼界開闊一些，讓中國知識界有才幹的人冒出來。

葉君健　中國筆會和國際筆會的成員。他自 1978 年起，參與中國世界語運動與國際文學交流活動的聯繫工作。近年來，他應奧斯陸大學、挪威皇家學院、哥本哈根大學，劍橋大學、哈佛大學歐美十幾個大學和文化團體的邀請，曾先後到丹麥、瑞典、挪威、英國、澳大利亞等國進行有關創作、翻譯中國文學和西方文學研究的學術報告。

高行健　前年應聯邦德國文化交流協會、英國倫敦國際戲劇節、法國外交部與文化部世界文化交流中心及歐洲十幾個大學的邀請，曾先後到了聯邦德國、法國、英國、奧地利、丹麥等國家和地區進行講學，並舉辦展覽會、朗誦會、報告會、學術討論會。

2月，林克歡寫作評論《高行健的多聲部與複調戲劇》一稿。〔註811〕

3月1日，在北京寫作《〈車站〉意文譯本序》。〔註812〕

3月29日，在北京寫作《對一種現代戲劇的追求》。〔註813〕

5月，在香港戲劇討論會上發言，題目為《對一種現代戲劇的追求》。〔註814〕

5月，林克歡寫作評論《高行健的多聲部與複調戲劇》二稿。〔註815〕

林克歡寫道：

在為數不多的探索者中，高行健或許可以說是一位先知先覺者。他的多聲部與複調戲劇所引起的廣泛的關注、爭論和興趣，正說明問題的重要性。從《絕對信號》開始，高行健不斷地進行實驗，擯棄了那種非此即彼的一元論的絕對理念，探索各種異乎線式因果關連的敘事模式。在他看來，舞臺不是把世界編織成故事，而是按照現實的形象構成世界；不是敘述一個結局完全包含在起始的人為安排，而是呈現一個有著無數選擇可能性的完整的世界模型。〔註816〕高行健的探索與創新，遠遠超越出純技巧的範圍，超越出個別作家風格化追求的意義，觸發了戲劇觀念、結構、視點、技法等一整套戲劇範式的變革。〔註817〕

林文詳細分析了高行健幾乎所有的戲劇，指出：《野人》是迄今為止高行健所寫的結構最為複雜的一齣戲，也可以說是我國當代話劇創作中結構最為複雜的一齣戲。〔註818〕

6月6日，北京人民藝術劇院總結十年工作得失，邀請專家探討未來的戲劇發展之路。〔註819〕

〔註811〕許國榮編《高行健戲劇研究》第170頁。

〔註812〕高行健《〈車站〉意文譯本序》文末標注：1987年3月1日於北京，高行健著《對一種現代戲劇的追求》第129頁。

〔註813〕高行健《對一種現代戲劇的追求》文末標注：1987年3月29日於北京，高行健著《對一種現代戲劇的追求》第86頁。

〔註814〕高行健《對一種現代戲劇的追求》，收入高行健著《對一種現代戲劇的追求》一書，該書第80頁注釋：本文係1987年5月在香港戲劇研究討論會上的發言提綱。

〔註815〕許國榮編《高行健戲劇研究》第170頁。

〔註816〕許國榮編《高行健戲劇研究》第145～146頁。

〔註817〕許國榮編《高行健戲劇研究》第147頁。

〔註818〕許國榮編《高行健戲劇研究》第164頁。

〔註819〕《對北京人藝發展之路的探討》，《戲劇報》1987年第10期第21頁，中國戲劇文學出版社1987年10月18日出版。

　　中央戲劇學院的院長徐曉鐘說：北京人藝左一腳、右一腳地踩著步子往前走，探索自己的新面貌。其中有以各種形態體現自己的現實主義傳統的演出，這是一隻腳；也有遠離自己傳統的探索劇目，如《野人》等，這是又一隻腳。〔註820〕

　　《文藝報》副主編鍾藝兵說：我贊成《絕對信號》的嘗試，總的來說它是成功的，但像《車站》、《野人》就不能說是成功的。《野人》在審美情趣上比較脫離大多數觀眾。《車站》從藝術手法到思想內容都有一些缺憾。〔註821〕

　　中國作家協會創作研究室副主任顧驤指出：《絕對信號》的探索我是認同的，但像《野人》這樣的戲，是否可以讓給其他劇院去試驗呢？前幾年的《野人》等戲劇新潮，人們逐漸認識到它存在著與民族的審美心理不盡契合，與群眾的欣賞習慣相脫離的不足。但是，它也確實是對話劇舞臺長期以來的單一寫實手法、封閉的舞臺框子的一個猛烈衝擊，豐富了戲劇表現功能，功不可沒。從這點意義上說，沒有前一階段實驗性戲劇的探索，就不能有《狗兒爺涅槃》這一類戲的產生。〔註822〕

　　《戲劇報》副主編王育生說：如果沒有林兆華重排《絕對信號》，開始在導演藝術上的另一方面的大膽探索，能有今天的《狗兒爺涅槃》出現，那才怪了。我覺得即使是像北京人藝這樣有深厚傳統的劇院，也要接受現代文藝的某些滋養。像北京人藝這樣的高水平的國家級的劇院，請一些外國導演來排戲，選擇上演一些外國劇目都是可行的。〔註823〕

　　社會科學院文學研究所副所長何西來認為，最近一年來，人藝在藝術上至少可以歸納出兩個主要的探索方向。一個是排演了一些現代味比較濃的，基本上屬於現代派藝術的作品；另一個方向是帶有傳統性的，人藝長期以來形成的自己風格的一些戲。但正如王育生所講的，如果沒有諸如《絕對信號》《車站》《野人》這些戲的探索，就沒有《狗兒爺涅槃》。因此，不一定把人藝的發展限於一點，也不一定是兩點，可以是多點。在創作上，王蒙提倡作家要「多幾副筆墨」。他的美學思想當中很重要的一條叫做「雜色」。一個作家尚且如此，何況我們的劇院，不是一個人，而是一個大的藝術團體。它擁

〔註820〕《戲劇報》月刊1987年第10期第21頁。
〔註821〕《戲劇報》月刊1987年第10期第22頁。
〔註822〕《戲劇報》月刊1987年第10期第23頁。
〔註823〕《戲劇報》月刊1987年第10期第23頁。

有眾多的具有不同藝術個性和藝術素養的一流藝術家，它的演出風格怎麼可能是單一的呢？它不應是一條淺淺的山溪，一眼到底，而是一條眾流交匯的大江大河。〔註824〕

外國文學所副研究員童道明也說：現在我們對《狗兒爺涅槃》給予了高度評價。但無論是對編劇錦雲或是對導演林兆華，《狗兒爺涅槃》都不是一蹴而就的神來之筆，沒有《絕對信號》《野人》《紅白喜事》的創新實踐。林兆華能導得出《狗兒爺涅槃》來嗎？〔註825〕

6月21日，在北京完成劇作《聲聲慢變奏》，該劇是取李清照詞意，為舞蹈家江青女士作。〔註826〕

江青後來回憶：

八十年代末期在我們合作《冥城──莊子試妻新釋》（副題是高行健為香港舞團演出需要而加上）期間，我又產生了個給自己編獨舞劇場的構思。和高行健較熟了之後，他也習慣於我跳躍性的思維和談話，我也清楚地知道以他的智聰、能量和藝術敏感，絕對可以一心兩用甚至四用、八用。因此，我將現代生活中個人及普遍的人都感到的彷徨、孤獨、無奈和失落感，以及李清照《聲聲慢》詞中的疊音點點滴滴，淒淒慘慘戚戚，給我表達這個題材在意象和節奏上的啟發等等和他詳談。適逢當時紐約古庚漢博物館正向我約請給「作品與過程」這項節目作一個個人演出。我尚未有成型的框架，只感到純動作性舞蹈有其表達上的局限，我希望能作一個全新的嘗試，現代舞臺藝術的發展已不需要拘泥在單一規範化的形式中。我希望這個創作可以從編舞到演員的兩個角度，都能對我自己是一種新的挑戰和衝擊。高行健也是位在創作途徑上永遠求變、創新、不炒冷飯、不耐寂寞、永遠躍躍欲試之人，他也希望能嘗試跨類別，打破固定的格式，尋求新「語言」新形式的作品。

在談了數週之後，我驚喜地收到他寄來的《聲聲慢變奏》手稿，結果比《冥城》初稿的完成還早了一些。

他寄來之後，我在創作過程中又感到無法完全按照他的章節把每句話、每個字全都按序念出來。有機會在瑞典和他提出討論時，他馬上告訴我：這

〔註824〕《戲劇報》月刊1987年第10期第23～24頁。
〔註825〕《戲劇報》月刊1987年第10期第24頁。
〔註826〕《高行健戲劇集5 冥城》第105～117頁，臺北聯合文學出版社有限公司2001年10月初版。

是爲你舞蹈寫的，你覺得在編舞時前後需要調動或只取其中一些段落都可以，甚至有些部分你不念出來，只當潛臺詞或提示用，都符合這個劇的創作原則。聽後我也就放心了，否則光一字不錯地牢記「一切的一，一的一切，的一切的一，的一的一切的一切……」以及後來無數的在「一切的」這三個字上反覆做的文章或者說文字音韻遊戲，就會把我難倒。至今我仍記得爲尊重原著，躺在床上眼瞪著天花板，默背念串串「一切的」又記不得是錯還是對的「痛苦」。

變奏中的最後一段念白必須錄音後加上效果才能完成，錄音前他幫我練了幾次，到底是他自己寫的文字，而他又熟悉表演，對節奏和語氣的要求都抓得極準確。後來他告訴我，在他寫某一類型的文字時，也經常一個人對麥克風先說，反覆不斷的把句子說舒服了，達到自己想要的那種感覺時就錄下來，然後再根據錄音寫出來。〔註827〕

6月26日，爲《對一種現代戲劇的追求》一書寫序。〔註828〕

該序表白自己是創作者不是理論家，所寫的理論爲了自己的創作作說明，看重實踐的品格。文章說：我不是理論家，創作對我來說，較之論述要有趣的多。我有時也發表一些意見，也都只是爲了我自己的創作開路。我曾經寫過一些被認爲不像或者不是小說的小說，很難得以發表。偶而採用一篇，還往往被改得面目全非。我便生出念頭，寫了那本《現代小說技巧初探》，無非說明小說可以有多種多樣的寫法。同時，爲了給我那些被認爲不像戲或不是戲的戲開道，於是也就著手寫一本《現代戲劇手段初探》，在《隨筆》上連載。後來，因爲一個偶然的緣故，便擱置下來。一些關心戲劇的朋友們總問起我這本書何時能寫完。但一經擱置，我也沒有興趣再按原來的格局將它完成。這種毛病也就注定了我成不了理論家。〔註829〕

他在1981～1988年共發表了9個劇本，認爲《京華夜談》更充分地表達了自己的創作談。「自1981年以來，我發表了大小9個劇本，在國內上演了其中的三個。國內國外，我又參加了不少討論戲劇的會議，也還有不少朋友

〔註827〕江青《與高行健共「舞」》，劉再復編、李澤厚、林崗、杜特萊等著《讀高行健》第188～190頁。
〔註828〕該文文末標注：1987年6月26日於北京，高行健著《對一種現代戲劇的追求》第152頁。
〔註829〕高行健著《對一種現代戲劇的追求》自序第1～2頁。

索稿，總要我對我自己的戲劇創作做點說明。在做這些說明的時候，我倒也愉快。因爲，談自己的創作比論述別人來得方便，想說什麼就說什麼，想怎麼說就怎麼說，不想說的又盡可能不說。但這種說明的時候，畢竟有時間、版面和場合的限制，總不充分。於是，便有篇末的《京華夜談》。我的一位老朋友要做我的戲劇研究，我便同他爽性一連談了兩個通宵，對我自己的戲劇試驗做了個較爲透徹的說明。」

　　7月26日，在北京完成劇作《冥城》初稿〔註830〕，並寫了《對〈冥城〉演出的說明》。〔註831〕

　　9月14日，許國榮爲他所編的書《高行健戲劇研究》寫編後記──《爲革新者歌》。〔註832〕

　　許國榮一開始把高行健稱爲「逆向而走的人」，〔註833〕之後追溯了高行健在戲劇上的成長歷程，他說：大概沒有一位劇作家的作品有過這樣的殊榮，不僅引來這麼多人的關注，並且有這麼懸殊的評價。〔註834〕1984年他一度陷在極爲困窘的境地裏。但是即使在那樣的境地裏，他依舊有眾多的支持者、知音。導演林兆華是一個，還有老一輩如曹禺、吳祖光、鍾惦棐等都給予過關懷和鼓勵。好在如今境遇已大有好轉，何況他也義無反顧。高行健同志即將赴德國訪問一年，行前我問他這一年裏他準備做些什麼。他笑笑說，除西德外，還可能去法國、瑞典訪問。此外就是寫小說，畫畫。祝他一路順風，也祝他創作豐收。在他行前編好這本集子，那就當作送行紀念吧！〔註835〕

　　10月11日，在北京寫作《遲到了的現代主義與當今中國文學》〔註836〕，該文爲香港舉行的《中國現當代文學與現代主義》學術討論會的發言提綱。

〔註830〕《高行健戲劇集5冥城》第98頁，臺北聯合文學出版社有限公司2001年10月初版。

〔註831〕高行健《〈冥城〉演出的說明與建議》文末標注：1987年7月26日於北京，高行健著《對一種現代戲劇的追求》第151頁。

〔註832〕許國榮編《高行健戲劇研究》第264頁，中國戲劇出版社1989年6月北京第1版第1次印刷。

〔註833〕許國榮編《高行健戲劇研究》第253頁。

〔註834〕許國榮編《高行健戲劇研究》第259頁。

〔註835〕許國榮編《高行健戲劇研究》第263～264頁。

〔註836〕高行健《遲到了的現代主義與當今中國文學》文末標注：1987年10月11日於北京，本文爲香港舉行的《中國現當代文學與現代主義》學術討論會的發言提綱。《文學評論》1988年第3期第76頁，1988年5月15日出版。

　　該文講述四個要點：1、現代主義與現實主義之爭的由來；2、西方現代主義與中國「現代派」；3、也談傳統；4、我們的漢語夠用嗎？

　　10月18日，《戲劇報》月刊1987年第10期發表文章《不能再回到「一統論」去了》（署名康洪興），肯定探索戲劇的貢獻，倡導多樣化的發展之路。〔註837〕

　　10月，《戲劇文學》1987年第10期刊發高鑒文章《從書齋到舞臺——高行健和他的時代》。

　　摘要：本文對高行健的考察側重其藝術活動的時代因素。全文分為三個部分：一，在新時期的戲劇活動中，見出高行健的座標位置，闡明他這樣的劇作者出現在中國戲劇舞臺上的內在歷史邏輯；二、揭示高行健創作實踐和藝術主張之間的矛盾，即主觀意願上的超前因素和創作實踐中的保守因素，並在時代的因素中尋找這一矛盾的深刻根源；三、揭示高行健的戲劇理論和他的戲劇理想之間的矛盾。最後認為存在於高行健身上的矛盾具有代表性。通過對他的研究，可以從一個特定的視角去把握戲劇實驗活動的潮流。〔註838〕

　　10月，《中國戲劇年鑒（1985）》初版，此年鑒有三處地方提及高行健。

　　一是在綜述部分的《1983年話劇創作》一文的最後一段；二是在文摘部分選入了文章《關於話劇〈車站〉的爭論》；三是「1984年戲劇文章選目」中的「戲劇理論」中選了「我的戲劇觀　高行健《戲劇論叢》4輯」。

　　《1983年話劇創作》（作者杜清源）的最後一段這樣寫道：高行健繼《絕對信號》之後，1983年又創作了劇作《車站》和四齣《現代折子戲》：《模仿者》、《躲雨》、《行路難》、《喀巴拉山口》。以多聲部、多層次作為結構方式的《車站》，始以寫實的手法，描寫一群無名無姓的芸芸眾生，在一個辨別不清的車站上互相爭吵，打架，埋怨，描寫他們焦躁不安的心情。繼而用超時空的手段，表現這些芸芸眾生因為各自卑微的願望不能達到，只能為在無望的等待中浪費生命和青春而發出痛苦、甚至絕望的呼喊。對《車站》的主題、實驗目的等也引起評論界的爭論。〔註839〕

〔註837〕《戲劇報》月刊1987年第10期第28～29頁，中國戲劇出版社1987年10月18日出版。

〔註838〕《戲劇文學》1987年第10期第29～37頁，1987年10月出版。

〔註839〕《中國戲劇年鑒》編輯部《中國戲劇年鑒（1985）》第19～20頁，中國戲劇出版社1987年10月第1版第1次印刷。

　　《關於話劇〈車站〉的爭論》（作者曉女）開篇這樣說：「《文藝報》先後
發表了何聞的《話劇〈車站〉觀後》（1984 年第 3 期）、曲六乙的《評話劇〈車
站〉及其批評》（1984 年第 7 期）、溪煙的《評價作品的依據是什麼——曲六
乙同志文章讀後》（1984 年第 8 期）等文章，《戲劇報》1984 年第 3 期上刊登
了唐因、杜高、鄭伯農的《車站三人談》，現將一些爭論的觀點綜合摘要如下」；
接著該文講了三點摘要：對「七個乘客」和「沉默的人」的剖析；《車站》的
主題是什麼？關於哲學、西方藝術思潮影響。〔註 840〕

　　11 月 2 日，在北京寫作一篇談論現代小說的短文，為他自己結集的小
說做總結。〔註 841〕

　　他說：

　　用小說編寫故事作為小說發展史上的一個時代早已結束了。用小說來刻
畫人物或者塑造性格現今也已陳舊。就連對環境的描寫如果不代之以新鮮的
敘述方式同樣令人乏味。如今這個時代，小說這門古老的文學樣式在觀念和
技巧上都不得不革新。變革與時髦並非是一回事，要將兩者區分開來得有耐
心。我求之於自己的則是這份耐心。我不想譁眾取寵宣告一種新小說的誕生，
只是在不斷搜索走自己的路。這裡結集的十多個短篇，多少表明了我的一番
努力。這番努力大致可以歸納如下：

　　我這些小說都無意去講故事，也無所謂情節，沒有通常的小說那樣引人
入勝的趣味。倘也講點趣味的話，倒不如說來自語言本身。我以為小說這門
語言的藝術歸根結底只是語言的實現，而非對現實的摹寫。小說之所以有趣，
因為用語言居然也能喚起讀者真切的感受。

　　我在這些小說中不訴諸人物形象的描述，多用的是一些不同的人稱，提
供讀者一個感受的角度，這角度有時又可以轉換，讓讀者從不同的角度和距
離來觀察與體驗。這較之那種所謂鮮明的性格我認為提供的內涵要豐富得多。

　　我在這些小說中排除了對環境純然客觀的描寫。即使也還有描述之處，
也都出自於某一主觀的敘述角度。因此，這類景物倒不如說是一種現象或內
心情緒對外界的投射，因為照相式的描寫並不符合語言的本性。

〔註 840〕《中國戲劇年鑑》編輯部《中國戲劇年鑑（1985）》第 231～232 頁。
〔註 841〕該文後來作為在臺灣出版的小說集的跋，文末標注：1987 年 11 月 2 日於北
　　　　　京。高行健著《高行健短篇小說集（增訂本）》第 340 頁，臺北聯合文學出版
　　　　　社有限公司 2001 年 8 月初版，2003 年 9 月 15 日初版 9 刷。

於是，這三者便統一在一種語言的流程之中。我以爲小說的藝術正是在語言的這種流程中得以實現。

還應該說明的是，我並不反對在小說中觸及社會現實。但我認爲現實中的政治、倫理、社會、哲學乃至於歷史與文化的種種問題的解決並非小說家所能勝任。這些問題不如留給政論家、道學家、法學家、社會學家、哲學家和文化史家們去專文論述倒更爲透徹，而指望於小說家的則是對人自身的認知。

從蒙昧狀態中才出來不久的現代人要取得對自身更爲清醒的認識恐怕還要做許多努力。而我希望能找到用以認知人自身的一種更爲樸素、更爲確切、更爲充分的語言。我不知道我們現今使用的漢語是否足以表達這種認知。我同時又知道我自己離這種表達尚遠。

11 月 15 日，林克歡的《高行健的多聲部與複調戲劇》刊發在《文學評論》1987 年第 6 期上。〔註 842〕

11 月 21 日，《對一種現代戲劇的追求》刊發在《文藝研究》1987 年第 6 期。〔註 843〕

秋天，中國社科院文學所的許覺民（署名爲潔泯）爲《當代中國作家百人傳》一書寫了《寫在前面》一文。

文章寫道：

《當代中國作家百人傳》中的自傳等文字一律由作家自撰，長短不拘，不涉褒貶，只求作家畫出自己的肖像來。

這本小書，是受國外一些學者的啓發而編輯的。西方近幾年來對中國當代文學的鑒賞和研究漸漸熱心起來了，美國幾乎不斷地邀請中國作家去講學和開座談會，西歐也是。去年 6 月，我應邀去西德參加了一次會，參加的人，除世界各地的華人外，歐美日本人都有。內容是清一色地談論中國當代文學，除了大陸的文學以外，還有臺灣、港澳的文學，也還有新加坡、馬來西亞、菲律賓及海外其他地區的華人文學。與會者對大陸的當代文學極有興趣，對作家自然也頗想做種種瞭解和研究，這是中國當代文學走向世界的一點兆頭。他們建議最好編一本作家小傳，並有作家自撰的文學觀和創作談，再附

〔註 842〕林克歡《高行健的多聲部與複調戲劇》，《文學評論》1987 年第 6 期第 30～39 頁，1987 年 11 月 15 日出版。

〔註 843〕《文藝研究》1987 年第 6 期第 61～63 頁，1987 年 11 月 21 日出版。

上作家的作品目錄，以此作爲外國人對中國當代作家瞭解的一個線索，由這裡再來打開研究中國作家之門。這建議比較切實，也引起了我們的興趣，於是就著手編寫了這本小書，先在國內出版。

本書收有 107 位作家自傳及其資料。諸家咸爲當代馳騁於文壇之俊彥，在國內多有評介，在國外則未必盡爲人曉。類似的書，國內還未見過。對本書的徵稿，作家們是熱心的，大都交稿迅速及時。〔註844〕

杜特萊回憶這一年在北京與文學界人士的會面。

他寫道：我記得 1987 年又一次到中國進行文化之旅時，有機會見到了中國社會科學院的劉再復教授和文學評論家李陀等人。他們一致指出高行健 1981 年出版的小冊子《現代小說技巧初探》的重要性。他們一致認爲我必須見到高行健，他的《車站》給中國當代戲劇點起了一把火。但是在 1987 年要見到高行健談何容易。他剛剛遷居，搬到了北京的一個新區的新大樓裏。那個地方不易辨認。幸虧我在北京邂逅卡特琳娜·韋尼亞爾，她也是高行健的朋友，是她幫助我找到了迷宮的鑰匙。早上九點鐘，我和麗蓮到高行健的寓所拜訪，他的住宅如同《一個人的聖經》所描述的一模一樣，牆上掛滿了水墨畫和他從貴州帶回來的面具。那一天，我幾乎沒有向高行健提問題，他滔滔不絕講了三個多小時。談論對人生哲學，對中國歷史的認識，作家的作用，中國文學的前景等等。幸虧我帶了一架錄音機，沒有錯漏他的任何一句話。〔註845〕

這一年，德國莫哈特藝術研究所邀請高行健赴德從事繪畫創作一年，當局拖延八個月不給護照，理由是他不是中國美協會員，不算職業畫家，後經文化部長王蒙干預，才得以成行。〔註846〕年底，應邀到德國訪問研究，後得到法國文化部邀請，移居法國巴黎。

高行健回憶：1987 年，法國一個戲劇機構邀請我去訪問，但是大陸不發給我護照，當時王蒙剛上任當文化部長，我去找他，王蒙說他去瞭解一下情況，多虧他幫忙，我的護照才發下來。〔註847〕

一直到上了飛機，高行健突然預感到自己不會再回中國了。小說《一個

〔註844〕《當代中國作家百人傳》第 1～2 頁，潔泯主編，求實出版社 1989 年 6 月第 1 版第 1 次印刷。

〔註845〕杜特萊撰、凌瀚譯《我記得……》（代序），劉心武著《瞭解高行健》第 29～30 頁。

〔註846〕繪畫簡歷，亞洲藝術中心出版《高行健》第 102 頁。

〔註847〕高行健《論創作》第 202 頁。

人的聖經》中這樣描述他離開中國的體驗：

這之前，他沒想到他會離開這國家，只是在飛機離開北京機場的跑道，嗡的一聲，震動的機身霎時騰空，才猛然意識到他也許就此，當時意識的正是這也許，就此，再也不會回到舷窗下那土地上來，他出生、長大、受教育、成人、受難而從未想到離開的人稱之為祖國的這片黃土地。而他有祖國嗎？或是這機翼下移動的灰黃的土地和冰封的河流算是他的祖國嗎？這疑問是之後派生出來的，答案隨後逐漸趨於明確。

當時他只想解脫一下，從籠罩住他的陰影裏出國暢快呼吸一下。為了得到出國護照，他等了將近一年，找遍了有關部門。他是這國家的公民，不是罪犯，沒有理由剝奪他出國的權利。當然，這理由也因人而異，要找個理由怎麼都有。〔註848〕

西零在《時光的印記》中提及高行健剛到巴黎時住在里昂火車站附近。她後來與高行健一起故地重遊，文中寫道：

科薩提耶街。街口兩側各有一個咖啡餐館，整條街一共只有二十五個門牌。十八號是一扇深紅色的木門，石頭建築，上面刻有建築師的名字，還有建造年代 1869 年。二樓的窗臺上開滿鮮花，那就是上世紀八十年代末高行健初到巴黎的落腳之處。

高行健回憶起過去的事情，說：「那時我剛剛到巴黎，找到這處房子，有了自己的空間，每日每夜寫《靈山》。窗外，從深夜到凌晨，街上過往車輛的聲音聽得清清楚楚。可是我已經記不清這街景了。那時只是寫作，沒有心思出門走走，更別說享受巴黎。」

以前，高行健是一個不知道享受的人，在時間上特別吝嗇，吃完飯，放下筷子就工作。「簡直像是虐待自己。」我說。

「在大的社會背景下，一些事情似乎無法預料，命中注定，但是，一個人還是可以朝著自己的目標，按照自己的意願，走出自己的路。」高行健說。

當時高行健得到德國一個基金會和法國文化部的邀請，於是，向他工作的北京人民藝術劇院請了一年的創作假，先去了德國。

曾任法國駐華大使的馬騰先生是高行健的老朋友。他親自開車到德國邊

〔註848〕高行健《一個人的聖經》第 23 頁。

境，專程接高行健來法國。高行健本打算在法國寫完長篇小說《靈山》就回北京；沒想到，從此再也沒有回去。〔註849〕

西零在《巴黎藝術展》中寫道：

二十多年前，高行健剛剛來到巴黎，正是當代藝術興盛時期，從美術館到畫廊，觀念藝術、裝置藝術、行為藝術，還有以設計為藝術，大行其道。高行健的作品，顯然不合潮流。他在德國曾經舉辦過畫展，就拿著自己在德國出版的畫冊和兩、三幅畫作，到塞納河左岸去試試運氣。當時那一帶全是畫廊，鼎盛時期有兩百多家。他沿著畫廊街挨家詢問，能不能展出這些畫？沒有人表示興趣。他問到最後一家，回答是可以，但是，要藝術家自己出掛畫費，掛一幅畫五百法郎，十幅畫就是五千法郎。這在當時是一大筆錢，高行健沒有答應。

後來一些年裏，情況大大改變了，高行健對出書、演戲、辦畫展已經習以為常，他的作品在西方已廣為人知，並深受喜愛。然而，他仍然走在自己認定的路上，只是走得更遠了。

原先左岸的那些畫廊，很多都經營不下去，有的改為傢具店，有的改為古董店，更多的變成了服裝店，還有食品店，剩下的畫廊為數不多，不到從前的一小半。

然而，高行健卻始終如一，做自己的藝術，絲毫不受外界的干擾。他說：二、三十年對於一個人來說，似乎很漫長，對於歷史來說，卻太短暫了。作為藝術家，重要的是作品經得起時間的考驗。」

一個藝術家創作的作品二、三十年後，還有人看嗎？一、兩代人以後，還有人收藏嗎？如果更久的時間之後，仍然為人欣賞、保存，那就是傳世了。一個藝術家的作品能不能不朽，時間自會做出回答。〔註850〕

這一年，法國《短篇小說》第 23 期刊載《母親》法文譯本，譯者 Paul Poncet.英國利茲（Litz）戲劇工作室演出《車站》。香港話劇團舉行《彼岸》排演朗誦會。〔註851〕**法國裏爾北方省文化廳舉辦高行健繪畫個展。**〔註852〕

〔註849〕西零著《家在巴黎》第 189～191 頁。
〔註850〕西零著《家在巴黎》第 179～180 頁。
〔註851〕劉再復著《再論高行健》第 218 頁。
〔註852〕繪畫簡歷，亞洲藝術中心出版《高行健》第 103 頁。

1988 年　48 歲

1 月 15 日～11 月 15 日，《京華夜談》一文分為 6 次在《鍾山》1988 年第 1、第 2、第 3、第 4、第 5、第 6 期上連載。〔註 853〕

1 月 15 日，《鍾山》1988 年第 1 期轉發報導《躲雨》在瑞典上演。

《鍾山》的簡訊稱：據《人民日報》、《文藝報》報導，《躲雨》（高行健編劇，刊於 83 年第 4 期）在瑞典皇家話劇院上演。《躲雨》也是瑞典上演的第一部當代中國話劇，劇中所反映的當代中國青年對生活和理想的探索和追求，引起了觀眾的濃厚興趣。〔註 854〕

3 月，《戲劇藝術》1988 年第 1 期刊發黃麗華文章《高行健戲劇時空論》。

文章認為，時空的自由是高行健戲劇世界的一個支點。作為積極的應戰，高行健在調動戲劇時空時，首先著眼於設計多重戲劇空間關係。表現於劇情空間，就是開放戲劇情境，使之立體化。高行健戲劇打破閉封的戲劇情境，讓兩個以上的戲劇空間互相存在同一戲劇過程中，彼此對比、呼應。表現於舞臺空間就是從演員的雙重身份出發，憑藉意識流等心理的敘述方式創造角色——說書人——演員這一空間關係。〔註 855〕

與戲劇空間關係的設計相對應的是高行健戲劇創造了新的戲劇時間形態。順著線狀時間，《絕對信號》——面狀時間：《車站》、《野人》這條線拿下來，《彼岸》進一步採用了「說不清道不明」的模糊時間，《彼岸》沒有時序，沒有時速，也沒有時值，《車站》凸現的時間意識似乎在《彼岸》消失了。只剩下光禿禿的演出時間。然而《彼岸》取消的是戲劇時間與日常生活時間的一一對應關係，模糊的是物理性質，而不是時間本身。時間概念相對化了，完全喪失了它的絕對性，這就導致了花瓣式的、一對多的時間結構。《彼岸》的時間靈活自如地流動在表演時間、哲理時間、抒情詩時間、音樂時間和劇情時間，戲劇時間的態性和類屬邊界模糊不清，戲劇被引向多主題、多方位、多判斷。〔註 856〕

高行健創建的模糊戲劇時空贏得了像文學一樣的自由，但它又是非文學的。音樂性的語言結構作為高行健戲劇的一種時空結構模式，在高行健戲劇

〔註 853〕《鍾山》為雙月刊，每逢單月 15 日出版。
〔註 854〕《鍾山》1988 年第 1 期第 205 頁，《鍾山》雜誌編輯部 1988 年 1 月 15 日出版。
〔註 855〕《戲劇藝術》1988 年第 1 期第 41～42 頁。
〔註 856〕《戲劇藝術》1988 年第 1 期第 44 頁。

「最不同的時間和空間內重複地表現出來。」〔註857〕

　　從高行健創作思維分析，他的構思定勢是以某一象徵存在境況的空間為戲劇形象，而降低戲劇情節、戲劇人物的絕對地位，成為戲劇空間的實驗工具。無須敘述完整和連貫的情節；也無須塑造或凸現人物性格，他們可能連姓名也沒有，只有抽象的「人」或「心」之類的符號。《車站》、《喀巴拉山口》、《彼岸》這三個重要作品就是直接用象徵的空間作為標題的。《野人》把人賴以生存的生態環境作為戲劇的主要象徵形象，抒發高行健對人的境況的思考，他的選擇同樣是審慎而成功的。人與生存空間的關係是哲學的基本命題之一。空間是高行健當然的邏輯載體，它是領會獲得存在的依據。〔註858〕

　　在戲劇觀念的燭照下步入高行健戲劇的邏輯空間，這是一個由實現的存在與理想的存在構成的所在：前一個存在形式是劇作家針砭的，在這種形式下成為自身的異己物，人與世界與自然與人本身，處於敵對的隔絕狀態，而且被剝奪了任何有意識的思維和有效的行動的可能性，人的所作所為只不過是徒勞的掙扎和無謂的浪費，甚而至於加速自毀，這是一種被歷史拋棄了，不合理的存在形式。後一種形式是劇作家心靈的住所，也正是《野人》描繪的天人合一的境界。從前一種形式過渡到後一種形式，其途徑高行健認為就是行動，他所有獻給有效的行動的戲劇都閃爍著理想的光輝，散發出人復歸於人本身的暖意。有時，譬如在《車站》，在《彼岸》，劇作家也不免承受不住行動的痛苦與迷茫，但是即便在此種情形下，劇作家依然懷抱至死不渝的執著，彷彿痛苦地行動已經成為人的生活，「就這樣一直走下去，筋疲力盡，然後，隨便在哪裏倒下，也不希望被人發現」。事實上，這情緒不時地化身為「沉默的人」、「生態學家」、「人」，痛苦而執拗地掙扎在高行健戲劇世界裏。

　　至此，高行健戲劇掙扎於追尋自由與逃避自由的困境才出現了謎底：由現實存在走向理想存在的道路如此遙遠飄忽，然而不滿現狀與執拗於未來的欲望又如此強烈，難以排解；藝術上，作為一個學者戲劇家，高行健的藝術體驗遠勝於日常生活體驗，形而上感受遠勝於個體的深層感受，同時藝術鑒賞力遠超於戲劇創作的現狀，藝術企求極高，這就逼使他趨於形式追求，而避開情感流露。

　　簡言之，高行健的藝術與生活上有著崇高的追求，為中國話劇藝術贏得

〔註857〕《戲劇藝術》1988 年第 1 期第 45 頁。
〔註858〕《戲劇藝術》1988 年第 1 期第 47 頁。

了極大的表現力，但苦於理想與現實、藝術與生活的傾斜，他的戲劇掙扎於追求自由與逃避自由的苦悶之中，具有雙重性格：充分的表現形式推翻了第四堵牆，提供了戲劇交流的可能性，但表現力的提高又在劇場樹立了一道理解上的第五堵牆，演員與觀眾在最短的物理距離內，走向了兩極。〔註859〕

5 月 10 日，編輯周翼南寫的《高行健其人》一文刊發在《中國作家》1988 年第 3 期。〔註 860〕

周這樣寫他的近況：這兩年來，我偶而也聽到他的消息。他的關於森林的話劇在北京公演了，據說寫得很自由，表現手法極新穎，把古代和現代交叉寫，裏邊有許多出人意料的、五花八門的玩意，這樣，便把某些人士給惹火了。於是乎，又有了爭議，分為兩派，連外國人也介入了，據說喜歡這個戲。反正，煞是熱鬧。可見，只要高行健寫什麼，他便不感到寂寞。他的小說集和戲劇集也先後出版了。只是他的《現代小說技巧初探》卻沒有重版，然而，這本小冊子卻在一些人手裏流傳著，特別在一些愛好文學的年輕人手中。關於高行健，我還能寫些什麼呢？他不過是我的一位友人，一位坦誠的友人。我們的交往不過如此。聽一位朋友說，他的名字已進入外國一本什麼「名人詞典」，簡言之，他已成了公認的「名人」。〔註861〕

5 月 15 日，《遲到了的現代主義與當今中國文學》刊發在《文學評論》1988 年第 3 期。〔註862〕當時《文學評論》的主編是劉再復。

5 月 20 日，林兆華評述高行健的文章《墾荒》刊發在《戲劇》1988年春季號。〔註863〕

林兆華在開篇就說：一個導演能夠碰到一位志趣相投的劇作家，那是上帝賜予的幸福。人家說：「身邊有個高行健，你是幸運的。」我無大才。天時、地利、人和，造就了我這個小有歪才的卒子拱到河邊，準備跟高先生一起到「彼岸」去墾荒。我讚賞高行健，他是以探險家的姿態走進戲劇界的。我希望戲劇評論家們、戲劇界的同行們，在研究、評論他創作得失的時候不要忘

〔註859〕《戲劇藝術》1988 年第 1 期第 48 頁。
〔註860〕《中國作家》1988 年第 3 期，中國作家雜誌社 1988 年 5 月 10 日出版。
〔註861〕周翼南《高行健其人》，《中國作家》1988 年第 3 期第 177 頁。
〔註862〕高行健《遲到了的現代主義與當今中國文學》，《文學評論》1988 年第 3 期，1988 年 5 月 15 日出版。
〔註863〕林兆華《墾荒》，《戲劇》1988 念春季號第 84～91 頁，中央戲劇學院戲劇雜誌社 1988 年 5 月 20 日出版。

掉這個前提。作爲新的戲劇現象，它的價值也許不在當今，我想會有越來越多的人被他的作品驚醒。〔註 864〕

他說：我之所以喜歡高行健的作品，是因爲他的戲總給導演出難題，逼迫著導演不得不衝破傳統的技法去尋新路。每次拿到他的劇本，總叫我食不知其味、夜不能安寢。創作的動力和激情就來自於這極大的困惑和思考。〔註 865〕高行健的戲劇提供的不僅僅是新的劇作樣式，也爲導演探索新的演出形式，變革表演藝術，提供了實踐的可能。《車站》雖然短命，但在我的藝術活動中是值得回顧的。它是我在導演上眞正獲得自由的一次嘗試。〔註 866〕我同高行健搞的幾部試驗性戲劇，都是從劇本創作開始的。我多麼希望自己有劇作家的素質，同樣我也盼望劇作家有導演的才能，高行健與我從劇本創作、排練、演出、以及演出後直接聽取觀眾意見，全過程我們都滾在一起。我可以修改他的劇本，他可以到我的排練場排戲，交談、爭論、試驗、否定……逐步完善他的劇作，實現我的導演構思。我們的合作是愉快的，和諧的，因爲總希望在戲劇這門藝術中有所創造的這種熱情把我們密切聯繫在一起。高行健的戲劇不是那種通常意義的文學劇本，而是像他自己講的那樣，「理想的當代創作最好是能直接於演出的一部總譜」，導演要充分理解他的劇作中這種強烈的劇場意識。他的每一部劇作都附有一個《有關演出的幾點建議》，他並不要求導演一定照辦，卻總給導演的工作帶來許多啟示。在我的記憶中，我們很少專題去分析他作品的主題、人物的個性等等，更多的是對《有關演出的幾點建議》的長時間的充分的討論。而討論最多的還是表演藝術。〔註 867〕

文章最後寫道：事實上，如果讓我們靜下心來，細細讀高行健的文章和創作，就會發現當今也許就是他最提倡挖掘本民族戲劇藝術的源泉，並且不斷從中國民間藝術中得到營養，從而豐富話劇的表現手段，建立了一種多功能的當代戲劇的觀念，又用他的創作成功地體現了這些戲劇觀念，恰恰是他一反亞里士多德以來的歐洲戲劇格式以及西方的自然主義的傳統，從一個現代人的意識出發，完成了一些重要的創作。這些作品不是以悲歡離合的曲折

〔註 864〕林兆華《墾荒》，《戲劇》1988 年春季號第 84 頁。
〔註 865〕林兆華《墾荒》，《戲劇》1988 年春季號第 84 頁。
〔註 866〕林兆華《墾荒》，《戲劇》1988 年春季號第 85 頁。
〔註 867〕林兆華《墾荒》，《戲劇》1988 年春季號第 89 頁。

情節、偶然的巧合和人物故事取勝，而是著眼於社會和人類，反映人的內心世界以及人與人之間的種種社會關係。他的作品不但有高度的文學價值，而且是對當代戲劇的一次重要衝擊，爲我們話劇舞臺開闊了新的路子。在改變觀眾欣賞習慣上，在發展導、表演藝術等方面，不僅提供了新的課題，而且也給予了導、表演實踐的機會。應該說高行健的努力和成就不只推動了我國話劇事業，也是對當今世界戲劇的一大貢獻。因爲他對東方戲劇藝術的發掘和革新都是首屈一指的。〔註868〕

8月，《對一種現代戲劇的追求》一書由中國戲劇出版社出版。〔註869〕

該書編輯署名朱以中，內容說明這樣寫：高行健近年來探索現代戲劇的實踐，在國內外產生了較大的影響。本書收集了他近年寫的主要論文，這些文章從理論上對他的藝術實踐作了深入的說明，也較爲系統地闡述了他的戲劇觀。其中有已發表過的論述現代戲劇手段的論文、在國內外有關學術會議上做的報告及新近寫的總結性的長篇論文。

此書分爲四個部分：1、自序。2、戲劇理論文章。3、個人劇作的演出建議及藝術構思。4、京華夜談。第二部分的文章包括《現代戲劇手段初探之一：現代戲劇手段》、《現代戲劇手段初探之二：劇場性》、《現代戲劇手段初探之三：戲劇性》、《現代戲劇手段初探之四：動作與過程》、《現代戲劇手段初探之五：時間與空間》、《現代戲劇手段初探之六：假定性》、《我的戲劇觀》、《我與布萊希特》、《答〈青年藝術家〉記者問》、《要什麼樣的戲劇》、《戲曲不要改革與要改革》、《評〈邁向質樸戲劇〉》、《對一種現代戲劇的追求》；第三部分收入的文章包括《對〈絕對信號〉演出的幾點建議》、《談〈絕對信號〉的藝術構思》、《再談〈絕對信號〉的藝術構思》、《對〈車站〉演出的幾點建議》、《談多聲部戲劇試驗》、《〈車站〉意文譯本序》、《對現代折子戲演出的幾點建議》、《對〈野人〉演出的說明與建議》、《〈野人〉與我》、《就〈野人〉答英國友人》、《〈彼岸〉演出的說明與建議》、《對〈冥城〉演出的說明》。

8月，應德國塔利亞劇院院長尤爾根·弗利姆之邀，林兆華到塔利亞國家劇院給德國演員排戲。柏林紹比納劇院的一位導演看了《野人》的劇

〔註868〕林兆華《墾荒》，《戲劇》1988年春季號第91頁。

〔註869〕高行健著《對一種現代戲劇的追求》，中國戲劇出版社1988年8月北京第1版第1次印刷。

本，表示不知道怎麼排。〔註870〕

　　林兆華回憶：德國人（在香港）看了我排的《二戰中的帥克》，很驚訝，他們就想請我給塔利亞劇院排布萊希特的戲。那個年代，一個歐洲國家級的劇院請一個東方的中國導演給他們排戲，還是第一次，但我堅持要排就排中國戲。〔註871〕

　　8月，劉再復著作《論中國文學》由作家出版社出版。他在《近十年來的中國的文學精神與文學道路》一文中提及高行健的戲劇。

　　劉再復寫道：

　　在戲劇創作中，也表現出現代主義的某些審美方向，但和西方現代戲劇相比，還是具有自身的特色。以高行健來說，他的試驗戲劇發端於中國的傳統戲曲和更爲原始的民間戲劇。他將唱念做打和民間說唱的敘述手法引入到話劇中去，又吸收了西方當代唱劇的一些觀念和方法，創造出一種現代的東方戲劇。他的戲劇時間與空間的處理極爲自由，常常將回憶、想像、意念同人物在現實生活中的活動都變成鮮明的舞臺形象，並且力圖把語言變成舞臺上的直觀，使之具有一種強烈的劇場性。國內外的一些評論稱他爲「荒誕派」並不貼切，他其實是對戲劇的源起的回歸，並非是反戲劇。他的這些戲劇試驗國內外都相當注意，預示了中國的當代話劇可以走一條不同於西方戲劇的新的路子。〔註872〕

　　10月26日，由林兆華執導的《野人》在德國漢堡塔利亞劇院首演成功。漢堡市前市長馮‧多男尼，漢堡市市長馮‧明希觀看首演。〔註873〕

　　林兆華回憶：《野人》演出了。塔利亞劇院的院長，他害怕！因爲沒有一個中國導演到他們那兒排戲，這是一；第二，這是個中國戲。歐洲人看戲，喜歡，就當場拍巴掌叫好；不喜歡，就當場說「不」，他心裏頭打鼓。首演那天，我跟他說，「你給我一張票，我看戲去。」他很驚奇，「我們導演都不敢看首演！」我說我不怕。票沒有了，我在三樓燈光間裏看的戲。說實話，眞有點緊張，一直到演員謝幕，我才下去。我下樓才知道，原來整晚演出院長

〔註870〕林兆華口述，林偉瑜、徐馨整理《導演小人書》（全本）之「做戲」第148頁的注釋。

〔註871〕林兆華口述，林偉瑜、徐馨整理《導演小人書》（全本）之「做戲」第148頁。

〔註872〕劉再復著《論高行健的狀態》第80～81頁。

〔註873〕《林兆華戲劇年表》，林兆華口述，林偉瑜、徐馨整理《導演小人書》（全本）之「做戲」第575頁。

一直都在大廳裏溜達，他根本沒敢看。謝了幕，我到酒會大廳，他豎著大拇指跟我說：林！成功了！沒聽到「不」！我說：「我聽到了幾聲。」「少的！少的！成功了！」戲散了，他高興地請我到他家喝酒慶祝，說我「有天使的耐心和罕見的平靜」，挺有意思。回到人藝，老院長曹禺在走廊裏問我怎麼樣，我說：「沒有丟人。」〔註874〕

10月，小說《雨、雪及其他》和《花豆》被選入「新時期流派小說精選叢書」之《意識流小說》。〔註875〕

10～12月，《野人》在德國演出，得到德國媒體的讚揚。

馬德斯·連德爾刊發在《漢堡晚報》（1988年10月28日）的文章說：掌聲持續了很久。成功的演出不負這熱烈的掌聲。尤阿西姆·雷得茲基說：當本週三在塔利亞劇院上演的由中國導演林兆華執導他的同胞高行健的劇目《野人》結束時，座無虛席的劇場爆發出熱烈的掌聲。由舞蹈、歌唱及啞劇混合起來的這部作品，觀眾雖然很不習慣，但卻不得不承認它具有一種少見的魅力：當森林裏有人講話時，人體開始運動，在暗綠色的燈光中漂浮著，像呼呼作響的森林。愛情的場面充滿了柔情及浪漫色彩。〔註876〕

西德《德意志舞臺》（1988年12月）刊發米歇爾·拉格斯的文章《在漢堡的一個中國人》中說：還沒有一個舞臺劇像高行健的《野人》這樣表現這麼多的自然景色：泉水、高山、森林……他（林兆華）教演員如何在沒有布景的情況下表演，如何讓想像力成為舞臺演出的物質部分併毫無裝飾地把這種想像力變成畫面，讓觀眾欣賞到。這恰恰是這位導演帶給塔利亞劇院的主要貢獻。〔註877〕

這一年，定居巴黎，從事職業繪畫與寫作。〔註878〕

西零在《前衛劇場的記憶》中寫道：

早在1988年，高行健到巴黎，沙尤國家劇院為他舉辦了一場戲劇討論會。他在會上闡述「中性演員」的戲劇觀。當時在座的前蘇聯戲劇專家見一個中國人竟然提出與俄國大師的戲劇體系相反的主張，大為震驚，會場

〔註874〕林兆華口述，林偉瑜、徐馨整理《導演小人書》（全本）之「做戲」第148頁。
〔註875〕該書由吳亮、章平、宗仁發編，（長春）時代文藝出版社1988年10月第1版第1次印刷。
〔註876〕林兆華口述，林偉瑜、徐馨整理《導演小人書》（全本）之「做戲」第154頁。
〔註877〕林兆華口述，林偉瑜、徐馨整理《導演小人書》（全本）之「做戲」第149頁。
〔註878〕繪畫簡歷，亞洲藝術中心出版《高行健》第102頁。

上幾乎爭吵起來。〔註 879〕

　　在瑞典諾貝爾基金會與瑞典皇家劇院舉辦的「斯特林堡、奧尼爾與當代戲劇」國際研討會上發言，題目爲《要什麼樣的劇作》。〔註 880〕新加坡「戲劇營」舉行講座，談高行健實驗戲劇。

　　瑞典出版高行健的戲劇和短篇小說集《給我老爺買魚竿》瑞典文譯本，譯者馬悅然。臺灣《聯合文學》1988 年總第 41 期轉載《彼岸》和《要什麼樣的戲劇》。德國出版《車站》和《野人》德語譯本，前者譯者爲顧彬，後者譯者爲 Minica Basting.意大利《語言叢刊》刊載《車站》意大利譯文。

　　香港舞蹈團首演《冥城》，導演與編舞江青。英國愛丁堡皇家劇院舉行《野人》排演朗誦會。法國馬賽國家劇院舉行《野人》排演朗誦會。

　　法國瓦特廬市文化中心舉辦高行健個人畫展。〔註 881〕

1989 年　49 歲

　　2 月 13 日，在巴黎寫完《山海經傳》初稿。〔註 882〕

　　高行健回憶：1987 年底，我再度應邀訪問德國和法國，原定爲期一年，林兆華 1988 年也應邀來到法國，我們又萌生出一些設想，作爲第二階段的實驗，企圖轉向大劇場，這就是《山海經傳》寫作的背景。既然像《彼岸》這樣的現代劇作搬上舞臺有困難，不如轉向中國古代神話，同現實毫不相干，總不會有什麼麻煩。戲劇原本就是公眾的娛樂，既非說教，也非政治宣傳的工具，這也是林兆華一貫的主張。回到戲劇的源起，恢復戲劇原本就擁有的這種功能，從劇場到表演，都應該像中國古代民間趕廟會或是過節一樣。我們想把人們已經遺忘了的天神、中國文化的遠古遺存請回來，像做儺戲一樣，弄得熱熱鬧鬧，既拜了祖先，又愉悅觀眾，大家歡喜；甚至設想把戲劇做到體育場去，那當然又需要另一番導表演。不幸的是，1989 年之後，這些計劃

〔註 879〕西零著《家在巴黎》第 162 頁。

〔註 880〕《要什麼樣的劇作》，收入《高行健戲劇集 001 車站》一書附錄，第 146 頁文末標注：本文是作者在瑞典諾貝爾基金會與瑞典皇家劇院舉辦的「斯特林堡、奧尼爾與當代戲劇」國際研討會上的發言，臺北聯合文學出版社 2001 年 10 月出版。也收入高行健著《沒有主義》第 259～263 頁，臺北聯經事業公司 2001 年 1 月初版，6 月初版第四刷。

〔註 881〕劉再復著《再論高行健》第 219 頁。

〔註 882〕高行健著《山海經》文末標注：1989 年 2 月 13 日清晨初稿於巴黎，臺北聯合文學出版社 2001 年 10 月初版。

都變成了空談。〔註883〕

　　方梓勳指出：高行健1989年的劇作《山海經傳》也一樣破舊立新，劇中的角色是一群中國神話的神仙和傳奇人物。高行健還在中國的時候對神話的題材很有興趣，曾經苦心研究；對他來說，儒家思想進佔了中國神話，把本身的意識形態強加上去，使之合法化，成為國教和道德的典範。在劇本裏，他不把諸神刻畫成富有傳奇色彩的英雄人物，或像後世的儒者那樣，奉之為道德與中國文化的典型；反之，在高行健的筆下，諸神都是有血有肉的人物，有人的特性，也有人的情感、野心、弱點和愚昧。他認為《山海經》是「中國人的聖經」，試圖把腐朽的中國文化還原到它原來未遭污染的狀態。〔註884〕

2月25日，瑞典《諾舍平日報》刊發對高行健的畫的評論。

　　文章寫道：他的用筆和十七世紀中國畫家八大山人有相通之處。他的畫有的像古代鐘鼎文字，而且有表現主義風景畫的風格。〔註885〕

2月27日，瑞典兩家報紙刊發對高行健的評論。

　　瑞典《南泰省報》寫道：

　　瑞典的中國畫家石美德博士說：人們從高行健的畫中非常強烈感到律動和流暢的節奏。由於宣紙吸水快，要想創作藝術形象很難，但是他控制柔軟的毛筆非常自如，並且瞭解墨的種種可能性，變化墨色的深淺，用一種微妙的藝術表現出或灰或黑，層次豐富。

　　他的畫還有種光的力度，像他的文學作品一樣，表現得非常機智。他畫法不拘一格，打破了中國美術學院循規蹈矩的方法，在八十年代初另闢了新路。

　　高行健的創作領域非常廣。在《傳說》系列的作品中，他處理文字，這種文字從石器時代的石刻起就非常富於想像。而在《黃昏》這樣的作品中，他又善於處理光線，表現光的力度。

　　瑞典《七方區報》寫道：高行健在中國被稱為現代派，他的作品中包羅了荒誕與現實，既有中國的傳統又結合了現代戲劇的因素。〔註886〕

〔註883〕高行健《林兆華的導演藝術》，林兆華口述，林偉瑜、徐馨整理《導演小人書》（全本）之「看戲」第179～180頁。

〔註884〕方梓勳《自由與邊緣性：高行健的生命與藝術》，陳嘉恩譯，高行健著、方梓勳、陳順妍譯《冷的文學——高行健著作選》之「導論」，xxxi～xxxiii.

〔註885〕瑞典報刊摘錄，亞洲藝術中心出版《高行健》第110頁。

〔註886〕瑞典報刊摘錄，亞洲藝術中心出版《高行健》第110頁。

2 月，短篇小說集《給我老爺買魚竿》由臺北聯合文學出版社出版，收集了 1980 年至 1986 年的十七個短篇。〔註 887〕

3 月 1 日，瑞典《南泰新聞報》刊發對高行健的評論。

文章寫道：馬悅然教授說，高行健的文學藝術創作多彩多姿，非常出色。不論是文化還是繪畫創作中，他都擺脫了傳統的束縛，同時又保留了傳統的影響。這使他的畫在今日的中國顯得獨特，可能也不那麼流行。人們可以清楚地感到他的畫以中國傳統文化爲停泊的錨位和基礎，同時也注意到他樂於發現銳意創新。〔註 888〕

3 月 11 日，瑞典《斯考納日報》刊發對高行健繪畫的評論。

文章寫道：大師的繪畫，灰中之灰：高行健灰中透灰，有時還全黑。有意思的是他用黑白的層次來表現他初次訪問瑞典的印象。高說因爲那時候這裡到處是雪。風景中人們有時可以看到小小人形。〔註 889〕

3 月 21 日，瑞典的《桑斯瓦爾報》刊發對高行健繪畫的評論。

文章寫道：高行健以書法作爲他的繪畫基礎，同時，用西方手法來構圖，表現山水風景的感受。中國風格尤其易於表現北方的風景，因爲光線明暗很強烈。〔註 890〕

6 月，「天安門」事件後，在法國宣布退出中國共產黨。

6 月，許國榮編的《高行健戲劇研究》一書由中國戲劇出版社出版。〔註 891〕

該書內容說明是這樣的：高行健是中國當代戲劇的革新者、探索者。他的理論和實踐已受到越來越多的人的注意和重視，在國際上亦有較大的影響。對於他的劇作研究，評論者甚多，也頗有爭議，評價不一。爲推進對戲劇藝術的革新、探索，促進當代中國戲劇的發展，本書編者特約了十幾位戲劇理論家、劇作家、導演撰文，從不同角度，對高行健的戲劇理念、戲劇理論及劇作的成就、得失，進行深入的理論探索。文章有創見、有理論深度。

〔註 887〕高行健著《靈山》第 552 頁，臺北聯經出版事業股份有限公司 2010 年 3 月初版第 37 刷。

〔註 888〕瑞典報刊摘錄，亞洲藝術中心出版《高行健》第 110 頁。

〔註 889〕瑞典報刊摘錄，亞洲藝術中心出版《高行健》第 110 頁。

〔註 890〕瑞典報刊摘錄，亞洲藝術中心出版《高行健》第 110 頁。

〔註 891〕許國榮編《高行健戲劇研究》，中國戲劇出版社 1989 年 6 月北京第 1 版第 1 次印刷。

　　該書收入了 12 篇評論文章及附錄《高行健著作及研究高行健文章目錄》。這 12 篇文章題目依次是：葉廷芳《藝術探索的「尖頭兵」——高行健的戲劇理論與創作掠影》、張毅《論高行健戲劇的美學探索》、杜清源《不像「話」劇卻是「戲劇」》、高鑒《從書齋到舞臺——高行健和他的時代》、童道明《〈絕對信號〉和〈野人〉之間》、林克歡《高行健的多聲部與複調戲劇》、丁道希《縱橫正有凌雲筆，俯仰隨人亦可憐——高行健戲劇創作初論》、李龍雲《戲劇隨想——在高行健劇作討論會上的發言》、李健鳴《內容、形式及話劇的功能》、林兆華《墾荒》、許國榮《為革新者歌——〈高行健戲劇研究〉編後》。

　　6 月，《當代中國作家百人傳》由求實出版社出版。該書收入的作家按姓氏筆劃排列，包括近照、小傳、創作談和作品目錄共四項內容，每人占 2～4 頁的篇幅。高行健與高曉聲、曉雪、顧城、賈平凹、莫言、鐵凝、徐懷中、航鷹等 9 位一起排在第十畫，他是十畫作家的第一位。

　　高行健的創作談是之前發表在《新劇本》1986 年第 3 期上的《用自己感知世界的方式來創造》一文的簡化，標題改為《創作——感知世界的方式》。

　　他的小傳這樣寫：

　　我 1940 年生，江蘇泰州人，漢族。1962 年畢業於北京外國語學院法語系。1958 年，大學二年級起就開始寫作，電影、話劇、歌劇劇本，長、短篇小說，詩歌和論文寫了不下一百萬字，都未曾得以發表或上演。1966 年「文化大革命」中這些手稿全部燒掉了。1969 年我從北京下放到「五七」幹校去勞動，之後又到皖南山區落戶，在一農村中學教農民的孩子認字。1974 年返回北京，繼續做翻譯工作。1977 年到中國作家協會工作，1979 年作為翻譯陪同巴金訪法。同年，發表第一篇文字《巴金在巴黎》。

　　1980 年在《花城》上發表了我的第一部小說《寒夜的星辰》。1981 年，到北京人民藝術劇院任編劇，開始從事專業創作。

　　1981 年出版了我的論著《現代小說技巧初探》，主張革新小說的觀念和技法，引起爭論。1982 年《文藝報》針對該書，發起了「現代派還是現實主義」的討論。

　　1982 年我的《絕對信號》由北京人民藝術劇院上演，該劇將人物在現實生活中的狀態和回憶與想像這些心理活動交織在一起，又借鑒了戲曲中的某些表演手段，取得了強烈的劇場效果和極大的真實感，引起了轟動，全國上

十個劇團紛紛上演，在中國開創了實驗戲劇。

　　1983 年，我的《車站》在北京人民藝術劇院上演後不久，在「清除精神污染」中停演，受到了批評。之後，一些著名的戲劇家又著文支持，爭論至今，始終有不同的意見。

　　1984 年，我在長江流域實地考察了自然生態和民間文化，寫出了多聲部現代史詩劇《野人》。1985 年北京人民藝術劇院上演了。該劇運用了歌舞、啞劇、面具、朗誦等多種手段，再度引起爭議，褒貶不一。

　　我還是個畫家，1985 年在北京和西柏林分別舉辦了抽象的寫意的水墨畫展。

　　我曾應邀訪問過法國、意大利、西柏林、英國、奧地利、丹麥和聯邦德國，在歐洲十多所大學舉行過報告會，在巴黎的國家劇院舉行過我的戲劇作品討論會，在西柏林和維也納分別舉行過我的戲劇和小小說的朗誦會。《車站》一劇已在匈牙利翻譯出版，曾在南斯拉夫上演。〔註 892〕

　　作品目錄中列舉了中篇小說《有隻鴿子叫紅唇兒》和《寒夜的星辰》、短篇小說《侮辱》和《路上》、戲劇《絕對信號》、《現代折子戲》、《車站》、《獨白》、《野人》和《高行健戲劇集》。〔註 893〕

　　筆者校對了一下，發現該作品目錄中十個裏有三個信息錯誤：《有隻鴿子叫紅唇兒》的出版信息應該是：1984 年 5 月在北京十月文學出版社出版，不是「北京出版社」；《寒夜的星辰》是 1979 年 11 月刊發在期刊《花城》第三期，不是 1980 年，也不是 1981 年《收穫》第一期；《侮辱》是短篇不是中篇，《侮辱》刊發在《青年文學》1985 年第 7 期，不是《青年作家》第 1～2 期。

　　8 月 5 日，瑞典《工人報》刊發對高行健藝術的評論。

　　文章寫道：高行健的藝術和戲劇有緊密的關係，是中國繪畫和詩和戲劇的結合。〔註 894〕

　　8 月，《文學評論》1989 年第 4 期刊發許子東論文《現代主義與中國新時期文學》，〔註 895〕以及李慶西論文《尋根：回到事物本身》。〔註 896〕

〔註 892〕《當代中國作家百人傳》第 271～272 頁，求實出版社 1989 年 6 月第 1 版第
　　　　　1 次印刷，印數 7000。
〔註 893〕《當代中國作家百人傳》第 274 頁。
〔註 894〕瑞典報刊摘錄，亞洲藝術中心出版《高行健》第 110 頁。
〔註 895〕《文學評論》1989 年第 4 期第 21～34 頁。
〔註 896〕《文學評論》1989 年第 4 期第 14～23 頁。

9月，在巴黎完成長篇小說《靈山》的寫作。〔註897〕

10月，瑞典《選擇》雜誌1989年第10期刊發對高行健的評論。

文章寫道：高行健是一位創新者，他在傳統的基礎上發揮現代的和先鋒的意圖。他的畫既有舊法的單純，又表現了光感、跳躍感和重量感。但是，在他的祖國，他被認為過分執著和怪誕，因而未得到應有的評價。〔註898〕

10月，在巴黎完成劇作《逃亡》。〔註899〕

高行健在2000年時回憶：

八九民運發生，那一年八月我接到美國打來的電話，一個美國劇院，加利福尼亞洛杉磯國家戲劇中心，要定一個戲，說要與天安門有關係，支持民運。美國人很熱情，我一個月就寫完了，粗粗翻譯一下，就交給他們。他們看了以後，說不行，不符合美國人的胃口，因為這個戲裏沒有英雄，他們需要美國式的英雄，但是戲裏一個英雄也沒有，他們希望我改劇本。我明白他們要我改的是什麼。我給他們回了一個話，說共產黨要我改戲，我都沒有改，你們是一個美國劇院……言下之意，是我不改劇本，你不想演就拉倒。於是，就拉倒了。後來瑞典皇家劇院翻成瑞典文，是馬悅然翻譯的，他們很喜歡。因為這家劇院要提前兩年預定劇目，所以，九一年才在瑞典皇家劇院首演。

中國的知識分子歷來與士大夫文化有關係，都是「士」嘛，他們都要承擔濟世救民的責任，沒有一種西方知識分子那樣純粹的個人意識。比如布萊希特的《伽俐略傳》裏，伽俐略並不是一個英雄，他堅持的真理是他個人的真理，這個真理跟那個社會沒有多少關係，因此他也可以嘲弄社會的看法，不存在一個救世主的角色。可是，中國知識分子的角色要麼是救世主，要麼就是救世不成，失敗了，成了一個犧牲者、受難者，總是在這兩個角色之間搖擺不定。我覺得這都是不幸的。一個知識分子，最重要的是他自己的創造價值，他個人的價值，個人的精神價值。但是，要保持一種個人的精神價值，除了反抗權力的壓迫以外，還要反抗眾人的壓迫、社會的壓迫、群體的壓迫。群體的利益，是一個混沌的東西，它甚至可以變成一種可怕的東西，所以在

〔註897〕高行健《靈山》篇末標注：1982年夏至1989年9月北京─巴黎。（臺北）聯經出版，1990年12月初版，2010年3月初版第37刷。

〔註898〕瑞典報刊摘錄，亞洲藝術中心出版《高行健》第110頁。

〔註899〕高行健著《靈山》第552頁，臺北聯經出版事業股份有限公司2010年3月初版第37刷。

劇作裏我也有對群眾運動的一種批評。我經歷過文化大革命，我知道什麼是群眾運動，群眾運動有時有一定正面作用，但是到它不可控制的時候，群眾運動是災難。眾人是災難，對個人是災難，也是一種暴力。

　　民運是六月發生的，我見到第一批逃亡到巴黎的，是八月初。我感受到他們的那種狂熱、失落感，以及精神上的混亂。我是旁觀者清。文革中，我也狂熱過，也加入過紅衛兵，甚至也當過一派紅衛兵的頭頭，但是後來我發現自己不過是上層鬥爭的一個棋子，很可怕。那個出名的美國人李敦白，跟我是一派，後來我發現我們這一派的後面是周恩來，而對立派的後面有軍隊支持。我很快退出了，成了逍遙派，可是也逍遙不成。在那個環境裏，周圍有各種壓力，逼迫你要進入進去，《逃亡》裏的許多體會也是這麼來的。後來我自己也有危險了，向軍代表提出下去勞動，到五七幹校，但是到了五七幹校也沒有逃掉，因為有點牢騷，又被批鬥，最後提出讓我去插隊落戶，就是說徹底放棄北京戶口，這可以說是第一次逃亡。這樣，我一去五年半。還在偷偷寫作，純粹為了自娛，後來又害怕，燒掉了，那時很恐怖。林彪完蛋以後，周恩來又得勢了，鄧小平第一次上臺。那些我們保過的幹部，在周恩來的關懷下，恢復了名譽，正好中美關係正常化，對外宣傳工作要恢復，外語幹部要召回，一批人回北京。他們當時提了我的名字，說我也下去了，於是我就回到北京。真是慶幸，本來我已經做了準備，以為可能會當一輩子農民了。

　　我寫的戲大部分是寫人的普通生存狀況，人類生存的困境，這是普通人類的問題，而且通常都比較抽象。比如《逃亡》是一個政治的戲，但同時又是一個很哲學的戲，所以德國人演，會有一個德國納粹的背景，他們舞臺背景都在暗示是納粹德國，跟天安門沒有任何關係。我不是政治評論家，搞政治也不是我的事，我在這個戲裏提出人類社會的一些基本問題，比如個人與權力的關係，個人與社會的關係，這是一個普遍的問題，什麼時候都存在，什麼國家都存在，所以西方觀眾接受這個戲不困難。在法國也演過，演這個戲是一個小劇團，但是反應很強烈，有人看了三次，有一個社會黨議員看了以後，跟導演在電話裏談了兩個小時，後來見到我，對我說，你這個戲讓我重新思考什麼叫政治？我是不是還要搞政治？在西方，這些觀眾並沒有把它作為一個政治戲來理解。但是，中國觀眾是不是也這樣？我相信，這個戲還

是會逐漸得到中國觀眾理解的。我說過一句笑話。別人問我，你這個戲什麼時候可以在中國演出？我說也許二十年以後吧？以前，我說過十年以後，現在恐怕得修正一下，哈，大概要二十年以後。〔註900〕

1989年劉再復出國後，第一星期就在巴黎和高行健見面，劉再復說：「他告訴我，此後最要緊的是抹掉心靈的陰影，走出噩夢。」〔註901〕

這一年，劇作《冥城》由臺北《女性人》1989年創刊號刊載。德國雜誌刊載《車禍》，譯者 Almut Richter.應美國亞洲文化基金會邀請赴紐約。《聲聲慢變奏》（舞蹈詩劇），舞蹈家江青在紐約古根漢美術館演出。

這一年，成爲法國「具象批評派沙龍」成員，連續參加該沙龍每年在巴黎大皇宮美術館的年展。瑞典馬爾摩克拉普斯畫廊舉行「高行健、王春麗聯展」。瑞典斯德哥爾摩東方博物館舉辦高行健個展。〔註902〕

1990年　50歲

年初，首次訪問臺灣。

胡耀恒回憶：他於1990年初首次訪問臺灣，人地生疏。那時我從臺大借調到國家劇院及音樂廳服務，他請我協助出版他的六個劇本。我於是聯絡著名電影導演李行先生，他欣然同意由他們兄弟贊助的帝教出版社出版，要我寫序。但我細讀劇本，覺得它們不僅是1930年代曹禺以來最佳的成績，而且汲取了很多當時法國後現代主義的形式與內容，於是將序文擴大成一百多頁的小書，書名爲《百年耕耘的豐收——我對高行健戲劇的賞析》。〔註903〕

1月23日、24日，《靈山》（長篇小說節選）在臺灣聯合報副刊連載。〔註904〕

1月28日，法國馬賽《普魯旺斯人報》刊發對高行健的畫的評論。

文章稱：他的水墨全部是黑和白，但卻漸漸透出色彩，深邃得令人暈眩，

〔註900〕張文中《在香港專訪高行健》，林曼叔編《解讀高行健》第67～70頁。

〔註901〕劉再復《後記：經典的命運》，收入劉再復著《論高行健的狀態》一書中。

〔註902〕繪畫簡歷，亞洲藝術中心出版《高行健》第102～103頁。

〔註903〕林延澤整理、陳佩甄、彭小妍校訂《呼喚文藝復興——高行健演講暨座談會紀錄》。來自華藝臺灣學術文獻數據庫，該數據庫2018年4月～6月在汕頭大學免費試用，筆者4月13日下載。

〔註904〕劉再復著《再論高行健》第221頁。

其技巧令人著迷。〔註905〕

　　4月15日,《煙台大學學報(哲學社會科學版)》1990年第2期刊發《「高行健劇作」對話錄》。

　　該文作者爲胡潤森,文章前面這樣說:這則對話發生在遠離都市塵囂的某大學校園裏。陽春三月,綠樹環立,鮮花簇擁。一方草地,對坐著 A、B 兩人。他們正不著邊際地漫談。不知怎的,話題漸漸集中到高行健身上了。〔註906〕文章最後說:你看眼前這繁華似錦的校園,高行健迄今爲止的劇作只值「春華」,「秋實」還在後頭呢。〔註907〕

　　6月21日,在巴黎完成劇作《冥城》二稿。〔註908〕

　　7月30日,在巴黎寫作《我主張一種冷的文學》。〔註909〕

　　8月12日,《我主張一種冷的文學》(論文)刊登在臺灣《中時晚報》副刊「時代文學」欄目上。〔註910〕

　　8月,《鄭州大學學報(哲學社科版)》1990年第4期刊發張瑞德論文《十年來小說理論研究評述》。〔註911〕

　　9月27日,馬森在臺南古城爲高行健的著作《靈山》寫序,題目爲《藝術的退位與復位——序高行健〈靈山〉》。〔註912〕

　　10月15日,在巴黎寫作《巴黎隨筆》一文。〔註913〕

　　10月21日,《逃亡與文學》(隨筆)刊登在臺灣《中時晚報》副刊「時代文學」欄目。〔註914〕

〔註905〕法國報刊摘錄,亞洲藝術中心出版《高行健》第108頁。

〔註906〕胡潤森《「高行健劇作」對話錄》,《煙台大學學報(哲學社會科學版)1990年第2期第17頁,4月15日出版。

〔註907〕胡潤森《「高行健劇作」對話錄》,《煙台大學學報(哲學社會科學版)1990年第2期第25頁。

〔註908〕《高行健戲劇集5冥城》第98頁,臺北聯合文學出版社有限公司2001年10月初版。

〔註909〕高行健著《沒有主義》第15~18頁,臺北聯經出版事業公司2001年1月初版,2001年6月初版第四刷。

〔註910〕劉再復著《再論高行健》第221頁。

〔註911〕《鄭州大學學報》1990年第4期第1~8頁。

〔註912〕高行健著《靈山》第12頁文末標注:1990年9月27日於臺南古城,聯經出版事業股份有限公司1990年12月初版,2010年3月初版第37刷。

〔註913〕高行健著《沒有主義》第19~30頁,臺北聯經出版事業公司2001年1月初版,2001年6月初版第四刷。

〔註914〕劉再復著《再論高行健》第221頁。

12 月，《靈山》由（臺北）聯經出版事業股份有限公司初版。

這一年，寫作《關於〈彼岸〉》一文。〔註 915〕

劇作《逃亡》首發在《今天》第 1 期。

方梓勳指出：

該劇本被斥爲「不愛國」及「反動」的作品，更被誤解爲不滿中國政府嚴厲鎮壓學生運動的政治抗議。劇情講述一個中年知識分子、一個年青人和一個女子逃避解放軍追捕的經歷，三人都恐懼自身的安全，又感到極度痛苦，懷疑自己在運動中所扮演的角色是否正確。高行健身處國外，能夠以抽離的態度，靜觀整個事件；他堅稱劇本超越當時的政治層面，深入內省的境界，同時也是現實的昇華，進而自知、甚至悲劇的層次。「人生總也在逃亡，不逃避政治壓迫，便逃避他人，又還得逃避自我，這自我一旦覺醒了的話，而最終也逃脫不了的恰恰是這自我，這便是現代人的悲劇。」由於劇本的題材敏感，又抨擊政府的高壓手段，激起了中國共產黨的憤怒，於是褫奪高行健的黨籍，並充公他在北京的房子。高行健還開罪了海外的中國民主運動分子，他們斥責高行健不公平地揭露了陣營成員的幼稚心態。然而，高行健絲毫不曾動搖，他堅守藝術自由，以及從肉體及精神流亡而得到的超脫；對他來說，個人與獨立比任何政黨或運動都更爲重要，文學也絕不應該屈從於任何集體的要求。

1990 年之際，高行健感到他要「面對新的現實，繼續創作」，於是他開始走上一條新的道路，創作一些富普遍意義的主旨與題材的世界文學。「……我認爲一篇好的作品應能跨越國界，國界的限制是非常愚蠢的限制。」隨著《靈山》與《山海經傳》於 1990 年相繼出版，高行健的自我置換終告完成；前者代表他對中國社會現實的感受，後者則是他對中國文化起源的想法。於是他宣稱他「同這鄉愁告別了」，「中國文化已消融在我的血液裏，毋需給自己再貼商標。話雖如此，即使他有強烈的自覺和決心，仍屬徒勞，不久之後他的作品《一個人的聖經》及《八月雪》即回到中國的主題。研究高行健如何看中國，以及他作爲流亡海外的華人的想法，即是他生命及藝術中種族知識分子的一面，著實是個很有意義的課題。毋庸多說，「中國性」在高行健心中已根深蒂固——有時他欲棄之不理，但卻即時而回到這個根源，尋求靈感和啓

〔註 915〕高行健著《高行健劇作集 4 彼岸》第 99～101 頁，臺北聯合文學出版社有限公司 2001 年 10 月初版。

發。正如他說，他的作品體現中國對他自出生以來的薰陶，以及他使用漢語作爲寫作媒介的思維模式。〔註916〕

《聲聲慢變奏》（舞蹈詩劇）刊發在臺北《女性人》1990 年第 9 期。《要什麼樣的戲劇》（論文）刊發在美國《廣場》1990 年第 2 期，該英文譯文收在瑞典同年出版的諾貝爾學術論叢第 27 期《斯特林堡、奧尼爾與現代戲劇》論文集中。美國《亞洲戲劇》1990 年第 2 期刊載《野人》英譯本，譯者 Bruno Roubicec.

臺灣藝術學院在臺北首演《彼岸》，導演陳玲玲。《野人》由香港海豹劇團上演，導演卡羅。《車站》在奧地利維也納上演。

參加巴黎大皇宮美術館「具象批評派沙龍」1990 年秋季展，該畫展巡展莫斯科與彼得堡。法國馬賽中國之光文化中心舉辦高行健個人畫展。〔註917〕

1991 年　51 歲

1 月 29 日，在巴黎完成《生死界》初稿。〔註918〕

4 月 1 日，劇作《生死界》定稿。〔註919〕該劇寫作與首演得到法國文化部贊助。〔註920〕

4 月，杜特萊收到高行健寄贈的《靈山》。

他寫道：我記得在 1991 年，高行健寄給我臺北聯經出版社出版的《靈山》。他在題詞中寫道：「贈給親愛的諾埃爾和麗蓮，致以友誼的敬意。」我開始閱讀《靈山》，立即感到這絕非一部泛泛之作。〔註921〕

5 月 16 日，寫作《關於〈逃亡〉》一文，作爲在瑞典皇家劇院的劇作朗誦會上的發言。〔註922〕

〔註916〕方梓勳《自由與邊緣性：高行健的生命與藝術》，陳嘉恩譯，高行健著、方梓勳、陳順妍譯《冷的文學——高行健著作選》之「導論」，xxxiii～xxxv.
〔註917〕劉再復著《再論高行健》第 220－221 頁。
〔註918〕高行健著《高行健劇作集 8 生死界》第 65 頁，臺北聯合文學出版社有限公司 2001 年 10 月初版。
〔註919〕高行健著《高行健劇作集 8 生死界》第 65 頁，臺北聯合文學出版社有限公司 2001 年 10 月初版。
〔註920〕高行健著《高行健劇作集 8 生死界》第 68 頁。
〔註921〕杜特萊撰、凌瀚譯《我記得……》（代序），劉心武著《瞭解高行健》第 30 頁。
〔註922〕高行健著《沒有主義》第 206～208 頁，臺北聯經事業公司 2001 年 1 月初版，

　　5月，寫作《文學與玄學・關於〈靈山〉》一文，根據在斯德哥爾摩大學東方語言學院講話錄音整理。〔註923〕

　　6月17日，《關於〈逃亡〉》一文刊發在臺北《聯合報》聯合副刊。〔註924〕

　　9月1日，短篇小說《瞬間》刊發在臺北《中時晚報》副刊時代文學第74期。〔註925〕

　　《瞬間》寫一個男人的意識流。

　　高行健1994年與法國作家朗格里談論「文學寫作」時說：在我的小說《瞬間》裏，這可以說是一個電影劇本，但沒有對話。我用了一種有點像格里耶的那種沒有感情色彩的語言。視像是不可能主觀的，它可以來自內心，但框在視野的框子裏就成了客觀的，否則便看不見。主觀的結晶轉變爲一種客觀性。這篇小說提供的是一個接一個來自主觀的視象，就像眼前有張銀幕，最後的視象則讓讀者明白，原來是一個人面對臨海的窗口，眺望時內心湧起的一連串的想像。他想像他坐在海灘的一把椅子上，腿發麻這感覺喚起的視像是螞蟻爬上了椅子腿，如此等等。可我避免作任何描寫，我只用語言來喚起視象，因爲語言能調動讀者的想像力，從而造成視象。這看起來非常客觀，訴諸讀者主觀的想像，由讀者根據自己的經驗，去再度產生他自己的視象。因而作者的文字只需要提示，比如：陽光下，一個男人坐在一把椅子上，面對海，而不必進入描寫，讀者倒反而看得很清楚。海潮、陽光，都不必去細細描寫。再如，一條空寂無人的小街，一半在陽光下，另一邊在陰影裏，一家關閉的店鋪前，人行道上，一個衣架上掛件男上裝，架上套根領帶，隨風搖晃。只有說明，便提示了視象。〔註926〕

　　趙毅衡指出：《瞬間》是高行健小說中實驗性最強的，讀起來很像電影劇本，全是一個個分割開的鏡頭式的場面和片言隻語的對話。沒有明顯的情節，可追蹤的只是一個「他」與一個「她」的相遇時分。小說的表象極端破碎，

　　6月初版第4刷。

〔註923〕高行健著《沒有主義》第187～205頁。

〔註924〕高行健著《高行健劇作集7逃亡》第111頁，臺北聯合文學出版社有限公司2001年10月初版。

〔註925〕劉再復整理《高行健創作年表》，劉再復著《再論高行健》第222頁，臺北聯經出版2016年12月初版。

〔註926〕《論文學寫作》選自高行健著《沒有主義》第50～51頁。

難以解釋，一切都化解在語言的或然之中。再一次，高行健在小說中預演他將要寫作的戲劇。《瞬間》中的死與性，都似乎是惡作劇的小丑，好像童年的惡夢，又似乎只是生命意義的虛擬。〔註 927〕

西零回憶：

在巴黎民族廣場附近的現代樓房裏，高行健在這裡寫了短篇小說《瞬間》。

那時我在找工作，也想寫作。小公寓的客廳和臥室相通，沒有門，高行健用一個大板子隔出兩個空間，這樣兩人各處一方，互不干擾。

我們從窗口看到街對面有個職業介紹所，幾個人在門口排隊等待，看上去垂頭喪氣，有點像潦倒青年，手裏都拿著一個資料夾。高行健鼓勵我：「別怕，加入到他們的行列裏去。」我果眞去了，向陌生世界邁出第一步，手裏也拿著一個資料夾。〔註 928〕

10 月，在巴黎寫作《我的戲劇我的鑰匙》一文，此爲巴黎第七大學舉行的亞洲現代文學戲劇討論會上的講稿。〔註 929〕

11 月 2 日，在巴黎寫作《隔日黃花》一文，談先鋒戲劇在中國大陸的風風雨雨，從《絕對信號》、《車站》到《野人》。〔註 930〕

11 月 22 日，劇作《冥城》在巴黎定稿。〔註 931〕

劉再復指出：《冥城》一劇取材於京劇傳統劇目《大劈棺》，是旅美舞蹈家江青向他訂約的一齣舞劇。老劇碼來自明代話本小說中的故事。此篇小說本是調侃莊子試妻，宣講倫常道德的訓誡，高行健卻改寫爲一部荒誕不經的地獄篇。在這荒誕的《冥城》中，人性一片混沌，說不清，理還亂，陰曹地府同樣無理可以伸張，這部戲看上去滑稽離奇，古怪得令人震撼，其實正是現實世界和人生深刻的寫照。〔註 932〕

〔註 927〕趙毅衡《渡者之歌——高行健小說選序》，潘耀明主編《當代中國文庫精讀高行健》第 5 頁，香港明報月刊、明報出版社 1999 年 8 月第 1 版、2000 年 10 月第 2 版、2000 年 11 月第 3 版。

〔註 928〕西零《時光的印記》，西零著《家在巴黎》第 192～193 頁。

〔註 929〕高行健著《沒有主義》第 264～284 頁。

〔註 930〕《高行健戲劇集 1 車站》第 121～137 頁，臺北聯合文學出版社有限公司 2001 年 10 月初版。

〔註 931〕《高行健戲劇集 5 冥城》第 98 頁，臺北聯合文學出版社有限公司 2001 年 10 月初版。

〔註 932〕劉再復《高行健世界的全景描述》，香港明報月刊《明月》副刊 2017 年 10 月號。

12月，杜特萊主動跟高行健說，他想要翻譯他的《靈山》。

杜特萊回憶：在 1991 年 12 月巴黎七大組織的一次亞洲文學研討會上，高行健和我談起，自從保羅‧蓬塞（他曾翻譯過高的幾齣戲劇和中短篇小說）去世之後，他就缺了法文譯者。出於一時衝動，我自告奮勇，建議翻譯高同年四月贈我的《靈山》一書。在翻譯阿城和韓少功等中國作家之後，我一直渴望翻譯高行健的作品。只看了《靈山》前幾頁，我便意識到這是一部獨特的小說，繼續翻閱若干片段，更證實了這最初的印象。〔註933〕

這一年，中國政府宣布開除其黨籍、公職，在北京的住房被當局沒收。

寫作現代歌謠《我說刺蝟》。〔註 934〕劇作《生死界》在《今天》第二期發表。《巴黎隨筆》刊發在美國《廣場》第四期。《瞬間》被收入日本出版的短篇小說集《紙上的四月》，譯者為宮尾正樹。德國文藝學會柏林藝術計劃主辦中德作家藝術家「光流」交流活動，舉辦《生死界》朗誦會。

參加巴黎大皇宮美術館的「具象批評派沙龍」1991 年秋季展〔註935〕。法國朗布耶交匯當代藝術畫廊舉辦高行健個人展。〔註936〕

1992 年　52 歲

1月，杜特萊開始翻譯《靈山》。

杜特萊說：

1992 年 1 月起，我開始翻譯《靈山》，讓麗蓮娜陸續校閱我的初稿。這是我倆從開始至今的工作方式：我先完成翻譯草稿，麗蓮娜則著重法語的校核。每一處修改，我們再對照中文原文，以便定稿，最後我們朗誦譯文，試圖再創行健執著的漢語的音樂性。

這翻譯的過程中，還有第三者的介入，那就是作者本人，說著一口好法語。他給予譯者充分的自信，甚至啟發我們超脫其原文，又不斷提出灼見，並耐心地反覆審讀我們的譯稿。

在持續三年的工作中，我們分享了翻譯的樂趣，不僅無絲毫懈怠，更從未想過放棄這艱巨的任務，然而找到一家法國出版社，希望十分渺茫。不過

〔註933〕杜特萊《翻譯〈靈山〉》，郭英州譯，劉再復編《讀高行健》第 218 頁。
〔註934〕高行健著《遊神與玄思》第 1～20 頁，臺北聯經事業股份有限公司 2012 年 5 月初版，6 月初版第二刷。
〔註935〕劉再復著《再論高行健》第 222～223 頁。
〔註936〕繪畫簡歷，亞洲藝術中心出版《高行健》第 103 頁。

我們堅信臺灣聯經出版社出版的這本長達 563 頁的小說，即便在世界文學歷史上，也當之無愧爲一部里程碑巨著。〔註 937〕

6 月 8 日，寫作《中國流亡文學的困境》一文，作爲英國倫敦大學東方語言學院講稿。〔註 938〕

6 月 13 日，法國《共和國民報》刊發對高行健的畫的評論。

文章指出：高行健有種嚴格而創新的精神，在他的各個領域裏，都表現出是一位先鋒藝術家。他的水墨畫與其說受到西方當代繪畫不如說從十七世紀著名藝術家朱耷得到啓發，他筆墨的技藝和將眞實加以視覺的轉化，反應出內心世界激起的情感。他把技巧推向極致，通過繪畫傳達的主要是這種精神力量。他從古典傳統中吸取靈感。融入到現代的世界，表現出當代的情感。〔註 939〕

6 月 14 日，在法國聖—愛爾布蘭完成劇作《對話與反詰》。〔註 940〕

6 月 18 日，寫作《談我的畫》一文。〔註 941〕

7 月 15 日，北京人藝演劇學派國際學術研討會在北京召開，于是之高度評價了《絕對信號》的探索意義。

該學術研討會是北京人藝建院 40 週年的一個重大活動。

據《中國戲劇》報導，由中國藝術研究院、北京市對外文化交流協會和北京人民藝術劇院聯合主辦的「北京人藝演劇學派國際學術研討會」於 1992 年 7 月 15 日在和平賓館召開。北京人藝院長、著名劇作家曹禺，市委宣傳部長李志堅，中國藝術研究院副院長李希凡，北京人民藝術劇院第一副院長、著名表演藝術家于是之，中國文化基金會會長英若誠等，以及首都文藝界、戲劇界、學術界及海外專家 200 餘人出席了開幕式。此次研討會爲期 4 天，來自國內的 50 餘名、海外近 30 名戲劇界人士、專家、學者圍繞北京人藝的藝術成就、演出特色、創作方法、美學特徵乃至已形成系統的演劇學派，進行了全面而深入的探討。〔註 942〕

〔註 937〕杜特萊《翻譯〈靈山〉》，郭英州譯，劉再復編《讀高行健》第 219 頁。
〔註 938〕高行健著《沒有主義》第 120～128 頁。
〔註 939〕法國報刊摘錄，亞洲藝術中心出版《高行健》第 108 頁。
〔註 940〕《高行健戲劇集 9 對話與反詰》第 121 頁，臺北聯合文學出版社有限公司 2001 年 10 月初版。
〔註 941〕高行健著《沒有主義》第 324～329 頁。
〔註 942〕《北京人藝演劇學派國際學術研討會在京召開》，《中國戲劇》1992 年第 8 期 第 8 頁。

　　于是之演講的題目是：《探索者的足跡——北京人藝演劇學派國際學術研討會開幕詞》，他在文章中重點講了三個戲，一是老舍的《龍鬚溝》（奠定現實主義的基礎）；二是郭沫若的《虎符》（話劇民族化）；三是高行健的《絕對信號》（劇院在復蘇中開拓與發展）。他這樣說：「我們劇院 40 年來演了 211 齣戲，單提出這 3 齣戲來，並不是因爲它們特別好，只是因爲它們是悠悠長路上的 3 個有意義的足跡，它們標誌著幾次風格的探索和建樹是從它們那裡起步的。」〔註943〕

　　他這樣肯定《絕對信號》的探索意義：隨著文化專制主義的被埋葬，劇院這片沃土重新萌生出一片新綠。人們的視野更擴大了，思想更活躍了。就在這個時候，劇院在小劇場中演出了《絕對信號》（作者高行健、劉會遠）。這是一次新的探索，一個有新意的戲。它的故事主要發生在一列火車的守車廂裏，布景只是用幾根金屬管子搭成的一個車廂框架。車廂的空間是有限的，但在表演中它有無限的可能性，可以是河畔，也可以是結婚的新房，或者是其他的什麼地方；獨白可以坦誠地說向觀眾；對白自然要有，但人物關係之間的內心交流也可以變爲有聲的語言；人物心中的回憶和對未來的想像全都可以外化爲形象……這樣的表演，可以想見，導演和演員都要費很多的心思去探索，但他們是有收穫的，他們得到的是舞臺的更大的自由，彷彿沒有什麼是不能在舞臺上表現出來的。導演林兆華在這裡把舞臺的假定性與表演的眞實性結合起來了；把借鑒民族戲曲的某些觀念與引進當代戲劇流派的一些表現手法結合起來了。〔註944〕

　　7 月，在維也納瞬間劇團導演《對話與反詰》。工作紀錄在「《對話與反詰》導表演談」一文中有反映。〔註945〕

　　8 月 18 日，《中國戲劇》刊發了以「北京人藝建院四十週年暨北京人藝演劇學派國際學術研討會」的論文總共 14 篇，有三個人——于是之、徐曉鐘與林兆華的文章論及《絕對信號》，徐的看法有褒有貶。

　　徐曉鐘的文章題目是：《邁向新的現實主義——試析「北京人藝」風格的

〔註943〕于是之《探索者的足跡——北京人藝演劇學派國際學術研討會開幕詞》，《中國戲劇》1992 年第 8 期第 8 頁，中國戲劇雜誌社 1992 年 8 月 18 日出版。

〔註944〕于是之《探索者的足跡——北京人藝演劇學派國際學術研討會開幕詞》，《中國戲劇》1992 年第 8 期第 8 頁。

〔註945〕高行健著《沒有主義》第 216～235 頁，此文是高行健與林原上的對談錄，根據林原上的錄音整理。

發展及其走向》，他說：《絕對信號》第一次成功地以實驗性的小劇場形式在我國劇壇出現。它以心理邏輯爲主，運用意識流方法，把人物心靈的隱秘外化爲直觀的舞臺形象，加強了戲劇的新因素，給新時期戲劇探索增加了活力。《野人》的演出以比較開闊的藝術視野，自覺地把西方現代主義戲劇觀念、藝術方法引入實驗。但是它與「人藝」這個有著鮮明創作個性的藝術家群體，在藝術觀、美學追求和藝術功底等方面，發生深刻的矛盾。〔註946〕

　　林兆華在《藝術風格要發展》中指出：未來劇院的風格是不以我們的意志爲轉移的。時代總要往前走，觀眾對藝術的需求總要隨時代的發展而變化。我們靜下心來想一想：人藝這個藝術群體，老藝術家們走的走，離的離了，退的退了，任何新的藝術群體想重複、代替老一代藝術家的創作怎麼可能呢！居然有的人就相信，似乎代表人藝的保留劇目一代一代原封不動地傳下去，人藝的傳統、風格也就後繼有人了。如果真這樣，過不了多時，首都劇場也快沒什麼人來了。世界幾大著名的劇院的興衰史早已告訴我們，藝術風格是守不住的，不立足於發展，原有的好東西也會毀掉的。斯坦尼斯拉夫斯基開創的莫斯科藝術劇院是對我們中國戲劇界影響最大的劇院。斯氏逝世後劇院的保留劇目一直保持著原封不動的演出形式，50 年代中後期，出現了叛逆者，組成「現代人」劇院，才算拯救了這個劇院的藝術生命。講心裏話，我愛人藝風格、傳統，但我不願意受它的束縛，我也不會去捆綁劇院的風格，限制它的發展。〔註947〕

　　9 月 24～29 日，**奧地利報刊報導評述高行健執導的劇作《對話與反詰》。**〔註948〕

DERSTANDARD（1992 年 9 月 24 日）：

禪在荒謬劇場。

　　一個舞蹈演員和尚打扮，試圖在舞臺上把一根棍子立住，一次又一次，歪歪倒倒怎麼也辦不到。和尚再試，最後木棍立在地上了。現在他又是試圖在木棍頂端再立個雞蛋。蛋掉下破散在地上。用什麼辦法才能把蛋立在一根歪斜的木棍頂上呢？「一個驚奇而荒謬的經驗，」高行健邊談邊笑。「這些想法來自中國的禪宗，而非日本的禪。」他笑得更濃，說：「當然，在舞臺上，

〔註946〕徐曉鐘《邁向新的現實主義——試析「北京人藝」風格的發展及其走向》，《中國戲劇》1992 年第 8 期第 9 頁，中國戲劇雜誌社 1992 年 8 月 18 日出版。

〔註947〕林兆華《藝術風格要發展》，《中國戲劇》1992 年第 8 期第 13 頁。

〔註948〕高行健著《沒有主義》第 236～239 頁。

我們看到的是戲劇表演，而非禪。」

當和尚一心試圖把蛋立在棍子頂端的同時，兩位歐洲演員扮演的男女角色同步進行他們的對話，討論他們的關係，突然觀眾發現這些對話早已不只是男女的關係，而是一切存在的生活的種種面貌。

1988 年，高行健的大戲《野人》在德國漢堡塔裏亞劇院上演，觀眾的反應覺得很奇怪。怎麼看德國演員演中國農民？在兩種文化相互交融的情況下，歐洲的觀眾立刻的反應這是一種異國情調。對這種印象和反應，高行健認為這是一種文化上的誤解，而他並不用這樣的眼光看歐洲。《對話與反詰》是高行健今年的新作，並由他自己導演，這齣戲並不只是人與人之間交流的問題，更是兩種文化之間的一種交流。〔註949〕

WIRTSCHAFTSWOCHE（1992 年 9 月 24 日）：

瞬間劇場的戲，開始於一個事件結束之後，女人問：「怎麼樣？」男人答：「還好，你呢？」女人答：「也不錯。」……這是西方社會經常發生的乏味的現象，然而這樣的對話和表演繼續進行，慢慢進入到一對情侶隱藏在每個角落裏的愛情，兩人逐漸打開自己，呈現給對方，並且分析他們所在的這奇特的空間，同時由外向內審視他們自我的存在。

在彼此傷害激烈的行為和對話的同時，一個和尚在舞臺上正從事例行的儀式，唱誦佛經，點水，灑掃，等等。

高行健開拓戲劇表演的可能性，並且把東方戲劇的表演諸如音樂或舞蹈放在一個西方的事件中，運用結合得異常嫻熟。

演和尚的林原上是臺灣來的中國京劇和現代舞演員，1983 年起到歐洲研究現代舞和戲劇。一對情侶由伍波・伍爾夫和卡羅拉・里爾德扮演。〔註950〕

WIENNERZEITUNG（1992 年 9 月 27 日）：

一對情侶偶然相識，他們開始一段又一段蒼白苦澀的對話。另一邊，一個亞洲和尚沉浸在自己日常生活的行為中，表現出一種高度精神集中下的單純感。他為我們帶來了一種平衡。

高行健為歐洲人寫了這個戲，他的布景設計為這個戲帶來非常純淨和諧的空間。

這戲表現了西方人對愛情和生活的無能，同時也表現了東方人一種有力

〔註949〕高行健著《沒有主義》第 236～237 頁。
〔註950〕高行健著《沒有主義》第 238～239 頁。

的生命力，一種無爲精神的沉浸。

　　林原上、伍波‧伍爾夫和卡羅拉‧里爾德表演得非常敏感和精緻。〔註 951〕

DER STANDARD（1992 年 9 月 29 日）：

　　《對話與反詰》這戲沒有談到任何有關中國的現實政治，然而卻反映出一個人的內心深處在另一種環境裏，跟其他的人（西方人）並沒有太大差別。

　　第二場戲的對話，變成了一場影子的表演。一男一女互相殺死了對方，隨著太極式的動作，他們消失在一片抽象的白之中。

　　舞臺設計也是劇作家作的。

　　劇中的對話傳達出一種精緻的舞臺語言。

　　男女兩位演員表現的臺詞用一種聰明的方式把劇作家的精緻連貫在一起。

　　舞蹈演員林原上扮演的和尙這角色，非常吸引觀眾的注意力，我們一直關注舞臺，我們的眼光從沒有想到出口的門。〔註 952〕

　　10 月，**《戲劇藝術革新家林兆華》收入林克歡所編的《林兆華導演藝術》一書中。該書由著名劇作家曹禺、吳祖光、于是之分別作序，高行健的文章是正文第一篇。**

　　高行健回憶並高度評價了林兆華。他一開篇說：我到北京人民藝術劇院之前已經寫過不下十個劇本，我應該說有足夠的寫戲的經驗。我也得到過已故的導演鄧止怡的幫助，他讓我很早就熟悉了劇場。我自己也有過在大學裏演戲和辦劇團的經驗，戲劇對我來說並非陌生的事業。正因爲如此，我來到人藝，對於戲劇已經有自己非常固執的主張，而且也到了難以遷就的年紀，一個戲的上演與否對我並不十分重要，要緊的是實現自己的藝術主張。我也許終身很難實現這些主張，如果我未曾遇到林兆華的話。〔註 953〕

　　成爲工作搭檔之前，兩人並不認識。「我同他認識是到人藝之後，在于是之同志家裏，他聽我談了幾個戲的計劃之後，我們便多次長談，立刻有了共同的語言。我們都讚賞焦菊隱先生的藝術，並且以能在北京人藝工作爲一種光榮。但我們都認爲不必再走劇院已經走熟了的老路，前人已經做過了，且已做得十分出色的事情，我們再去重複沒有太大的意義。我們也膩煩那種關於繼承與革新咬文嚼字的討論，對藝術家來說要緊的是切實做點新鮮的事

〔註 951〕高行健著《沒有主義》第 236 頁。

〔註 952〕高行健著《沒有主義》第 237 頁。

〔註 953〕高行健《戲劇藝術革新家林兆華》，林克歡編《林兆華導演藝術》第 1 頁，北方文藝出版社 1992 年 10 月第 1 版第 1 次印刷。

情。而我們之所以能合作得這樣默契，除了這種毋需多加解釋的共同的意願，更主要的還是有相通的藝術趣味。」〔註954〕

他欣賞林兆華低調的藝術氣質。「林兆華通常說他是沒有主義的主義，並不是沒有他自己的藝術見解，而且還總有些非常高明的見解。但是藝術家主要也不靠見解，成就的關鍵恰恰在於人們討論得最少卻最為重要的藝術家的才能。林兆華打動我的正是他那種毫不張揚的天生的藝術家的稟賦。」

他思念那些藝術火花碰撞的日子。「同林兆華討論戲劇是一種愉快，他那種敏銳的藝術家的直覺往往使這種討論變得令人神智飛揚。我的許多設想和構思都是在這種暢談中誕生的。我懷念同他那些長談，而且往往談到深夜。當然，我們討論的這些設想並不都能付諸實現，那還有種種客觀條件的限制。但僅就這種討論而言，就給我極大的滿足。然後，他又有一種我所缺乏的求實精神，總千方百計把我們討論的計劃盡可能加以實現。我們之間的討論，絕少思辨。」

他寫出林兆華瀟灑的導演做派。「他是憑他天生的悟性和全部感覺來捕捉戲的，換句話說，不是用頭腦構思，用頭腦挖空心思想出來的往往並非聰明，當他終於構思成熟，進入排演場的時候，奇妙的是他竟沒有一個成文的導演計劃，只有一份圈圈劃劃弄得只有他自己才能辨認的破舊的劇本，戲卻已經都裝在他心中。他總能想出些辦法把排演場變成一種遊戲的場所，通常從跳舞到某種玩耍開始。排《絕對信號》時，他先把演員帶到火車站貨車場的守車裏，讓大家即興做戲。排《車站》時，他請來一位現代舞的教員，讓大家學舞。排《野人》時，大家先在音樂節奏中自由、隨意地遊戲。而由此而來的形體動作的種子最後都發展成為戲中的動作，戲劇的情境便在近乎於遊戲中逐漸確立。排演場裏很少見到林兆華同演員說戲，他總是變換著法子，找尋新鮮的調度，或是轉移戲的重點，以減輕演員的壓力。」〔註955〕

他最欣賞林的樸素，認為林超越了焦菊隱。「而且在樸素中時常又冒出驚人的火花。我以為這是一種很高的境界。林兆華在導演藝術上的革新應該說是在北京人藝的藝術傳統上的革新，新鮮而不譁眾取寵，讓人耳目一新，又極其自然。《絕對信號》的演出在一個用舊木板搭的平臺上，只幾根鐵架子和不多的幾盞燈光，用的都是極簡單的手段，卻達到了巨大的真實。林兆華甚

〔註954〕高行健《戲劇藝術革新家林兆華》，林克歡編《林兆華導演藝術》第2頁。
〔註955〕高行健《戲劇藝術革新家林兆華》，林克歡編《林兆華導演藝術》第3頁。

至不去掩蓋他採用的手段的貧乏，這就是一個眞正有才氣的導演的自信之處。他不能容忍表演的虛假。他導演的戲中，差不多消滅了話劇老式表演中那種裝腔作勢的通病，這當然也同北京人藝的演員普遍修養有關。《絕對信號》中蜜蜂的想像中的獨白和《狗兒爺涅槃》裏的主人公那許多大段的自白，他都處理得那麼眞摯樸素，沒有一點多餘的表演，也就直指人心，深深打動觀眾。他戲中的這種樸素與眞實也仰仗於北京人藝的藝術傳統，但又同老套子的現實主義的表演有很大的不同。林兆華不再舞臺上費大氣力去製造現實生活的幻覺，而是用最簡潔的手段調動演員和觀眾的想像力，在光光的舞臺上建立一種心理情境。他把戲曲表演中那種虛擬的手段巧妙地用到話劇舞臺上，將舞臺上的假定性和眞實感結合得不露痕跡。焦先生的試驗尚未擺脫戲曲的程序，因此仍不免流露出戲曲表演的痕跡。林兆華則進而把戲曲表演的這種痕跡消除了，將它融化到現代戲劇中去，這是他的成就。」〔註956〕

他認爲是林兆華給面臨危機的話劇增添了生機，「這七八年來，林兆華導演的戲，差不多都立在舞臺上，受到各界觀眾的歡迎，人們承認也好，不承認也好，北京人藝這七八年來新的優秀劇目大都同林兆華的名字聯繫在一起。他追求的並不是導演個人的名聲，他不選擇那些保險系數大肯定會受歡迎的中外久演不衰的劇目，總是同不見經傳年輕一輩的劇作者合作，以推出他們的作品爲己任。我以爲，僅就他對繁榮當代戲劇創作的貢獻就功莫大焉。」〔註957〕他最後指出：建立所謂的中國戲劇學派和所謂的民族風格不應該只是紙上談兵。我們一直呼籲建立一個小小的試驗劇場。我以爲，以林兆華的才能和他已取得的藝術實踐的經驗，完全有能力來試驗、發展他自己的表、導演藝術。〔註958〕

10月，《明報月刊》1992年十月號刊發《中國流亡文學的困境》。〔註959〕

這一年，法國政府授予他「藝術與文學騎士」勳章。法國藝術家之家接納爲會員。

高行健說：法國總統、總理及文化部長等等，都向我發了賀詞、賀電，文化部還舉行盛大招待會。我在法國創作的作品，大都是用漢語寫作的，只

〔註956〕高行健《戲劇藝術革新家林兆華》，林克歡編《林兆華導演藝術》第4頁。
〔註957〕高行健《戲劇藝術革新家林兆華》，林克歡編《林兆華導演藝術》第5頁。
〔註958〕高行健《戲劇藝術革新家林兆華》，林克歡編《林兆華導演藝術》第5頁。
〔註959〕劉再復著《再論高行健》第224頁。

有部分是以法文寫的，他們在賀電中說我以中國文學豐富了法國文學，爲法國文學注入了新的活力，因爲這些作品與法國文學很不一樣。〔註960〕

　　劉心武回憶與高行健和劉再復在瑞典會面的情形。

　　他寫道：那是 1992 年，我應瑞典文學院馬悅然院士邀請，由 SAS 航空公司贊助一套機票，到瑞典及挪威、丹麥訪遊期間。行健聞訊專程自費從巴黎飛過去會我。他住再復的那套公寓裏。再復當時是斯德歌爾摩大學客座教授。我雖然被安排了獨立住處，但爲了跟行健、再復暢談，也就住在再復那裡。摯友間的聚談是人生中最可珍貴的精神宴饗。〔註961〕

　　梁志民回憶與高行健的認識。

　　他說：一開始跟高老師在 1992 年認識的時候，我們在討論《絕對信號》這部作品，高老師講到一件事情，讓我印象非常深刻。一直到現在爲止，不管我在看他的戲或是讀他的戲的時候，都想像著一個畫面，與高老師寫作有關的畫面。他的寫作方法非常特別，不管寫詩或是劇作，他是用口述的。於是我在讀他的戲的時候，感覺作爲一個劇作家，跟導演有十分緊密的關係。導演彷彿是要找一個能跟他結交成非常好的朋友的劇作家，因爲我要知道他在想什麼，才能夠詮釋他在想的東西，我不能把他的意思給扭曲了，不能把他的意識給走歪了。所以呢，我每次在讀高老師戲劇的時候，彷彿就有一個畫面：他在錄音時候那樣一個畫面。這個是他創作最原始的風貌，我必須要想辦法找到最原始的風貌。

　　這個戲裏面他描述的是文化大革命之後幾年，當時的年輕人對於這個社會、對於自己的困境的一種抵抗。在一個小小的車廂裏面，炸裂出來六個不同角色之間情感的衝突。這個戲我現在幾乎每年都要讀一次，因爲我從 2009 年開始在師大開了高行健戲劇研究的課，所以每一年都會讓學生讀這個劇本。他在 1982 年的時候已經有這麼大膽的想像力和創作能力。這是我導他的第一個戲的時候，最大的一個收穫。〔註962〕

　　《靈山》瑞典文版出版，譯者爲馬悅然。比利時出版《逃亡》法譯本。德國出版《逃亡》德文譯本。劇作《對話與反詰》刊發在《今天》第二期，

〔註960〕潘耀明《高行健訪問記》，林曼叔編《解讀高行健》第 17～18 頁，明報月刊出版社有限公司 2010 年 11 月初版。

〔註961〕劉心武著《瞭解高行健》第 43 頁。

〔註962〕林延澤整理、陳佩甄、彭小妍校訂《呼喚文藝復興——高行健演講暨座談會紀錄》。來自華藝臺灣學術文獻數據庫。

法文版同時發表。《隔日黃花》（隨筆）刊發在美國《民主中國》1992 年第
八期。《文學與玄學——關於〈靈山〉》刊發在《今天》1992 年第 3 期。劇
作《生死界》德文譯本刊發在德國《遠東文學》第 13 期上。短篇小說《瞬
間》被收入馬森、趙毅衡編《潮來的時候》書中，臺灣文化生活新知出版
社出版。

倫敦當代藝術中心舉辦《逃亡》朗誦會，在倫敦大學和利茲大學分別
舉行題為《中國流亡文學的困境》和《我的戲劇》報告會。法國利茂日國
際法語藝術節舉辦《逃亡》朗誦會。英國電臺廣播《逃亡》。德國紐倫堡城
市劇院上演《逃亡》。奧地利維也納首演《對話與反詰》，高行健執導。《絕
對信號》在臺灣戈多劇場上演。

斯德歌爾摩皇家劇院首演《逃亡》，應邀為演出做水墨畫設計，放大製
作為五公尺×十四公尺的大幕。〔註 963〕法國馬賽亞洲中心舉辦高行健個人
畫展。法國麥茨藍圈當代藝術畫廊舉辦高行健個人畫展。〔註 964〕

1993 年　53 歲

年初，《生死界》在巴黎圓點劇院首演後，劇院舉辦了有兩百多人參加
的座談會。

會上有一位戲劇評論家說：高行健來自問題叢生的中國大陸，但他同樣
希望在自己的文化背景和特殊經驗的基礎上，以平等的身份，參與構築今日
文化的全球性工作。〔註 965〕

西零在《前衛劇場的記憶》一文中寫道：

那是他的戲首次在巴黎上演，也是他第一次用法文寫劇本。當時法國文
化部向高行健約訂一個劇本。高行健想到，既然是面對法國觀眾，不如就用
法文寫。開始他寫得非常艱難，每個句子都要反覆琢磨，有時為了一小段對
話，一直寫到凌晨四點。當時的文化部專員讓‧皮埃爾‧伍爾茨先生積極推
動了這個計劃。高行健交稿之後，時任圓心劇院院長的卡茲納達爾先生促成
了劇本在圓心劇院演出。

八十、九十年代，圓心劇院是巴黎重要的前衛實驗劇院，有一大一小兩

〔註 963〕繪畫簡歷，亞洲藝術中心出版《高行健》第 102 頁。
〔註 964〕劉再復著《再論高行健》第 223～225 頁。
〔註 965〕該評論見《歐洲日報》1993 年 1 月 13 日，劉再復著《論高行健的狀態》第
　　　　　84 頁。

個劇場。所謂大劇場也不過七百六十個座位，正好適合前衛實驗戲劇，上演貝克特、杜拉斯、薩霍特等當代劇作家的戲劇。九十年代初，爲探索實驗戲劇，米雪爾・可可索夫斯基女士在這裡創辦了一個實驗戲劇學會。

米雪爾・可可索夫斯基曾經是法國文化界的一個活躍人物，被大家親切稱作可可。她是高行健的老朋友。中國戲劇家協會八十年代初曾經邀請她訪華。主辦單位找到北京人民藝術劇院的編劇高行健做法文翻譯。閒談之時，高行健向她講到劇院正在排演他的劇本《絕對信號》。那時高行健和導演林兆華已經開始了中國最早的前衛戲劇實驗。

米雪爾那時已經開始籌辦實驗戲劇學會，設想一個龐大計劃，邀請世界各國的戲劇家。她回到法國後就向高行健發出邀請，但是高行健沒有得到上級機構的批准，不能出國。八十年代末，米雪爾和高行健還是在巴黎重逢了。

《生死界》的導演是阿蘭・迪馬。首演獲得了很大成功，其他幾場演出也滿座。散戲之後，我跟著高行健去後臺，大家興奮不已，女演員激動得落淚。

接下來劇院圍繞這齣戲的演出組織了研討會，由戲劇專家喬治巴尼教授主持。我印象較深的是他爲戲劇人說話，抱怨待遇太低，和修水管的工人差不多。高行健在會上簡述了自己的戲劇觀，講到「中性演員」，演員保持扮演者的身份，詮釋角色，即「我演角色」，而不是「我就是角色」。這給演員的表演更大的自由和空間，與俄國戲劇家斯坦尼斯拉夫的戲劇觀截然不同。〔註966〕

1月17日，與德尼・朗格里（法國作家、哲學博士）談論文學寫作中的「語言流」。〔註967〕

1月26日，修定劇本《山海經傳》。〔註968〕

1月，法國多家報刊及繪畫機構刊發對高行健繪畫的評論。

1月23日，法國《新共和報》刊發的文章（卡特琳・布舍撰文）說：高行健，這位在法國的小個子的中國人是中國的一位大藝術家。他並非斷了根，深深紮根於中國傳統的水墨荷宣紙的技術中，可他的藝術觀卻全然是個人的。他

〔註966〕西零著《家在巴黎》第158～162頁。
〔註967〕高行健著《沒有主義》第31～54頁。
〔註968〕高行健著《山海經》文末標注：1993年1月26日修定，臺北聯合文學出版社2001年10月初版。

沒有老師，他就是他，連同他的才華，一個在法國的自由的中國藝術家。〔註969〕

　　1月25日法國《貝里省共和國民報》摘要：國會議員雅克藍波市長星期五遞交給高行健布爾日城市城徽，向他作為人也作為藝術家表示敬意。高行健用中國傳統的技巧來處理當代的創作。他令人吃驚的水墨技巧創造出一個非常豐富的內心世界，恍惚於神秘與哲學、詩與光之間。〔註970〕

　　1月27日法國《新共和報》刊發卡特琳・布舍文章，她寫道：高行健粉碎了傳統令人窒息的枷鎖規章，在他的文學、戲劇和繪畫作品中，盡其感覺，加以表現。以他自己創造性的眼光，藝術家把這傳統變成了現代的、現時的藝術。在他的作品中，感覺得到兩個世界、兩種文化的較量。他並非是一個如此斷了根的藝術家，也不是個世界主義者，他還是深深的中國人。不論是他那些讓人想起中國畫法的抽象畫，還是那些比較具象的作品，高說抽象與具象對他來說無區別，白中有黑，黑中有白，都煥發一種將陰暗的畫面轉為光明的靈性。〔註971〕

　　1月27日法國《貝里省共和國民報》刊發瑪麗・羅瑟・巴里斯塔文章，她寫道：在布爾日文化之家，高行健舉辦他在法國首次大型的全國性個展。他的作品既強有力而又精緻，紮根於中國文化傳統之中。他的水墨轉變化解為或充滿詩意或風暴來臨的景象，或者人只是宇宙中小小的一環。高行健的作品從哲學和技巧兩方面來說都是絕妙的。〔註972〕

　　布爾日文化中心高行健畫展的序言，由讓－皮埃爾・烏爾茲撰寫。他寫道：他把中國的傳統化為己有，化為一種能把現時代的快樂與喧囂加以澄清的今天的藝術。他的目光與靈魂的搜索洞察隱秘，心地純淨，堪與神交。〔註973〕

　　2月，《絲路學刊》1993年第1期刊發張濤、湯吉夫論文《零落成泥碾作塵——試論現代派小說的本土化》。〔註974〕

　　2月3日，瑞士《日內瓦日報》刊發《靈山》書評，題目為《靈魂之巔》。

〔註969〕法國報刊摘錄，亞洲藝術中心出版《高行健》第108頁。
〔註970〕法國報刊摘錄，亞洲藝術中心出版《高行健》第108頁。
〔註971〕法國報刊摘錄，亞洲藝術中心出版《高行健》第108頁。
〔註972〕法國報刊摘錄，亞洲藝術中心出版《高行健》第108頁。
〔註973〕法國報刊摘錄，亞洲藝術中心出版《高行健》第108頁。
〔註974〕《絲路學刊》1993年第1期第4～7頁。

作者 Andre Clavel 寫道：

《靈山》毫無顧忌同志怪小說的古老傳統重新連結在一起。人們可以說這是中央帝國裏的一位佛教的教主，或是一位遊遊蕩蕩的小王子。多虧了他，爛在共產主義污泥中的中國重新找到了上天之路。這是對於惡的一個漂漂亮亮的勝利，即使高行健的主人公未能發現那不可企及的靈山。恰如海市蜃樓，當人漸漸遠離這惱人的人世，它在地平線上卻影影綽綽，旋而即逝……

為中國傳統文化辯護，也是個人對那一切都集體化的國家機器的辯護書。《靈山》不只是一部小說，一次為西方讀者全然不知的令人驚訝的奇遇，一部關於這被認同已經僵死了的大陸的智慧的論著。〔註975〕

2月，「巴黎雷諾－巴羅特圓環劇院」節目報介紹「劇作家高行健」。

作者為雅克・班巴諾。他寫道：

中國創作家、作家和藝術家，有個同樣的問題：創造一種現代性而又仍然是中國的，卻又能訴諸世界……

為了表達當前的現實，不難理解作為劇作家的高行健何以更喜歡話劇。可他採用這種形式，又還得逐漸擺脫西方的影響。高行健的《車站》看來有《等待戈多》的印記，但是還要說明的是這並非只是對荒誕戲劇的模仿，因為荒誕確實是今日中國現實一大特徵。

高行健的創作一開始，當局對他的戲就白眼相待。他也確實不滿足於揭露已經過去了的文化革命，這本可討好所有的人。他卻展示生活的此時此刻，勇敢繼續這一企圖，又寫出了關於天安門的悲劇另一齣戲《逃亡》。作為真正的藝術家，他又知道保持距離，既不墮入感傷主義，又不墮入政治言辭，將及時逃避鎮壓的逃亡者置於倉庫，讓人感受到恐怖。在他這劇中如同在他的畫裏，都同樣簡潔。

他的勇氣使他見逐於他的國家，得逃到歐洲。這之前，他權衡政治審查，並訴諸中國觀眾。他那時能提示那些人所周知的事件，只要在言辭背後指出真實就可以了。如今，他被判定為西方觀眾寫作，而他的戲劇也得表現出中國的悲劇如何才能超越中國還得到反響。隔斷了中國生活的直接經驗，他還得保留中國的聲音，這聲音訴說的是如此深層的現實以至於能傳達到所有的人。以其《野人》一劇，高行健越過生態達到與自然的關係，而這一主題，

〔註975〕潘耀明主編《2000年文庫　當代中國文庫精讀　高行健》第180頁。

中國人能給世界很大的貢獻。《生死界》一劇，對只知道中國通常所謂婦女問題的人來說，展示了一個令人非常吃驚並令人困惑的女性角色。而《彼岸》則非常有趣，因爲這提出了在當今條件下佛教思想的問題，且超越了宗教的界限。高行健既是十足的中國人，又完全現代。他的這些劇值得介紹到法國來，且別急於去判斷。得提醒人注意的是，中國的創作家、劇作家還是別的藝術家也好，不得不提出對藝術家來說最困難的一種挑戰：採用一種並非是自己的傳統的表達方式，用來還又不喪失自己的文化。〔註976〕

4月4日，在巴黎寫作《個人的聲音》一文，爲斯德哥爾摩大學「國家、社會、個人」學術討論會準備講稿。〔註977〕

4月15日，劉心武在北京寫作《斯德哥爾摩的誘惑》一文時，預言高行健可能獲諾貝爾文學獎。

他寫道：我倒是感覺到，也許高行健今年有希望 ——他的作品有多而好的瑞典文譯本，並且可能有西方高等學府的漢學方面的正教授爲他提名，但他能在最後獲得七張以上的院士票嗎？那可太難說了。〔註978〕

春天，劉再復爲高行健劇作《山海經傳》寫序。〔註979〕

劉再復指出：《山海經傳》比以往的劇作更不平常。他專以中國遠古的神話爲本的藝術建構。從創世紀寫到傳說中的第一個帝王，七十多個天神，近似一部東方的聖經。也許高行健在寫作時也隱藏著這種「野心」，所以在考據上非常嚴謹，而在藝術格局上又雍容博大。

高行健吸收了現代學人已有的成果，但他卻完成了一項學者們沒有完成的工作，這就是把散漫的神話傳說轉化爲鴻篇巨製，建構一個藝術的，然而又是材料確鑿的中國古代神話系統，展示上古時代中華民族起源的基本圖景，完成一部「史詩」性的劇作。

他在這一劇作中努力把許許多多的遠古神話傳說的碎片撿拾起來，彌合成篇，揚棄被後來的經學學者強加給它的政治或倫理的意識形態，還其民族童年時代的率眞，恢復中國原始神話體系的本來面貌，以補救沒有史詩的缺陷。

〔註976〕潘耀明主編《2000年文庫　當代中國文庫精讀　高行健》第188～189頁。
〔註977〕高行健著《沒有主義》第97～107頁。
〔註978〕劉心武著《瞭解高行健》第116頁。
〔註979〕劉再復著《論高行健狀態》第84～94頁，香港明報出版社有限公司2000年11月初版，2001年1月第2版。

　　由於《山海經傳》的作者選擇尊重遠古神話本來面目的創作之路，即作「傳」的路，因此，創作就更為艱辛，倘若不遵循這一路子，而是抓住其中某些碎片加以演義和鋪設，倒是比較簡單，但這就要放棄「史詩」的藝術追求。而採取作「傳」的路子，則必須借助於文化學、人類學、民族史學和考古學的工夫，而高行健不惜下一番工夫，博覽群書，並親自到長江的源頭上考察和收集資料，對中國的文化起源作出富有見解的判斷。從《山海經傳》中，我們可以看出，中國文化不僅起源於黃河流域的中原文化，而且也起源於長江流域的楚文化，還起源於東海邊的商文化。高行健似乎有「文化起源」的考證「癖」，多年來他一直叩問考究不停。他的長篇小說《靈山》也作了這種叩問。

　　但《山海經傳》並非學術，而是藝術，因此，把系統的原始神話，上升為戲劇藝術，又是一大難點。一個大民族開天闢地的完整故事，故事中這麼多線索，這麼多形象，卻表現得這麼有序，這麼活潑，而且要賦予比學術所理解的內涵豐富得多的各種內涵，包括美學內涵、心理內涵、哲學內涵，實在是很不容易的。而高行健能舉重若輕，站在比諸神更高的地方，輕鬆而冷靜地寫出他們的原始神態，這就證明作者具有駕馭大戲劇的特殊才能。

　　劇中七十多個人物，女媧、伏羲、帝後、羿、嫦娥、炎帝、女娃、蚩尤、黃帝、應龍等，個個都有一種神秘性，半神半人的個性。尤其是那個神射手羿，上古時代的偉大英雄，更是令人難忘。這麼一個英雄，既被神所拒絕，又被人所拒絕，最後又被妻子嫦娥所拒絕。只有在庸眾們需要利用他的時候才把他捧為救主。他立下解除人間酷熱的豐功偉績，然而他卻被認為犯了彌天大罪，天上人間都不能和他相通，這是何等的寂寞。在劇作中，羿的命運和許多天神的命運，都有「形而上」的意味，在今天形而上面臨沉淪的時代，把《山海經傳》作為文學作品來讀，領悟其中的哲學意蘊，是很有趣味的。那些天神悲壯的生與死，那些生死之交中的天真而勇猛的獻身與鏖戰，那些類似人間的荒謬與殘忍，細讀起來，可歌可泣，又可悲可歎，然而，他們終於共同創造了一個漫長的拓荒的偉大時代。

　　中國現代許多劇作家，一直在努力追隨西方過時的潮流，高行健卻重臨中國戲曲的傳統，從中找尋到一種現代的東方戲劇的種子，並且同西方當代戲劇得以溝通。他每年一個新戲，很難預料他下一部戲又走向何處。總之，

他著意從戲劇的源起去找尋現代戲劇的生命力，一再聲稱他的實驗並非反戲劇，相反強調戲劇性和劇場性。他提出關於表演的三重性，即自我與演員的中性身份和角色的相互關係，是他的創作的一個契機。他的劇作總爲演員的表演提供充分的餘地，這恐怕也是他這些雖然充滿東方玄機和哲理的劇作能在西方劇院不斷得以上演的一個原因。他應該說也是迄今被西方大劇院接受的唯一的中國劇作家，並且開始預定他的新作。他的戲劇理論，也已引起西方戲劇界的注意，影響正在日益擴大。

　　3～7月，牟森在北京電影學院演員培訓中心用《彼岸》一劇做學員訓練，他的編導事業因此漸入佳境。蔣樾將這整個教學、訓練和排演作爲他第一部記錄片《彼岸》的原材料。

　　出生於1963年的牟森現爲獨立戲劇製作人、編導，1988年他在吳文光執導的紀錄片《流浪北京——最後的夢想者》中作爲五位盲流藝術家之一，講述自己的生活。被稱爲「實驗戲劇的先驅〔註980〕。他1980年考入北京師範大學中文系學習，大學裏他排演了第一個戲《課堂作文》；1985年創建未來人演劇團，排演蘇聯劇作《伊爾庫茨克的故事》；1986年他支邊去了西藏自治區話劇團工作；1987年在北京創建蛙實驗劇團，排演了尤奈斯庫的《犀牛》；1988年排演了斯特拉文斯基的《士兵的故事》；1989年排演奧尼爾的《大神布朗》。〔註981〕1991年他得到美國國務院新聞總署國際訪問計劃的邀請，去美國觀摩演員的培訓方法。他看到用格洛托夫斯基方法排演的《衛城》、關於開放劇院的訓練方法，在紐約上謝克納的編創課，在亞利桑那大學上邦迪的內在過程課等。〔註982〕

　　對《彼岸》的排演，是牟森成長爲專業高端人才的決定因素。牟森指出，在他個人戲劇工作經歷中，《彼岸》是轉折點的作品，它開啓了他90年代的戲劇歷程。〔註983〕1992年秋天，錢學格（曾擔任北京電影學院表演系主任，後創建北京電影學院演員培訓中心）邀請牟森主持一個演員方法實驗訓練班，時間爲一個學期，將近六個月，從演員培訓中心的學員中招生。他爲全

〔註980〕根據百度詞條「牟森」。
〔註981〕牟森《戲劇改變世界嗎？與彼岸有關》，《新美術》2013年第6期第126頁，中國美術學院學報2013年6月15日出版。
〔註982〕牟森《戲劇改變世界嗎？與彼岸有關》，《新美術》2013年第6期第127～128頁。
〔註983〕牟森《戲劇改變世界嗎？與彼岸有關》，《新美術》2013年第6期第126頁。

體學員做了一次課程介紹，有 30 多人報名參加。1993 年春季學期，北京電影學院演員培訓中心首屆演員方法實驗培訓班如期開學，學生們住在電影學院學生宿舍，上課則在表演系二樓第二排練室。《彼岸》就是牟森的一個實驗教學項目。此項目從 1993 年 3 月～7 月，五個月時間，最後以排演的劇作《彼岸》結業。〔註 984〕

　　牟森說：高先生的《彼岸》表達了很多，其中一條線索是遊戲性的，語言和身體，以及物體；另一條是一個人的個人性體驗。我更多地保留了前者，將它們分解，結合進不同組合的身體訓練中。訓練和排練像編繩子一樣，線頭都是開放的。當時詩人于堅和吳文光去看他們訓練，「對課程感到震驚」〔註 985〕。牟森請于堅給「彼岸」的下半部寫了另一個版本，于堅寫了長詩《關於彼岸的漢語語法討論》。于堅表達了對烏托邦的解構，以及對行動的探討。牟森將于堅的部分與各種組合訓練合在一起。〔註 986〕

　　「五個月時間，三十多個報名學生，有十四個人最後參加了《彼岸》的演出。那五個月，我親眼目睹了這些年輕人身心的變化。他們無論從身體上，還是心靈上，都成為一個整體。所有與身體有關的訓練課程最後都組合到了一起，當他們在教室中動作時，空間變得像動物園，他們彷彿各種老虎、豹子、獅子，勇猛又靈活。最關鍵的是，他們的眼睛，有一種光芒，堅定而又乾淨。蔣樾將整個教學、訓練和排演拍攝了一部紀錄片《彼岸》，這是他的第一部紀錄片作品。大多數人都是通過這部紀錄片瞭解《彼岸》這齣戲的。」〔註 987〕

　　6 月，《廈門大學學報（哲社版）》1993 年第 3 期刊發馮壽農論文《中國新時期文學對西方荒誕派文學的吸收和消融》。〔註 988〕

　　7 月 7 日，《比利時晚報》報導《生死界》和《逃亡》的演出。

　　記者 J.D.D.標題為「從北京通過莫朗威爾斯到阿維農」。他寫道：

　　這可能是今後這些年最可指望的作者中的一位。他的《生死界》由阿蘭·第馬爾導演，將在阿維農戲劇節演出。《逃亡》在利矛戲劇節及布魯塞爾的 Residence Palace 由 Jean-Claude Ideeps 排演朗誦。

〔註 984〕牟森《戲劇改變世界嗎？與彼岸有關》，《新美術》2013 年第 6 期第 128 頁。
〔註 985〕牟森《戲劇改變世界嗎？與彼岸有關》，《新美術》2013 年第 6 期第 129 頁。
〔註 986〕牟森《戲劇改變世界嗎？與彼岸有關》，《新美術》2013 年第 6 期第 129 頁。
〔註 987〕牟森《戲劇改變世界嗎？與彼岸有關》，《新美術》2013 年第 6 期第 129～130 頁。
〔註 988〕《廈門大學學報》1993 年第 3 期第 74～79 頁。

7 月 18 日，法國《南方日報》報導《生死界》的文章標題是：《高行健：荒誕中找尋禪》。

文章指出：該劇由阿蘭・第馬爾 1 月份在巴黎圓環劇院展示後，其聲譽如塵埃四散……一種嚴謹的現代戲劇語言，遠離俗套和金錢，遠離明星和各種招徠觀眾的招術。

7 月 21 日，法國《人道報》刊發文章評論《生死界》。

作者爲讓-皮埃爾・利奧那第尼。他指出：

這不是第一次一個女人在臺上獨白，現代劇作《人之聲》到貝克特和別人都有過先例。高行健在《生死界》中設計的人物就是這樣一位在我們面前說個沒完沒了的女人，讓我們聽她訴說抱怨人生之痛。說著說著，她愈挖掘自己，人也就愈趨向於溶入於她，總之，接受她同世界爭執。然而，等同角色並非所求。一些東西顯露了，女演員特萊斯・胡塞爾說她，不如說用第三人稱說的是她的角色……高行健寫這齣戲用了種很帥的文學法語，並不妨礙行文中留下他大賦的精神的景觀的痕跡。

阿蘭・第馬爾（導演）精心出色設計的演出……〔註 989〕

7 月，《靈山》節選刊載在《法國文學》期刊 1993 年七月號上，譯者爲杜特萊。〔註 990〕

7 月，法國《前臺》1993 年 7 月號刊發對《生死界》的評論。文章指出：一個中文作家選擇我們的語言來表述，我們無限感激他……這文本以其易碎的鋒利的如鑽石一般的純淨保留下來。〔註 991〕

7 月，搖滾歌星崔健因爲看了高行健編劇、牟森執導的《彼岸》，寫出歌曲《彼岸》。收在《紅旗下的蛋》專輯中。〔註 992〕

牟森回憶：1993 年夏天，天很熱。《彼岸》就在學生們平時上課訓練朝夕相處的第二排練室上演。雖然每場只能容納一兩百人，但是很多人都來看演出。張楚來看，看完彈吉他給同學們演唱他的成名作《姐姐》。崔健也來看，好像看了兩次。《彼岸》演出後的一天，崔健給我打電話，說請我去民族歌舞團他的排練場看排練。去了才知，他看《彼岸》，受到觸動，寫了

〔註 989〕潘耀明主編《2000 年文庫 當代中國文庫精讀　高行健》第 185 頁。
〔註 990〕劉再復著《再論高行健》第 226 頁。
〔註 991〕潘耀明主編《2000 年文庫 當代中國文庫精讀 高行健》第 185 頁。
〔註 992〕牟森《〈上海奧德賽〉敘事報告》，《藝術評論》2013 年第 11 期，中國藝術研究院 2013 年 11 月 4 日出版。

一首新歌，歌名就叫《彼岸》。那天的排練專門為我舉行，只有我一個觀眾。過了一段，崔健在工體舉辦個人演唱會，專門給了我場地票。我坐在場地中間，聽他說看了朋友的戲劇，寫了這首歌，然後讓大家一起唱。這首歌的旋律是為大家一起唱而成。某年某月某日，我們在某地，大家高唱著同一首歌曲。〔註993〕

《彼岸》演出時，比利時戲劇製作人弗雷伊・雷森兩次看了演出。1994年，牟森被雷森邀請去參加第一屆布魯塞爾國際戲劇節，他以于堅長詩改編的《零檔案》引起關注，之後接到國際重要藝術節的邀請，開始世界巡演。

夏天，參加一個遊輪上的研討活動。學者劉青峰和金觀濤覺得高行健是「一個自言自語的人」。

劉青峰在2000年時回憶：1993年夏天，在由彼得堡返斯德哥爾摩的「列寧號」遊輪上，方正、觀濤和我邀請行健聊天，開一瓶上好的俄國魚子醬，佐以白酒，想挑起可以辯論的話題。我們三人聲稱，文學在今天已成為純私人的東西，一些自愛的人不願意發表，一些公開發表的可能並不是最好的。我們期待這種質疑文學存在價值的挑戰言論，可以刺激從事文學和戲劇創作的高行健反駁。哪知，他只淡淡的一句：「我同意你們的想法。」想爭，也爭不起來。後來，看了《靈山》才知道，他真的是在為自己寫作。書中，他自言自語，挖掘個人真實感受，企圖認識自己、認識男人和女人、認識人和環境、人和自然的關係。事實上，和很多人一樣，我們也是歷史研究中的自言自語者、探索者。在這個否定主義盛行的時代，精神相通的默契，也許是最難得的和最值得珍惜的。〔註994〕

8月9日，在巴黎寫作《無聲的交響——評趙無極的畫》。〔註995〕

8月，《個人的聲音》刊發在《明報月刊》1993年8月號，題目改為《國家迷信與個人癲狂》。〔註996〕

9月18日，與楊煉在悉尼對談「流亡使我們獲得什麼」。〔註997〕

〔註993〕牟森《戲劇改變世界嗎？與彼岸有關》，《新美術》2013年第6期第129～130頁。

〔註994〕《明報月刊》編輯部《世界各地學者、作家為高行健得獎而歡呼》，林曼叔編《解讀高行健》第134～135頁。

〔註995〕高行健著《沒有主義》第305～311頁。

〔註996〕劉再復著《再論高行健》第226頁。

〔註997〕談話錄音由楊煉整理、高行健校訂，收入高行健著《沒有主義》第129～174頁。

　　楊煉回憶：1993 年左右被我稱爲流亡途中「最黑暗的階段」，回國之夢已斷，而漂流之途無垠，如何「活下去」和「寫下去」？用「寫下去」的能力真正「活下去」？一個無比鋒利的問題，亟待我們從自己的生存深處找出答案。但和誰討論這個話題？而能不重複「流亡」的套話，卻給它注入新的文化和思想內涵？那思想的質量，首先必須由創作的能量來證明。通過把我的長詩《YI》的譯者 Mable Lee 介紹給他，老高在我暫住澳大利亞雪梨大學期間來訪，使我們有機會進行了一個很有意義的暢談，後來整理成長篇對話《流亡使我們獲得了什麼？》。是的，獲得，而非喋喋不休於「失去」！那意味著，從無根的處境中找到眞正的「根」，獲得從做人到作文的全面自覺。而且這自覺相對的，是冷戰後整個世界人和思想的困境，而非局限於「中國」一隅。〔註 998〕

　　楊煉和高行健的交往開始於在中國的八十年代。他說：那個文革後反思的年代，他的戲劇、小說、理論不停強烈刺激著朋友們。我記得，在北京東總部胡同老作家嚴文井家裏，老高憑記憶介紹亨利・米肖的詩作，某隻毛茸茸的、碧綠的超現實蒼蠅，嗡嗡飛進一個年輕詩人的頭腦，再後來，我們相遇於天安門屠殺發生後的瑞典，老高已經寫了劇本《逃亡》，別人以爲那只是寫政治，可我從中讀出的，卻是人不得不逃、卻又無處可逃的絕境。爲一次會議，我把流亡這個老舊的題目，翻轉成中文傳統中獨特的純文學散文文體，寫成了《鬼話》，老高讀後對其語感深爲讚賞，這也間接促成了我後來《鬼話》、《月蝕的七個半夜》兩本散文集的寫作。〔註 999〕

　　10 月 11 日，楊煉在澳洲雪梨整理他與高行健的對談《流亡使我們獲得什麼》。〔註 1000〕

　　10 月，《談我的畫》刊發在《明報月刊》1993 年十月號上。〔註 1001〕

　　10 月，《色彩的交響——評趙無極的畫》刊發在香港《二十一世紀》1993 年第十期。〔註 1002〕

　　11 月 6 日，法國電臺廣播《生死界》演出實況。〔註 1003〕

　　11 月 15 日，在巴黎寫作《沒有主義》一文，爲臺灣聯合報系「四十

〔註 998〕劉再復編《讀高行健》第 76～77 頁。
〔註 999〕劉再復編《讀高行健》第 76 頁。
〔註 1000〕高行健著《沒有主義》第 174 頁。
〔註 1001〕劉再復著《再論高行健》第 226 頁。
〔註 1002〕劉再復著《再論高行健》第 226 頁。
〔註 1003〕劉再復著《再論高行健》第 226 頁。

年來中國文學」會議上的發言。〔註1004〕

11月18日，在巴黎完成劇作《夜遊神》，此劇寫作與首演得到法國博馬舍戲劇協會的贊助。〔註1005〕

瑪扎尼博士指出：《夜遊神》是高行健最複雜的一部戲劇之一。陳吉德認為高行健的這部戲劇讓他的寫作手法變得更加複雜，同時也更讓人難以接近。這部戲劇分為三幕：共有12個人物。故事講述了一個中心人物，年輕人、旅行者和夢遊者的夜遊經歷。他穿過夢境並且「無意識」地遇見了劇中的幾個次要人物。尤其值得一提的是，該劇對哲學論述的分析主要考慮了自由思想、善惡道德辯證關係，以及劇中人物的作用和功能。夢遊者這一形象，用無目的的行走直接表達了自由的概念。他講述的是情感的自由，以及那種與人性相悖的、刻意為自己製造麻煩的心智狀態。在這裡，他用了一個很有屬性的詞「煩惱」，藉此來表示人類是為自己的生活找到目的才需要各種問題。之後，在他的第一段獨白中，他把自己定義為一個沒有麻煩的人，實際上是城市裏唯一的「無所事事」的人。

他堅信自由是完全獨立於外部世界影響的。他聲稱那種渴望控制別人生活的想法是類似上帝行為的做法。他覺得「理想化」的境界就是活著，無所事事地活著。夢遊者遇到惡棍的時候，他說他只需要安靜，以及努力讓自己記得自己的意圖。為了達到理想狀態，夢遊者試圖通過退縮自我和主觀以退避到孤獨與沉默之中。自由在這個層面上與孤獨、自省相提並論，如何「思考」成為一個重要的活動。在這之前，自由僅僅被描述為無目的和無所事事的存在。可是現在，「思考」已經上升成為自由的一個重要組成部分。從這個意義來講，夢遊者的自由思想已經做出了讓步，因為他含蓄地承認僅僅靠行走是不夠的，他需要把自己置身於一個外部世界的對話環境中，他同時也表達了這種興趣。另外，他的這種意圖很快就因為與劇中一個小角色（暴徒）的相遇而受到了挑戰。具有諷刺意味的是，暴徒控制了夢遊者的行動，他命令夢遊者來回活動和跳舞。他與劇中唯一的一位女性——妓女的相遇是致命的。他的自由意志從此結束了，因為他發現自己需要一個女人。除了妓女對他的性吸引以外，他對惡棍和暴徒的恐懼感也影響了他對妓女的愛慕之情。

〔註1004〕高行健著《沒有主義》第3～14頁。

〔註1005〕《高行健戲劇集10 夜遊神》第113頁，臺北聯合文學出版社有限公司2001年10月初版。

如此看來，外部的因素開始影響夢遊者的態度，以至於他對自由的概念完全妥協了。

　　後來，暴力成為夢遊者行為中的一個重要組成部分，另外通過暴力，也把善與惡之間的辯證關係與自由的概念結合起來。他的暴力行為的爆發，也是在意識到自己無法保持理想化的自由之後的一個反應。很明顯，妓女的被殺把自由這一概念關聯到了一個道德的層面，即考慮到了善與惡的對立。夢遊者涉嫌殺死妓女這一行為揭露了他惡的一面。殺死妓女之後，面對暴徒的指控，夢遊者被迫為自己辯護。最後，他承認了自己為暴徒提手提箱的交易。在這裡，「商業交易準則」指的是一種現實感。雖然這種感覺缺乏自由，但是這些必要並「公認的」規則壓倒了自由。在這種背景下，夢遊者再次實施了暴徒的指令，最後殺死了惡棍。

　　如果說自由指的是缺乏責任和虛無的話，他的謀殺行為可以看成是一個徹頭徹尾的自由舉動。他還把自己的暴力行為與道德掛上了鉤，把它視為一種自衛。基本上，這是無政府主義和偽聖經的以牙還牙的道德準則。這一點也被夢遊者的獨白所證實。他在獨白中說世界被邪惡統治。在這個意義上，他的行為不僅僅是一個邪惡的極端表現，還是對邪惡和個人主義占主導地位的社會的一個反應。在這個社會裏，人們的生活要靠犧牲別人作為代價。因此，他的暴力行為是被他周圍的社會所掌控，而不是一個自由的選擇。在第三幕中，夢遊者的殺人快感消失了。正相反，他被一種囚禁的感覺所籠罩。這種感覺產生於他周圍的邪惡並且與一種不斷增加的對死亡的恐懼感和沮喪相連。欲望在這裡也成為了一個否定的含義，因為它代表了罪惡的誘因。這與西方基督教的善惡價值觀以及罪惡概念產生了共鳴。夢遊者把自己與耶穌基督相提並論，並把耶穌基督描繪成一個孤獨的而且毫無拯救能力的行者。

　　從這方面探討，我們可以參考以福科為代表的西方自由理念，即與紀律作鬥爭，爭取自身自由。福科認為，要想從「社會紀律」和「政府文明」那裡得到自由，唯一的可能就是要把個體的生活解釋為一種「個人藝術作品」。他相信事物具有自我反身的潛能，他認為藝術不僅僅是一種工具，也可以是一種生活模式。而高行健對這一思想的表述則是對那些深受「紀律」囚禁事物的一種極端戲劇化。與此類同，柯思仁把自由說成是絕對虛無和無目的，並且把高行健的自由思想與道教聯繫了起來。

　　用莊子的話，夢遊者不能把持自己，因為他被自己的主觀和外部條件所

困。因此，他無法達到空的境界。事實上，在本劇的結尾，夢遊者試探著救贖自己，因此他承認，他的內心與這個世界一樣都已被邪惡侵蝕。在劇終，他唯一的希望就是要回到按部就班的日常生活。劇中那個擋住他去路的蒙面男子很可能代表的就是他的第二自我。在某種意義上，這意味著劇中的主人公，也泛指所有的人，都無法得到救贖。

　　從另一個層面來看，對自由本身的理解不僅只是在道教方面，也可以通過禪宗啓示來理解。在高行健的戲劇中，他試著用禪宗來代表精神。在禪宗啓示的觀點中，理想化的自由可以被理解爲是推動個人打倒啓示境界的必要推動力，要達到救贖需要經歷不同的階段。在這部劇中，人們可以得出這樣的結論：在複雜的社會關係中，理想化的自由只是一種幻想而已。因此，劇中的主人公沒有達到自己的目標。然而，儘管失敗了，劇中人物能承認自己失敗的事實也表明他仍然非常渴望得到一種不同於通過暴力和仇殺得到的自由。這種自由是通過啓示得到的，而不是什麼預先構建好的自由，只有克服這種幻想和自我，這種自由才能產生。鑒於這些考慮，我們可以說高行健的戲劇與西方的典型自由概念是有距離的，比如西方對善與惡的道德對立，或者對紀律與自我之間的判斷準則。這個劇本對東方式的自由概念情有獨鍾。〔註1006〕

　　11月，劉再復在溫哥華卑詩大學寫作《高行健與文學的複調時代》。〔註1007〕

　　劉再復寫道：

　　由於獨白式的文學與政治的緊密聯繫，因此在1976年文化大革命結束之後，文學界也經歷了一個「解凍」時期，即從政治霸權與文化霸權高度統一的文字獄解脫出來的時期。這個時期的文學通稱爲「新時期文學」。這個時期的文學以八十年代中期爲時間點大致劃分爲兩個大的段落。

　　前一階段大體上可稱爲新獨白式文學時期。也就是說，這時期的多數作品還是浸泡著作者先驗的意識形態的獨白原則，作品中的人物還是意識形態

〔註1006〕瑪扎尼《高行健「冷劇場」中的跨國精神：對高行健部分劇作的哲學分析》，王飛譯，劉再復編《讀高行健》第243～247頁。

〔註1007〕劉再復著《論高行健狀態》第95～99頁，香港明報出版社有限公司2000年11月初版，2001年1月第2版。該文摘自《從獨白的時代到複調的時代》，1994年在《聯合報》上「四十年來的中國文學」學術討論會上的發言。《放逐諸神》第13～14頁，第22～23頁，香港天地圖書公司。

的載體，而且都有一個明確性的結論。但是，這時期的文學與前三十年的獨白文學有著質的巨大區別。這就是文學的靈魂發生了根本的變化。作者獨白的內容已不是「革命神聖」和「階級鬥爭神聖」這類原則，也不再是謳歌領袖的現代神話。他們獨白的原則是「人」的原則，是對人的尊嚴和人的價值的重新發現，是對在革命神聖名義下的精神奴役的譴責與抗議。這個時期的文學實質上乃是一種受難文學，它展示的是一個時代的大悲劇和一個歷史時代在中國人民心靈中留下的巨大創傷，因此通常被稱爲「傷痕文學」。這時期的文學雖然依據的還是獨白式的美學原則，但它是作家良知的獨白──感受一個時代的大苦難和大苦悶之後的獨白。在這種新的獨白中，文學呈現出靈魂的巨大變遷，除了靈魂的更新外，這時期的文學在創作方式上又打破流行一時的社會主義現實主義的話語霸權，恢復了批判現實主義的文學方式。在人文環境非常嚴酷的條件下，這個時期的文學能重新舉起自己的負載人類苦痛的心靈和高舉人的尊嚴的旗幟，重新呼籲救救孩子，重新讓文學發出人道與人性的光輝，這是大義大勇的智慧展現，其功勞是不可磨滅的。

這個文學時期大體上是文學獨白的時代，但它又是醞釀著複調的時代，即作家已開始尋找自我獨白之外的「他者」之音，包括意識形態的「他者」與創作方法的「他者」。在這種轉變中，王蒙扮演著小說結構和語言變革的急先鋒角色。1981 年，王蒙推崇高行健的《現代小說技巧初探》一書，並由此引起一場由王蒙、劉心武、李陀、高行健等作家參與的現代主義與現實主義的爭論，這場爭論標誌著獨白式的文學時代開始發生裂變。在王蒙進行小說實驗的同時，高行健努力進行話劇實驗，他的劇作《絕對信號》、《車站》在北京人民藝術劇院內外演出，宣告了先鋒戲劇在中國的誕生。高行健通曉西方現代文學與戲劇，把荒誕意識引入自己這兩部作品和之後創作的《野人》、《彼岸》、《生死界》、《對話與反詰》、《山海經傳》等十五部劇本，又從中國戲曲傳統中找到自己獨特的戲劇觀念與形式，突破了大陸話劇創作數十年一貫的僵化模式。

如果把王蒙、高行健等看作從獨白時代向複調時代的過渡，那麼到了八十年代的中後期，則可以說複調時代已初見徵象。

從八十年代中期到九十年代初，儘管大陸人文環境時而寬鬆時而惡劣，但文學的複調時代已基本形成。這種形成的標誌有兩個：一是這個時代的文

學包含著多種互相對立的眾多聲音，包含著各有其平等權利和來自各自世界的眾多聲音，而不是過去那種統一的貌似百家其實只有一家的聲音。複調的關鍵點在於獨立的聲音，在於各種聲音都是異質性風格和異質性話語的單元。這一美學風貌，在五十年代到七十年代的大陸文學中是沒有的，但在最近十年裏，不管其作家採取什麼樣的敘述方法，他們都具有獨立的語言意識，獨立的敘述意識並發出獨立的異質性的聲音，其作品都成爲一種異質性的單元，這些異質性的單元共存共生，就構成一個多語言、多風格、多聲部的文學現象。原先大陸那種眾多作家統一於某種「主義」與「思想」的整個時代文學的同質性現象已經基本消失，而異質的世界觀念和文學觀念以及異質的敘述方式並置和對話的時代已經開始，現實主義敘述方式和現代主義、後現代主義敘述方法並不相互排斥。

異質性寫作方法由不同作家負載而構成一個多聲部，這是大陸文學進入複調時代的一個標誌；此外，異質性風格單元又常常在一個作家的小說中呈現，不少作家著意在自己的一部作品並置個人獨立的聲音和並置個人不同的文體，讓它們展開對話，這也是過去所沒有的。作品中各種聲音已不反映作者的統一意識。

八十年代的作家作品中，無論是王蒙的《活動變人形》、張煒的《古船》、高行健的《靈山》、莫言的《酒國》等長篇，還是文化小說、實驗小說中的眾多作品，都具有複調形式和對話結構。這些小說，都不是封閉性的已完成的話語系統，而是未完成的敞開的運動與交流和難解的命運之迷與語言之迷。

12月1日，在巴黎寫作《另一種戲劇》一文。〔註1008〕

12月，《絕對信號》被收入中國新時期文學精品大系《絕對信號》中。

同時收入的劇本有七個——高行健 劉會遠《絕對信號》、何冀平《天下第一樓》、錦雲《狗兒爺涅槃》、劉樹綱《一個死者對生者的訪問》、馬中駿、賈鴻源《街上流行紅裙子》、沙葉新《陳毅市長》、魏明倫《潘金蓮》。《絕對信號》不僅作爲書名，還排在書中的第一位置。此《絕對信號》的版本是1985年5月在中國戲劇出版社出版的《〈絕對信號〉的藝術探索》一書中收入的「舞臺演出本」。

該大系的簡介稱：這是第一套全面展示當代中國文學（1977～1991）最優秀成果的叢書，共有詩歌、散文、短篇小說、中篇小說、微型小說、報告

〔註1008〕高行健著《沒有主義》第209～215頁。

文學、雜文、劇本精品十七冊，每冊內容相對獨立。中國文學出版社將十五年來具有經典性的，引起轟動和爭鳴又確具藝術價值的、藝術形式大膽創新又獲得成功的作品篩選出來，填補了有關領域的空白。〔註1009〕

北大的謝冕在該書的總序《中國新文學的再度輝煌》中說：本世紀七十年代的終結大抵宣告了文學桎梏的終結。從那時開始算起，到八十年代的最後一年剛好十年，要是推衍到現在，也不過十數年。可以欣慰的是，在這段時間裏，我們所做的與「五四」新文學那十年所做的至少並不遜色。偏離的糾正，斷裂的彌合，傳統的接續，特別重要的是，以嶄新的姿態和風采記錄了一個悲劇時代所給予當代中國人精神經歷的心靈刻痕。〔註1010〕李雙和張憶在該書的「總前言」說：迎著新世紀曙光的二十世紀中國文學，是飽經滄桑的文學，是植根於民族苦痛中血與淚的文學，也是為自由的意志而呼號抗爭的文學，我們期望並堅信它必將發展成為真正美麗的人的文學！〔註1011〕北師大藝術系的周星在「編選者前言」中說：

這本劇本精品，七個劇本中話劇劇本佔了六部，另一個是戲曲。……戲劇文學在我國似乎正在走下坡路，究其原因，大概是由於戲曲和話劇的藝術表演的觀眾日漸減少。但是，新時期以來戲劇文學的新生和繁榮，也是不可否認的事實。本卷收入的七部劇本，就是很好的證明。《絕對信號》對話劇傳統形式的突破和人物形象的全新塑造，《陳毅市長》的宏大流暢和作者深厚的戲劇創作修養，《狗兒爺涅槃》對農村生活的深入剖析，《街上流行紅裙子》對傳統觀念的反叛，《一個死者對生者的訪問》在奇特背景中對人物心理的細膩表現，以及《天下第一樓》的濃鬱風情和《潘金蓮》的大膽創新，等等，都是新時期戲劇文學面對其他文學體裁的成就毫不遜色的依據。〔註1012〕

這一年，《生死界》在比利時出版法文版，讓－皮埃爾‧烏爾滋為該書寫序。

文章寫道：

《生死界》中的女人還在猶豫，也許仍在受暈眩的誘惑，可她已走過那

〔註1009〕李雙、張憶主編中國新時期文學精品大系，周星編《絕對信號》扉頁，中國文學出版社1993年12月第1版第1次印刷，1994年9月第2次印刷。
〔註1010〕李雙、張憶主編中國新時期文學精品大系，周星編《絕對信號》總序第1頁。
〔註1011〕李雙、張憶主編中國新時期文學精品大系，周星編《絕對信號》總前言第4頁。
〔註1012〕李雙、張憶主編中國新時期文學精品大系，周星編《絕對信號》編選者前言第1頁。

狹窄的危險的小徑，即使未來依然難以確定。

對高行健來說，從東方到西方，到巴黎三年之後，戲劇已成爲他過往的禮儀。

法語已贏得了一位新作者，可我們相信，高行健永遠也不會是一位斷了根的全球作家即使他今天在新岸，哪怕心在巴黎，足跡從斯德歌爾摩到維也納，從紐約到香港，橫穿世界，他還要頭頂草鞋，不斷從天國的源泉來孕育他的夢想……〔註1013〕

這一年，瑞典著名漢學家、斯德哥爾摩大學中文系主任羅多弼撰寫研究高行健的重要論文《有中國特色的世界文學：論高行健的〈靈山〉》。

羅多弼認爲高行健的長篇小說《靈山》內容豐富複雜，值得哲學家、歷史學家和社會人類學家做研究，有助於瞭解漢民族和少數民族的風俗和傳統，同時可以看出作者的某些哲學觀點及其對中國傳統的態度，折射出後毛澤東時代中國的「時代精神」的某些側面。在中國，重新闡釋文化傳統與中國的現代化密切相關。索解中國傳統脈絡中的靈山之妙，可以發現六大要點，或曰「靈山六義」，包括：一種文學語言的重新創造；疏離，他的漫遊和探索就是在尋找一種和諧感和生活的眞實感；原始主義；反儒傾向；懷疑主義；中西文化糅合。〔註1014〕

這一年，在斯德歌爾摩大學舉辦的「國家、社會、個人」學術討論會上，發表論文《個人的聲音》。香港中文大學中國文學研究所舉辦高行健講座「中國當代戲劇在西方，理論與實踐」。臺灣《聯合報》文化基金會舉辦的《四十年來的中國文學》學術研討會上，高行健發表論文《沒有主義》。

劇作《對話與反詰》的中法文對照本由法國的外國作家出版社推出。劇作《山海經傳》由香港天地圖書公司出版。〔註1015〕《對話與反詰》刊發在《今天》1993年第2期。在比利時出版《生死界》法文版，官邸劇場舉行《逃亡》排演朗誦會。布魯塞爾大學舉行高行健戲劇創作報告會。法國出版《二十世紀遠東文學》文集，收入《我的戲劇我的鑰匙》。德國出版《中國當代戲劇選》，收入《車站》另一德譯本。比利時文學季刊1993年第3、4期合刊《海上》、《給我老爺買魚竿》、《二十五年後》弗拉芒文

〔註1013〕潘耀明主編《2000年文庫　當代中國文庫精讀　高行健》第189～190頁。
〔註1014〕林曼叔編《解讀高行健》第157～164頁。
〔註1015〕高行健著《靈山》第554頁，臺北聯經出版事業股份有限公司2010年3月初版第37刷。

譯本。劇作《逃亡》被收入美國芝加哥大學東亞研究中心出版的《中國作家與流亡》一書中。

　　澳大利亞雪梨大學演出中心演出《生死界》，高行健執導。法國亞維農戲劇節上演《生死界》。〔註 1016〕

　　法國布爾日文化之家由法國文化部贊助舉行高行健個人畫展，並出版畫冊《高行健水墨，來自遠方的畫》。國會議員布爾日市市長授予城徽，對其藝術成就表示敬意。德國黑格薩宮畫廊舉辦高行健個人畫展。法國阿維農紅雀藝術畫廊舉辦個展。〔註 1017〕

　　德國〈KINIES〉雜誌 1993 年第 5 期這樣寫道：在中國藝術家高行健的作品中，豐富與空，相互對比，起了很重要的作用。他的技巧來自禪宗繪畫的原則。

　　德國〈KINIES〉雜誌 1993 年第 6 期這樣寫道：他把一種接近歐洲的非具象的語言，同中國傳統的水墨技巧結合起來，他活躍的如烏雲般卻又透明的水墨，讓人看到視角的戲劇，存在的內涵，留下活生生的過程的痕跡和無形的影子。〔註 1018〕

1994 年　54 歲

　　1 月 3 日，與德尼・朗格里（法國作家、哲學博士）談論「為什麼寫作」。〔註 1019〕

　　1 月 31 日，與德尼・朗格里談論文學寫作中「對自我的質疑」。〔註 1020〕

　　1 月，《中國戲劇在西方，理論與實踐》刊發在香港《二十一世紀》1994 年 1 月號。〔註 1021〕

　　2 月 28 日，在巴黎寫作《評法國關於當代藝術的論戰》一文。〔註 1022〕

　　4 月，詩歌《我說刺蝟》刊發在臺灣《現代詩》1994 年春季號。〔註 1023〕

　　4 月，評論《當代西方藝術往何處去？》刊發在香港《二十一世紀》

〔註 1016〕劉再復著《再論高行健》第 225～227 頁。
〔註 1017〕繪畫簡歷，亞洲藝術中心出版《高行健》第 102～103 頁。
〔註 1018〕德國報刊摘錄，亞洲藝術中心出版《高行健》第 109 頁。
〔註 1019〕高行健著《沒有主義》第 54～75 頁。
〔註 1020〕高行健著《沒有主義》第 75～94 頁。
〔註 1021〕劉再復著《再論高行健》第 227 頁。
〔註 1022〕高行健著《沒有主義》第 312～323 頁。
〔註 1023〕劉再復著《再論高行健》第 227 頁。

1994 年四月號。〔註 1024〕

5 月，趙毅衡著作《建立一種現代禪劇──高行健與中國實驗戲劇》寫完初稿。〔註 1025〕

6 月 31 日，法國《新政治週刊》刊發劇評家吉爾・科斯塔斯對《生死界》的評論。

他寫道：給人留下深刻印象的法語戲劇之一是中國人高行健的《生死界》。在巴黎已經看過阿蘭・第馬爾在法國導演的這齣戲。這次是作者自己導演，他這齣戲緊張得如同一張幾乎要崩裂的畫布，還發現了一位令人驚訝的女演員羅蘭斯・胡比。〔註 1026〕

7 月 2 日，意大利《全景週刊》刊發劇評家基托・阿爾芒西對《生死界》的評論。

他寫道：戲劇節真正的勝利者是一位用法語寫作的中國流亡作家。女演員通過第三人稱的獨白，同一位啞劇演員和一位女舞蹈演員美妙配合，自由表達出主人公的種種激情。內心分裂通過近乎歇斯底里的懺悔，達到一種客觀的剖析，對欲望的渴求與對被拋棄的恐懼這種西方女性的內心衝突卻導致東方的尼姑破腹洗腸……高行健用法語寫出詩一樣的劇作，已無須再羨慕讓・科克多的那齣《人之聲》。〔註 1027〕

8 月，《江西社會科學》1994 年第 8 期刊發楊匡漢論文《現代主義影響與新時期文學──當代文學潮流觀察之一》。〔註 1028〕

9 月，趙毅衡著作《建立一種現代禪劇──高行健與中國實驗戲劇》寫完二稿。〔註 1029〕

11 月 23 日，法國《中西部新共和國報》刊發對《逃亡》的劇評。

作者 Bruno Bille 寫道：

導演 Madeleine Gautiche 說：《逃亡》這戲，我不去表現天安門廣場事件發生的地點，中國歷史的悲劇時刻……在僅僅看得到側影的昏暗中，表現的

〔註 1024〕劉再復著《再論高行健》第 227 頁。
〔註 1025〕趙毅衡著《建立一種現代禪劇──高行健與中國實驗戲劇》第 184 頁，香港天地圖書有限公司 2001 年。
〔註 1026〕潘耀明主編《2000 年文庫　當代中國文庫精讀　高行健》第 187 頁。
〔註 1027〕潘耀明主編《2000 年文庫　當代中國文庫精讀　高行健》第 187 頁。
〔註 1028〕《江西社會科學》1994 年第 8 期第 66～71 頁。
〔註 1029〕趙毅衡著《建立一種現代禪劇──高行健與中國實驗戲劇》第 184 頁。

是感覺，觸發想像。三個人物、大學生、女演員和作家，在權力的現實壓迫下，他人的存在的壓迫下，以及想要逃避自我，怎樣反應。每人都懷著希望逃避死亡，覷視人內心的深處。〔註1030〕

11月，法國《雅格丁人》月刊1994年11月號刊發對《逃亡》的劇評。文章寫道：

《逃亡》一劇是一齣在坦克聲中的中國式的「禁閉」，以1989年天安門的鎮壓爲背景。這是一齣當人們面臨特殊的情境，關於人類的命運以及人的激情富於思考的戲。一部漂亮的作品，同評論家們推薦給所謂「內行」的觀眾的某些當代胡說八道的戲全然不同。

一部別錯過的戲，尤其是這戲要在一個獨特的地方，在一倉庫裏演出。〔註1031〕

12月9日，法國中西部《新共和國報》再次刊發對《逃亡》的劇評，標題爲「對被屠殺的自由的頌歌」。

作者Bruno Bille寫道：

《逃亡》的劇情如作者高行健的暗示，可以在天安門，他正是1989年北京的這悲劇事件剛剛發生後寫的這劇。他對於人的感情驚人的洞察力，也爲我們設想到我們的父母在戰爭的年代無疑也經歷過的。而且，提前五年，他就已經寫到了在Sarajevo或Bihac的地窖裏的氣氛。

高行健告訴我們，害怕阻止不了心靈的激情，逃避命運也無濟於事。逃亡顯示出在緊要關頭人自身的好與壞、眞與假、勇氣與怯懦、自私與利他、陰暗與光明。

高行健從一個政治事件出發，把這戲翻轉成一篇哲學論文。

太陽神劇團的舞臺處理成功，這戲的法文的首演既有其現實性，又有世界性，光彩奪目。〔註1032〕

這一年，比利時出版《夜遊神》法文本，該書獲得法語共同體1994年圖書獎。〔註1033〕法國國家圖書中心預定劇作《週末四重奏》。瑞典皇家劇院出版《高行健劇作集》，收入高行健的十個劇本，譯者馬悅然。日本晚成書房出版《中國現代戲曲集》第一集，收入《逃亡》，譯者瀨戶宏。

〔註1030〕潘耀明主編《2000年文庫　當代中國文庫精讀　高行健》第193頁。
〔註1031〕潘耀明主編《2000年文庫　當代中國文庫精讀　高行健》第191頁。
〔註1032〕潘耀明主編《2000年文庫　當代中國文庫精讀　高行健》第192～193頁。
〔註1033〕西零著《家在巴黎》第163頁。

法國艾克斯－普羅旺斯大學舉行《靈山》朗誦會。德國法蘭克福文學之家舉行《靈山》朗誦會，法蘭克福藝術之家舉行《生死界》朗誦會。法國聖愛爾布蘭外國劇作家之家舉行《對話與反詰》朗誦會。《生死界》在意大利「當代世界戲劇節」上演，高行健執導。《逃亡》在波蘭波茲南國家劇院上演，劇院同時舉辦高行健個人畫展。法國 RA 劇團演出《逃亡》。

法國麥茲藍圈當代藝術畫廊舉辦高行健個人畫展。〔註 1034〕法國文化部造型藝術和評委會主任兼文博司主任、藝術評論家斯勒委斯特先生高度評價其繪畫藝術：「不論是從中國傳統還是從西方現代性來說，都是一流傑作。高先生吸取水墨畫的東方精華，用以解答我們這一世紀提出的且仍然存在的關於藝術形象諸如具象與抽象、空間、光線等問題，堪稱成功的範例。」〔註 1035〕

1995 年　55 歲

2 月 10 日，在巴黎寫作《舊事重提》，此乃高行健為馬建的著作《馬建中短篇小說選》寫的序。

他寫道：

七十年代末，八十年代初，大陸的文化禁錮剛有點鬆動。在北京，此一處，彼一處，官方管制的文化界之外，一個個青年朋友們的文藝小圈子開始發出自己的聲音。他們大都是文革期間去農村勞動返回城的知識青年，有的亦已考上大學，為生計和前途奔波之外，也在做自己的創作。馬建和他的朋友們譚甫成、石濤等自成一夥。我比他們年長十多歲，可也是下鄉改造過五年，在鄉下也偷偷地寫作，大抵是這緣故，同他們也都談得來。我在東總布胡同的那間不到十平方米的小屋，好些圈子的朋友都來，談創作，看他們的手稿，或是喝酒，只是不便喧嘩，諸如大聲放音樂，或是跳舞。有一天，譚甫成和石濤來，帶了一篇小說《吉爾特走向世界》，寫的是一匹馬的成長，後來在剛創刊的一個小刊物《醜小鴨》上發表了，這可說是當時大陸最早幾篇現代主義作品之一。沒多少人看到，也就沒造成多大的影響，也就沒惹起風波。隨後通過他們，我同馬建也成了朋友。

馬建當時是「無名畫會」的成員，他的油畫深為朋友們欣賞。我也時常

〔註1034〕劉再復著《再論高行健》第 227～228 頁。
〔註1035〕繪畫簡歷，亞洲藝術中心出版《高行健》第 102 頁。

去他在南小街的小屋看畫，聽音樂，談文學，他那裡有個小院。同街坊不直接相連，有女孩子們來的時候，自然也可放音樂跳舞。後來，聽說有一回，鄰居把警察叫來了。在他那裡，我聽過他的詩，可並不知道他在寫小說。

直到 1986 年，我終於有了個兩間的套房，比較隔音，朋友間聚會在這裡更為方便。一天多夜，馬建從西藏流浪回來不久，帶來了剛寫完的厚厚的一組小說稿。我看完第一篇便興奮不已，想不到他的小說竟寫得這樣成熟，認為無須再作改動。我們喝酒談稿，通宵達旦，想設法找家重要的刊物，不加刪節，全部刊載才好。

我首先想到心武，向他推薦，他剛接手主編《人民文學》，正想為當時一再被壓抑受批判的現代主義爭一個可發作品的園地。他毫不猶豫，才走馬上任（因為這主編的位置上下班真有小汽車接送）。居然不在乎撤職查辦的風險，將 1987 年第一、二兩期合刊，全文發出了馬建這一組《亮出你的舌苔或空空蕩蕩》。而且立即成為一大政治事件。中共中央宣傳部的賀敬之則勒令劉心武停職檢查，並下令回收這期在印刷廠還未裝訂完的刊物。

小說刊印其時馬建已移居香港，當然想不到也不知道北京的事態如此嚴重。也幸虧他走的早，否則恐怕也未必能贏得日後這些年自由寫作與發表的條件。這篇小說被說成破壞民族關係當然是無中生有，製造事端，肇事者想整治心武也由來已久……我給心武惹來這份麻煩卻久久令我不安。心武一手承擔了全部責任，毫不推脫，因此也沒波及到我，令我感動。

丟開大陸文藝界政治鬥爭的背景，就馬建的這篇作品而言，倒確實是篇現代主義的力作，恰如更早譚甫成的幾個中篇。等先鋒文學在大陸弄成了時髦，我寧可說這是一篇好作品，且不管是什麼主義。

如今現代主義也好，先鋒文學也好，或是後現代主義，在大陸都不再視為洪水猛獸，固然是某種寬容，再說經濟上的改革開放，連金錢都日益變成上帝，這樣的文學形式倘不觸到現實社會的痛處，只局限於文字的遊戲，語言的顛覆倒成了一種無甚意義的遁詞，倒也無可無不可。而馬建的作品卻一直鋒芒畢露，對文學形式的追求並不迴避人類生存的困境。他冷眼觀照人的生存狀態，不譁眾取巧，才使他的作品總有份量。

他雖然年輕，卻已經歷了兩種不同的社會，並且同樣經得起這所謂的消費社會的考驗，他來香港後的作品同樣不媚俗，連續出版的三部長篇小說《思惑》、《拉麵者》和《九條叉路》，一部比一部更有份量，日後再看，

也不怕過時。

文學如果不對人的生存環境，也包括人自身提出點挑戰的話，還要他做什麼？即使這種挑戰既改變不了社會，也改變不了自己，可多少是人之爲人的一點驕傲。我且不管馬建屬於什麼派別，就他的作品而言，我以爲他有這份勇氣，也有這點驕傲。〔註1036〕

4月28日，寫作「《生死界》演出手記」。〔註1037〕

5月21日，香港《聯合報》發表《彼岸》導演後記。

5月，香港《文藝報》五月創刊號轉載《沒有主義》。〔註1038〕

7月4日，在法國寫作《劇作法與中性演員》一文，此文根據在香港演藝學院戲劇導演系講話錄音整理。〔註1039〕

7月14日，在法國寫作《對繪畫的思考》一文。〔註1040〕

7月18日，在法國爲《沒有主義》一書寫序。〔註1041〕

7月，趙毅衡著作《建立一種現代禪劇——高行健與中國實驗戲劇》寫完三稿。〔註1042〕

10月，《靈山》法文本出版，譯者杜特萊夫婦。

諾埃爾‧杜特萊在《靈山》法譯本序言中寫道：

流亡對他不是痛苦，相反讓他直接接觸到他曾向中國介紹過的西方文學的主要流派。他並不是在他國坐等好日子，而是主張積極的逃亡，繼續他全方位的創作。

《靈山》是當代文學景觀中一部獨一無二的作品。一部超越東方也超越西方規範的不可思議的小說。〔註1043〕

《靈山》法譯本封底這樣介紹：一部「漢學大全」的完全的小說，從自傳到行騙和滑稽的故事，內省和對現實的批評，以至抒情詩……《靈山》是本世紀末的偉大的亞洲小說。他豐盛的作品使他成爲我們現時代最偉大

〔註1036〕高行健《舊事重提》，劉心武著《瞭解高行健》第198～201頁。
〔註1037〕高行健著《沒有主義》第240～255頁。
〔註1038〕劉再復著《再論高行健》第228頁。
〔註1039〕高行健著《沒有主義》第285～301頁。
〔註1040〕高行健著《沒有主義》第330～336頁。
〔註1041〕高行健著《沒有主義》第1～8頁。
〔註1042〕趙毅衡著《建立一種現代禪劇——高行健與中國實驗戲劇》第184頁，香港天地圖書有限公司2001年。
〔註1043〕諾埃爾‧杜特萊《〈靈山〉法譯本序言》，林曼叔《解讀高行健》第151頁。

的創造者之一。〔註 1044〕

　　杜特萊教授夫婦耗時三年翻譯的法文版《靈山》，由法國南部的晨曦（黎明）出版社出版。〔註 1045〕出版人王楷生回憶：

　　出版社是在南部 Vaucluse 省的小鎮「水塔」，這個蕞爾小鎮只有三千八百人居民。這個出版社是個夫妻檔，創立於 1987 年，總共工作人員不過六個人。慘淡經營，倒也成就不小。到《一個人的聖經》已是他們出版的第五百本書。而在出版《靈山》前，杜特萊已在這家出版社出版過阿城的小說。爲了出版《靈山》他們投入了二十多萬的法郎，眞沒想到會一跳直達諾貝爾獎。這家出版社可謂運道極佳，他們出版了捷克作家哈維爾的作品沒多久，哈維爾馬上當上了捷克總統！眞是不可思議！

　　後來我到德國法蘭克福，遇到法國的 Acte du Sud 南方出版社的總編，他告訴我當時法文版《靈山》的譯文曾試探過可否由他們這家出版社出版，只因他們感到小說太厚而拒絕了。頗有後悔之感。這是因爲法文版《靈山》出版後，在法國出現了極大的反響，法國的媒體爭相報導，各大雜誌報刊電臺均有諸多評論。〔註 1046〕

　　10 月 29 日，法國最重要的電臺「法新社」全天候廣播《靈山》的出版消息及對高行健的採訪，認爲「這是本世紀的一部中文巨著」。〔註 1047〕

　　10 月，巴黎的詩人之家（又叫莫里哀小劇場）的古建築修復，巴黎市長剪綵，並以高行健劇作《對話與反詰》作爲開幕式。該劇由高行健執導，法國著名演員米歇爾・龍斯達主演。〔註 1048〕

　　法國《戲劇期刊》這樣寫道：

　　這戲剝得乾乾淨淨，是對專注於文體把握的一個操作。一切都簡約到必不可少的最嚴謹的限度。其首要的根據是，一個男人，一個女人，一次邂逅剛剛結束，各自的語言回到習俗，無所事事，反反覆覆有一下沒一下的音樂。隨後的處理則是極爲簡短的對話，沒有一點裝飾，絲毫不用細枝末節來緩解

〔註 1044〕潘耀明主編《2000 年文庫　當代中國文庫精讀　高行健》第 166～167 頁，附錄《西方報刊對高行健作品的評論》，明報月刊 1999 年 8 月第 1 版，2000 年 10 月第 2 版，2000 年 11 月第 3 版。
〔註 1045〕劉心武著《瞭解高行健》第 195 頁。
〔註 1046〕劉心武著《瞭解高行健》第 211～213 頁。
〔註 1047〕潘耀明主編《2000 年文庫　當代中國文庫精讀　高行健》第 180 頁。
〔註 1048〕潘耀明主編《2000 年文庫　當代中國文庫精讀　高行健》第 183 頁。

衝突。最後有效而又簡潔的戲劇化，是導致兩位對話者（肉體的）消亡和死後的消解，乃至於最後的風化。一種無情的力學。死前既無，死後也無，冥冥之中還是無。

一種思想的徹底性，面對不求填充的空虛。用其空虛恰相反是爲了砥礪對話的鋒芒，一種純粹的戲劇性的鋒芒。選用一位和尚作爲在場的第三者，顯然是爲了強化這力學的毀滅。

手法之經濟與達到的效果令人吃驚。〔註1049〕

10月，巴黎《莫里哀劇場》節目報1995年10月號刊發Annie Curien對高行健的評論。

文章寫道：高行健對文字和劇作要求同樣嚴格，他的語言滲透夢囈和哲學思考，人物化解在他所提供的脣槍舌劍的情境中。同樣，他的文本首先導致演員的表演，總提示戲劇性，情境則勝於故事。他的劇作的對話如同他的小說或詩中的語言，他訴諸詞語爆炸的雪崩與飛濺，從而擴大眞實與想像的空間，在極小的細節中挖掘，使之湧現出驚人的、古怪的或令人驚駭的意念……〔註1050〕

11月23日，法國最大的新聞週刊之一《快報》刊發《靈山》的評論，標題爲《要讀高行健！》。

作者爲安德烈‧克拉維勒。他寫道：

一部近七百頁的洋洋大作，一頭特洛伊的巨馬從中國朝我們來了。書名《靈山》不假，不論就其篇幅而言，還是其面臨的重重深淵，還是穿越的陣陣清風，都確實是一部令人暈眩的小說。其筆下，有如一位哥薩克，卸除韁繩，恣意馳騁……風塵僕僕，信手拈來，他記載流浪的種種所見所聞，敘述在這漸漸擺脫共產主義枷鎖的中華帝國他那神奇的魯濱遜式的漫遊，以便重新找回他的夢境、儀式、幻想和傳說的魔法。

種族的編年史，異地之行，對喪失的智慧的尋求，這部無法歸類的小說厚如長城，卻又如鴉片的一縷輕煙，讀來令人不斷想起中世紀的中國那些著名的傳說。當然，不會再像《水滸傳》中那樣宰了旅客來做包子，自然也不像《西遊記》中竹棍化成龍，然而《靈山》卻同樣新鮮，同樣隨心神遊，有同樣清澈的魅力。

〔註1049〕潘耀明主編《2000年文庫　當代中國文庫精讀　高行健》第190～191頁。
〔註1050〕潘耀明主編《2000年文庫　當代中國文庫精讀　高行健》第192頁。

　　人所周知，中國人發明了指南針。無畏的高行健，他剛寫出了小說中這部令人困惑的小說：一部天行者的指南，一頁一頁有如風箏，散失在無際的風中，這便是魔力。〔註1051〕

　　11月26日，法共的《馬賽曲報》刊發《靈山》書評，題目為《首創的中國腹地之遊》。

　　作者約薩佛・馬爾第內指出：

　　高行健的這部宏大的小說談的不是北京上海，作者旨在重新發現文化革命企圖窒息的中國祖先的文化。

　　通過他的發現與見聞，高行健構建他自己的中國文化，一種多重的文化，他這部宏偉的小說《靈山》便得以誕生。

　　小說的寫法絕然現代，對話同獨白與描述交替穿插，而描述如此精緻以至令讀者身臨其境，氣味撲鼻，醇香在口，祖先的歌聲可聞。

　　一次心靈之旅，中國腹地之旅，祖先的傳統或信仰之旅，令我們不由得想打起行李上路也去找尋「靈山」。〔註1052〕

　　11月30日，法國《世界報外交週刊》刊發《靈山》書評，題目為《記憶的雪覆蓋下》。

　　作者 Jacques Dccornoy 寫道：

　　高行健建構的並非是一個厚古薄今之作，而是一部藝術作品。靈山安在？又何從知道他是否登上了？重要的是別卻步，恰如一首數千年來的民謠所敘：有也回，無也回，莫在江邊冷風吹。〔註1053〕

　　11月，法國《圖書館書訊》1995年11月號寫道：高行健自稱是美的鑒賞者，他對美的熱愛，他敏銳的感覺和他說故事的才能讓讀者深入到現今的中國，語言很有音樂感，譯文也非常出色。一部美妙的小說，讓人去多方面品味，迷失其中。〔註1054〕

　　12月16日，法國最大的日報《世界報》刊發《靈山》書評，題目為《世界終端之旅》，認為是高行健關於人生的一部偉大的小說，論說與故事渾然一體。

〔註1051〕潘耀明主編《2000年文庫　當代中國文庫精讀　高行健》第167～169頁。
〔註1052〕潘耀明主編《2000年文庫　當代中國文庫精讀　高行健》第176～177頁。
〔註1053〕潘耀明主編《2000年文庫　當代中國文庫精讀　高行健》第177～178頁。
〔註1054〕潘耀明主編《2000年文庫　當代中國文庫精讀　高行健》第179頁。

作者阿蘭・貝羅伯寫道：

《靈山》是一部關於無止盡的旅行的長篇小說，兩個人物漫遊中國南方，去找一座神秘的山。這兩個人物交替指稱爲代詞「我」與「你」，前者意在敘述，後者則在分析。兩個觀點最終交替，暗示的可能是同一個人物。

他完全擺脫標點的企圖，句子破碎，無可爭議取得成功。法文譯本忠實而又極其講究，很好體現了他的這些革新。

這當然是一部小說，而且是一部關於納入大自然的總體循環的生命的偉大的小說。九十年代的中國文學，不如說是被壞死病折磨的九十年代的中國文學，從此可以指望高行健的創造力與勇氣。〔註1055〕

12 月 21 日，法國最大的左派報紙《解放報》破例發表了三整版對高行健的專訪和對《靈山》的評論。頭版要聞的標題爲：《高如何移山：一部個人面對壓迫的辯護書》。

記者吉拉・莫達勒報導。

問：《靈山》中的人物只用代詞我、你、他或她，與其說是傳統小說中的人物，不如說是戲劇中的角色。

答：寫作行文至少有三個人稱。日常生活中的「我」，當沉思時獨白，這「我」就幾乎自動變爲「你」。「他」又從何而來？當人作哲學思考，便脫離身體，「我」成爲一個中性的眼睛觀察其身，這「他」便從客觀世界脫身出來。

問：你是什麼情況下開始寫《靈山》的？

答：1982 年我開始寫，我先作了許多研究，許多實地調查，訪問過許多專家。這對我來說也是遠離北京，躲避麻煩的一個方法。我還讀了讀多古籍。我很快覺察到這書根本不可能出版，因而也就解除了自我的審查。

問：這是否是中國傳統文化的辯護書？

答：中國文化有兩個搖籃，一是黃河流域的倫理理性主義文化，孔子是這一文化的結晶。另一個是長江流域的文化，有許多山區和許多獨立的王國。這兩種潮流自然相互滲透，但如果追溯其源，區別是很明顯的。歷史過程中，總是北方的王國統一中國，並成爲統治的意識形態和文化。南方文化總受壓迫，但這一文化卻滋養創造力，大作家、詩人、藝術家都受其滋養。《靈山》是對中國南方文化源流的回歸，一個捍衛個人權利對抗國家權力的意願。

〔註1055〕潘耀明主編《2000 年文庫 當代中國文庫精讀 高行健》第 170〜171 頁。

　　問：兩種不同的文化與關係中的這種對權力的反抗在中國目前是否還存在？

　　答：正統文化窒息個人。我找尋源泉爲了表明中國知識分子是可以從中國南方文化中，諸如道家的老子、莊子，得到靈感與創造力。長城，輝煌雄偉的宮殿，是同一個強大的政權聯繫在一起的文化，但是詩，個人的創造力，卻從另一種文化中得到靈感。〔註 1056〕

　　12 月 22 日，臺灣《中央日報》副刊刊發主編梅新與高行健的對談《尋找心中的靈山》，作者吳婉茹。〔註 1057〕

　　12 月 24 日，法國南方的《普羅旺斯人報》刊發《靈山》書評，題目爲《黃河的魯賓遜》。

　　作者 Jean Contrucci 寫道：

　　他這部近七百頁紀念碑樣的作品杜特萊譯得非常出色……人們會懂得這首先是精神之旅。勝利不靠損害他者取得，不管是人們還是各種制度，這勝利來自自己，打開了通天之途，給人類生存帶來意義，同喪失掉的智慧重新連結一起。黎明出版社冒了風險將這巨著介紹給法語讀者，在此致謝。〔註 1058〕

　　12 月，法國《愛書》雜誌 1995 年第 12 期這樣評價《靈山》：中國文學的現代性似乎找到了它的大作，甚至是它的宣言……一部豐富而文體獨特無法歸類的作品。〔註 1059〕

　　12 月，畫冊《高行健水墨作品展》由臺北市立美術館初版。

　　該書爲中英文雙語，目錄如下：

館長序	張振宇
斯勒維斯特先生序	
從現實世界到莫須有的彼岸	美德・史格斯德特
幽冥之旅與幽冥之美——讀高行健的畫	司徒立
圖版	

〔註 1056〕潘耀明主編《2000 年文庫　當代中國文庫精讀　高行健》第 172～174 頁。
〔註 1057〕高行健著《論創作》第 195～211 頁，臺北聯經出版事業股份有限公司 2008 年 4 月初版。
〔註 1058〕潘耀明主編《2000 年文庫　當代中國文庫精讀　高行健》第 178 頁。
〔註 1059〕潘耀明主編《2000 年文庫　當代中國文庫精讀　高行健》第 179 頁。

展出作品清單

年表

附錄

　　法國報刊摘錄

　　德國報刊摘錄

　　瑞典報刊摘錄

　　這一年，在巴黎完成劇作《週末四重奏》。該劇的寫作應法國如埃萊圖爾市立圖書館邀請，並得到法國國家圖書中心贊助。〔註1060〕論文集《沒有主義》由香港天地圖書公司初版。這一年，臺北帝教出版社推出劇作集《高行健戲劇六種》（一集《彼岸》、二集《冥城》、《聲聲慢變奏》、三集《山海經傳》、四集《逃亡》、五集《生死界》、《對話與反詰》、六集《夜遊神》）。〔註1061〕日本晚成書房出版《中國現代戲曲集》第二集，收入《車站》，譯者飯塚容。

　　法國圖爾國立戲劇中心演出《逃亡》。香港演藝學院演出《彼岸》，由高行健執導。

　　蔣樾拍攝的紀錄片《彼岸》出品。

　　蔣樾，1962年出生。1988年從中國戲曲學院戲文系畢業，入北京電影製片廠工作，師從黃健中導演，參與拍攝故事片《龍年警官》、《過年》（任副導演）。紀錄片《彼岸》講的是一群沒考上大學的外地孩子的明星夢。他們來到北京電影學院，進了牟森主持的一個班。當時牟森正要排一部戲，是根據高行健的《彼岸》寫的一個實驗劇《關於〈彼岸〉的語法討論》。牟森就帶著這14個孩子排這部戲，排了四個月。這個戲一直在討論彼岸是什麼，有的說彼岸是一個名詞，有的說是一個動詞，有的說沒有彼岸。他們在北京電影學院連演七場，每次演完了那些孩子都哭。很多藝術家都去看了，給了很高的評價。三個月後作者再次見到這幫孩子時，他們已經被那個瞬間粉碎的大夢扔回到殘酷的現實中，漂流在北京城裏，「明星」又還原成普通人。有的女孩成了歌廳門口招徠顧客的小姐，有的男孩騎著車到處給人送方便麵。又待了四

〔註1060〕高行健著《週末四重奏》後記第123頁，臺北聯經出版事業股份有限公司2001年1月初版，2006年11月初版第四刷。

〔註1061〕高行健著《靈山》第554頁，臺北聯經出版事業股份有限公司2010年3月初版第37刷。

個月，實在撐不住了，就紛紛往回走。蔣樾跟了其中的三個孩子回家。這三個孩子特別不服氣，回到石家莊的農村，又自己弄了一齣戲，叫《一隻飛過天堂的小鳥》，然後在自家的地頭上，給三四十個老頭老太太演了一場，看完了他們鼓鼓掌。那齣戲一開始就在修理一臺拖拉機，到最後也沒修好，後來一群人在荒野裏推著拖拉機走，他們的夢想就此消失。〔註1062〕

專輯推薦人楊城指出：這部紀錄片在自身內部顯示出中國獨立紀錄片的重要轉向──告別精英自我封閉顧影自憐的姿態，面向更廣闊的現實。演出後的掌聲、淚水、讚美、研討會上的學者，藝術家學術味強烈的發言，無一不把人帶入一種超凡脫俗的情緒之中。「那麼，為什麼不投入真正有意義的生活中去呢？為什麼不立刻動身呢？」（劇中臺詞）研討會的段落之後，鏡頭前就滿是失落之人及其平淡的生活、內心的折磨。就連作為先鋒藝術家的導演牟森，一樣需要靠欣賞拙劣的流行歌曲 MV 來打發苦悶。這些生活空間裏的內容生動鮮活，充滿真實而平淡的情感，因而形成了力量。與之相比，藝術空間裏的一切空洞乏味且令人生疑，在片中僅僅作為一個鋪墊和反襯才具有存在的價值。該紀錄片多次運用交叉剪輯來強調兩個空間，兩種狀態，兩個人群的對比，從而使記錄者的懷疑更鮮明地顯現出來。中國的新紀錄運動因而找到了精神所在。〔註1063〕

方梓勳指出：1991 至 1995 年之間，多個法國文化機構委託高行健撰寫劇本，例如法國文化部及法國國家圖書中心等。這是他多產的時期，他一共寫了四個劇本，包括《生死界》（1991）、《對話與反詰》（1992）、《夜遊神》（1993）和《週末四重奏》（1995）。不少作品最初以法文寫成，後來自行翻譯成中文。這些劇本的時空背景不詳，儘管有時偶現歐洲的背景；人物又只有類名；主題多是對衰老、死亡、性和暴力的恐懼，以及個人的孤獨和苦難。我們不能確定主題的轉變是否與贊助人（法國政府及下轄部門）有關，還是高行健真切地認為對事物的看法要有普遍性，抑或兩者併兼。事實上，高行健可能在法國定居以後經歷了一番調整。此時，他榮獲多個獎項，包括法國文學騎士獎（1992），這鼓勵他繼續寫作普遍性的處境和主題。形式上，這些劇本一些

〔註1062〕根據百度詞條「蔣樾」簡編。

〔註1063〕影像檔案館推薦之《彼岸》（作者：蔣樾，類型：紀錄，片長：140 分鐘，出品日期：1995 年），楊城推薦，《當代藝術與投資》2009 年第 6 期第 72 頁，內蒙古日報社 2009 年 6 月 15 日出版。

句式斷斷續續，沒有明確的故事線，這與當代西方戲劇不無相似之處，但高行健的劇作的觀點依然是中國化的，他的思想基本上源自禪宗的抽身與自知的概念。舉例說，《對話與反詰》的形式是佛教禪宗的公案的答問模式，劇中有一位和尚在戲劇的主線動作旁邊表演雜技，似欲評點生活的無聊。《夜遊神》的背景是歐洲一列直通火車的車卡，劇中人生若夢的聯想，就是一個佛道的觀念，但卻加添了新的說法：夢中所遇到的不義與無端的暴力，恰恰反映了現實中類似的不義與暴力。在此等劇作裏，高行健的中國眼似若透過西方的鏡片（即是當代的戲劇形式），一直觀審生命和自我。高行健這時期的劇作大都較爲悲觀。《週末四重奏》是這些劇本中最後寫的一個，高行健發現了如何逃脫現代人悲劇困境的途徑，戲劇以連串歌舞場面作結，接受並頌揚生活的空洞無聊。〔註1064〕

出版人王鍇生回憶與高行健的相識：

那是 1995 年，當時高行健是應香港的藝術界的邀請來港排演他的戲《彼岸》。那天達文打電話來說，給我介紹一個朋友，亦是學法文的，約我一起去吃飯，達文並告訴我說，他是個文藝理論專家，關於西方小說的創作的各類寫作技巧，很多是他第一個介紹給中國的，《現代小說技巧初探》一書就是他寫的。這就是我未見高行健之前先入爲主的印象。

後來高行健來了，他是個文質彬彬，溫雅敦厚的知識分子，大家簡單談了各人的經歷，特別是他居住在巴黎，他的許多朋友亦是我的朋友，這樣就開始了我們的交往。因爲巴黎我常去，有到巴黎，總會打電話給他，或約他出來聚聚。〔註1065〕

1996 年　56 歲

1 月 11 日，法國右派最大的報紙《費加羅報》刊發《靈山》書評，標題爲《一個荒蕪的中國的碎片》。

作者蒂安娜·德·瑪格麗寫道：

這本令人迷惑的書是一位畫家、詩人、哲學家的作品，它如同萬花筒，將一個永恆的中國，一個殘酷的中國，有時又是美妙的，在破碎在毀滅與復

〔註1064〕方梓勳《自由與邊緣性：高行健的生命與藝術》，陳嘉恩譯，高行健著、方梓勳、陳順妍譯《冷的文學——高行健著作選》之「導論」，xxxvii～xxxix.
〔註1065〕王鍇生所寫後記，劉心武著《瞭解高行健》第 208 頁。

活之中，表現得令人炫目。〔註 1066〕

　　1 月 17 日，法國最大的週刊《影視週刊》刊發《靈山》書評，題目爲
《大躍退──一個作家的磨難，逃離北京去找尋一個傳統的如夢一般的中
國》。

　　作者讓－呂克・杜安寫道：

　　這部「東方小說」語言寫得富有音樂性（譯文也漂亮），訴諸現代主義的形
式，韻味通達神靈，脫出一切陳規，驅除所有僵死的語言，而又是道道地地的
中國小說。其野心和才華都不禁讓人想起讓－呂克・果達，他那種狂熱，用詞
語、資料、圖像、戲劇、騙局、滑稽、失望和超驗構成的抒情雜色。〔註 1067〕

　　1 月，Saint-Herblin 市外國劇作家之家舉行《對話與反詰》朗誦會。
〔註 1068〕

　　1 月，Grenoble 市文化研究創作中心舉行劇作《週末四重奏》朗誦會。
〔註 1069〕

　　2 月 9 日，法國南方的《普羅旺斯人報》刊發《高行健奧秘的旅行》，
稱作者爲「中國當代文學的一位大師，《靈山》寫的是穿越這鮮爲人知卻無
限豐富的中國的一次眞實的也是精神的旅行。〔註 1070〕

　　2 月 9 日、10 日，法國艾克斯－普羅旺斯圖書館、寫作交流中心和普
羅旺斯大學聯合舉辦《靈山》的朗誦會和討論會。〔註 1071〕

　　3 月 9 日，法國音樂電臺舉行「會見高行健」的三個小時的現場直播
的音樂會，由著名音樂評論家 Jean-Michel Damian 主持，同高行健一起討
論《靈山》寫作的音樂性，並現場演奏作家寫作時用過的法國現代作曲家
Debussy 和 Messiam 的音樂作品。〔註 1072〕

　　3 月，法國《兩世界》雜誌這樣評價《靈山》：這部行文非常現代漂亮
的小說同時又是對愛情和精神的求索。一部豐富的作品，行文極有音樂性，
讀者會趣味盎然，迷失其中。〔註 1073〕

〔註 1066〕潘耀明主編《2000 年文庫　當代中國文庫精讀　高行健》第 174～175 頁。
〔註 1067〕潘耀明主編《2000 年文庫　當代中國文庫精讀　高行健》第 175～176 頁。
〔註 1068〕潘耀明主編《2000 年文庫　當代中國文庫精讀　高行健》第 183 頁。
〔註 1069〕潘耀明主編《2000 年文庫　當代中國文庫精讀　高行健》第 183 頁。
〔註 1070〕潘耀明主編《2000 年文庫　當代中國文庫精讀　高行健》第 178 頁。
〔註 1071〕潘耀明主編《2000 年文庫　當代中國文庫精讀　高行健》第 182 頁。
〔註 1072〕潘耀明主編《2000 年文庫　當代中國文庫精讀　高行健》第 181 頁。
〔註 1073〕潘耀明主編《2000 年文庫　當代中國文庫精讀　高行健》第 179 頁。

3月，普羅旺斯大學舉行劇作《夜遊神》朗誦會。〔註1074〕

4月，比利時國際大赦組織舉行劇作《逃亡》朗誦會。〔註1075〕

6月30～7月6日，由瑞典烏拉夫帕爾梅國際中心主辦、斯德哥爾摩大學東亞學院中文系協辦的「溝通：面對世界的中國文學」中國作家研討會在斯德哥爾摩南郊布姆什維克湖灣會議中心召開。〔註1076〕高行健的發言題目是《為什麼寫作》，香港社會思想出版社出版該研討會論文集。〔註1077〕

旅美詩人、《傾向》雜誌執行主編孟浪2000年寫道：

會議由瑞典人資助召開，但除了開幕式和閉幕酒會有瑞典東道主用瑞典語致辭外，整個議程和論題完全由中國作家統籌，整個會議正式使用的語言也只是漢語。

在會上，老高、楊煉和我的發言分別直接就中國作家個人寫作自由，中國的制度性壓迫、傷害及海外流亡文學等尖銳話題作出陳述與省思。

那幾天，老高在詩人們「坐而論道」時偶有一兩次也打開話匣子，舊人舊事、故人故事，他講得似是漫不經心，卻流露了劇作家的從容和小說家的犀利，而會後的大部分時間老高把自己關在會議住宿的單人客房裏。大堂內不准抽煙，他這個「老煙槍」不得不找個「慎獨」的自處之道。

會議議程進行到一半的某天，與會的中國作家在東道主的安排下去斯德哥爾摩市內觀光的同時，在瑞典文學院院士馬悅然教授的邀請下，參觀訪問瑞典文學院，諾貝爾文學獎評委會的會址就在那裡。那次，老高沒去，大概又「貓」在會議中心的客房與舞蹈家、作曲家討論《生死界》。會議結束後馬悅然教授和他的中國妻子陳寧祖女士邀請所有中國作家去他府上做客話別，我記得也沒有老高，好像當時他有事，已提前一天飛回巴黎去了。老高那時早已不是巴黎－斯德哥爾摩航線上的陌路客了，因為早在八七年、九零年斯德哥爾摩的瑞典皇家劇院就先後上演了他的兩部戲《躲雨》和《逃亡》。那天我在馬悅然教授滿屋的藏書中隨便翻覽，見到有老高在臺灣出版的長篇小說《靈山》，馬悅然教授意味雋永地告訴我，是一部好書，他早在四年前（92年）就把它譯成瑞典語出版了。

〔註1074〕潘耀明主編《2000年文庫 當代中國文庫精讀 高行健》第183頁。

〔註1075〕潘耀明主編《2000年文庫 當代中國文庫精讀 高行健》第183頁。

〔註1076〕孟浪《在中國作家和斯德哥爾摩之間》，林曼叔編《解讀高行健》第78頁。

〔註1077〕劉再復著《再論高行健》第230頁。

　　瑞典文學院十八位院士中唯一懂漢語的院士馬悅然教授和他的夫人，曾列席過我們在郊區的會議，他是一位「沉默的聽眾」，在會上未做任何評語。在會中，「敏感的」諾貝爾文學獎問題也從未被大家正式地提出或討論。〔註 1078〕

　　6 月，王新民論文《高行健：新時期實驗戲劇的傑出代表》刊發在《無錫教育學院學報》1996 年第 2 期上。

　　論文指出：高行健是新時期劇壇絕無僅有的「學者化」劇作家。理論思考和創作實驗的真正結合是他與眾不同的特點。他的每一部劇作都有明確的理論追求和戲劇理想，因而他的每一部劇作都不僅在戲劇實踐上具有鮮明的創新特色，而且在戲劇理論上也富有突破性探索成就。

　　該文認爲：高行健的戲劇是交流的戲劇、動作的戲劇、完全的戲劇、複調的戲劇、敘述的戲劇、象徵的戲劇。文章結論是：高行健的戲劇實驗不僅創造了當代戲劇的新形式和新觀念，更重要的是突破了傳統的單一型、封閉型的陳舊的戲劇思維，而創造了一種開放型的、多維型的戲劇思維，這對於中國當代戲劇的發展具有特別重要的價值和意義。這些新穎、獨創的戲劇不僅標誌著新時期實驗戲劇的最高水平，同時也繼老舍的《茶館》之後爲中國當代戲劇帶來了較高的國際聲譽。〔註 1079〕

　　9 月 16、17、18 日，臺灣《中央日報》副刊連載《中國現代戲劇的回顧與展望》，此乃高行健在「百年來中國文學學術研討會」上的發言。〔註 1080〕

　　10 月，詩歌《我說刺蝟》刊發在法國《詩刊》1996 年十月號，譯者 Annie Curien.〔註 1081〕

　　11 月 3 日，整理《現代漢語與文學寫作》。〔註 1082〕

　　這一年，劇作《週末四重奏》由香港新世紀出版社初版。

　　出版人王楷生 2000 年時回憶：

　　當時我們出版社負責香港《文藝報》的排版和印刷工作。有天當時任編

〔註 1078〕孟浪《在中國作家和斯德哥爾摩之間》，林曼叔《解讀高行健》第 78～81 頁。
〔註 1079〕　《無錫教育學院學報》1996 年第 2 期第 6～11 頁。
〔註 1080〕劉再復著《再論高行健》第 230 頁。
〔註 1081〕劉再復著《再論高行健》第 230 頁。
〔註 1082〕該文文末標注：本文爲愛克斯——普羅旺斯市立圖書館舉辦的「中國當代文學」討論會發言，1996 年 11 月 3 日整理。高行健著《文學的理由》第 26 頁，香港明報月刊出版有限公司 2001 年 4 月出版。也收入高行健著《論創作》第 98～110 頁，臺北聯經股份有限公司 2008 年 4 月初版。

輯的馬建問我，可否幫高行健出本書，那是一個劇本。我說可以呀，且由馬建一人去搞。不久我因外出也沒及時過問，只知那本《週末四重奏》出版了，印了五百多冊，馬建取走一百五十冊，餘下的都送田園書屋發行。

這本書的遭遇本身亦很戲劇性的，自 1996 年出版之後，直至他獲諾獎爲止只賣了二十餘本，但自高行健獲獎，餘貨馬上沽清，發行商又催著要加印。而那邊在英國的馬建亦爲我傳來了傳眞：「高行健獲諾貝爾獎，我們爲他印的《週末四重奏》應該可以賣出去了。請你把剩餘的盡快交給田園書屋黃老闆。他也說要，甚至可以再印一千本，賺了錢是你的。」但我並不是如此想到可以去賺錢，因爲當初不賺錢我也印的。我只是想到能爲高行健邁向諾貝爾之路，盡過一份微薄之力而感到驕傲。當許多報紙上登出《週末四重奏》的封面時，我的心情是興奮的。因爲這是一本眞正的高行健在港首次出版的中文劇本。〔註 1083〕

開始在法國寫作長篇小說《一個人的聖經》。〔註 1084〕《沒有主義》英文版刊發在澳大利亞《東方會刊》上，譯者爲陳順妍。希臘雅典出版《靈山》希臘文譯本。

澳大利亞雪梨科技大學國際研究學院、雪梨大學中文系和法文系爲高行健舉辦三場報告會──《批評的含義》、《談〈靈山〉的寫作》、《我在法國的生活與創作》。法國艾克斯－普羅旺斯大學與市立圖書館舉行中國當代文學討論會和《夜遊神》的排演朗誦會。法國文化電臺舉辦一個半小時的作者專訪，並朗誦《靈山》部分章節。法國舉行《週末四重奏》朗誦會。《生死界》在波蘭米葉斯基劇院上演。日本神戶龍之會劇團演出《逃亡》，導演深津篤史。〔註 1085〕盧森堡盧林堡正義宮畫廊舉辦高行健的個人畫展。香港倡藝畫廊舉辦高行健個人畫展。〔註 1086〕

貝嶺回憶這一年前後與高行健的交往。

他寫道：我們成爲無話不談的好友是在 1996 年前後。那時，老高剛用賣畫的錢在巴黎近郊高樓中購了套公寓，因客廳頗大，他便用來寫作兼當畫室。

〔註 1083〕王鍇生《後記》，劉心武著《瞭解高行健》第 213～214 頁。
〔註 1084〕高行健著《一個人的聖經》文末標注：1996 至 1998 於法國。高行健著《一個人的聖經》第 447 頁，（香港）天地圖書有限公司 2000 年，由（臺北）聯經出版授權。
〔註 1085〕劉再復著《再論高行健》第 229～231 頁。
〔註 1086〕繪畫簡歷，亞洲藝術中心出版《高行健》第 103 頁。

當年的我，不知深淺，揣著五百美元直奔巴黎，他在電話中聽我一說，當即
請我到他家小住，以讓我從從容容地在巴黎晃蕩。那時，老高正寫著《一個
人的聖經》，常常一週足不出戶，成了ｅ世代所稱的「宅男」。他不僅要我吃了
午餐再出門，還讓我晚上最好回家吃，因爲巴黎除了麵包，喝杯水都貴。我
用一口破英語問路兼乘地鐵，在巴黎亂闖亂撞，雖受氣，仍然逛到天黑才饑
腸轆轆地回來，他和西零等我一起晚餐，他工作了一天也正好放鬆。飯後，
老高和我各一杯紅酒，有時他的女友西零也加入，徹夜長聊。私下的老高有
時也口若懸河，談文學，談現代漢語的演進，談他的戲、他的畫，甚至談男
人、女人。老高雖大我甚多，可我從不覺得。

那時，老高抽煙，可他不抽盒煙，那貴，他捲荷蘭煙絲。我看著老高不
疾不徐，舒緩地將煙絲放入薄薄的捲煙紙中，慢慢地捲起來，然後用嘴一抿，
再捲成圓錐形的紙煙——那手藝從容。偶爾，我也學著捲起一支抽，吸著，
聊著，靜中的老高淡定，在煙嫋中顯得心事浩茫，偶爾，嘴角倔強地緊抿，
我們相對無言。沉默，往事如大海。

他本是安靜之人，不好燈光，眾人相聚時，他低調，不擋著誰的視線。
他好客，但不擅交際，在流亡的文人中，是甘於寂寞者。九十年代的巴黎如
紐約，中國的流亡者不少，由於生存不易，語言不通，安貧樂道的不多，爭
強好勝，作驚人之語和驚人之舉者不少。行健有定見，但不強加於人，他是
眞正的作家，不是說家，也不是行動家。偶爾，我們一起去文人、畫家的飯
局聚會，他聽得多說得少，從不搶白，更不會誇誇其談地爭鋒頭，遇到侃主、
狂人，他不卑不亢，反而靜靜欣賞。

作家常常無形，因爲總是坐在家裏，起居自由，孤處，不需要每天衣冠楚
楚，或「衣冠禽獸」般地去和別人打交道；故作家易懶散，寫作者的作息是由
寫作狀態的好壞決定的，故晝夜顛倒是作家的常態之一。老高也不例外，唯老
高並不懶散。我在他處暫住時，試著看遍巴黎的博物館和畫廊，還摸著去了兩
處聞名遐邇的舊貨市場。每晚回來，常聽他告訴我，今天又有進展，寫了幾千
字，或又琢磨出了一張畫的意境和構圖。老高談到興奮處，也是欲罷不能，那
時，我是他唯一的聽眾。當他站在畫案前，專注作畫時，我觀畫，也觀他；老
高削瘦，側面輪廓很道家，若用溢美之詞，可以說眞有些仙風道骨。〔註1087〕

〔註1087〕貝嶺《高行健榮開七秩》，楊煉編《高行健作品研究：逍遙如鳥》第185～187
　　　　　頁。

電視編導張文中在香港專訪高行健。

那是在香港演藝學院的排演廳，張文中寫道：他在一架鋼琴旁邊席地而坐，侃侃而談，有問必答，率真得讓人忘記他的年齡。〔註1088〕

張：在你的戲裏，中國味道還是很濃的，即使寫的不是中國背景，好像也有很重的東方意味。

高：因為我畢竟是一個中國人，哪怕把西方文化作為一種背景來寫，也有一種東方人的看法。而且，我覺得這種看法是很重要的，並不是西方文化的一種翻版。在我後期的戲裏，有一點禪宗的影響，比如，冷眼觀照世界，無可無不可，可說也可不說，說得有意思或沒有意思總有一點那個，而那個又不可言說。也許，他們覺得這是非常東方的，因為這到底是西方人不能領悟的一種思維方式，也可以說是提供了另一種眼光來看他們自己的生活。〔註1089〕

高行健還談及他的出生、他的父母、他的寫作、他的戲《車站》和《逃亡》等，這些內容前文多數已引用，該文後來被發表在2000年10月的香港《明報》。

1997年　57歲

2月，《海南師院學報》1997年第1期刊發錢理群、吳曉東論文《文學的歸來——〈二十世紀中國文學史略〉之五》。〔註1090〕

7月，劉再復文章《中國現代文學的整體維度及其局限》刊發在香港嶺南大學《現代中文文學學刊》創刊號上，其中談及「《車站》與存在意義的叩問」。〔註1091〕

劉再復指出：

中國大陸二十世紀後半葉的文學，政治傾向壓倒了一切，文學成了政治意識形態的直接轉達，完全壓倒了叩問存在意義這一文學維度。革命不僅建立了新政權而且找到了人生的最高意義。人們只能獻身這些意義，絕對不容許懷疑這些意義，懷疑就是異端。因此，從五十年代到八十年代初期，叩問

〔註1088〕林曼叔編《解讀高行健》第60頁。
〔註1089〕林曼叔編《解讀高行健》第68頁。
〔註1090〕《海南師院學報》1997年第1期第64～70頁。
〔註1091〕劉再復著《論高行健狀態》第100～102頁，香港明報出版社有限公司2000年11月初版，2001年1月第2版。

人類存在意義的作品幾乎絕跡。整個文壇是「社會主義現實主義」的單維天下。這種狀況直到八十年代才有所變化。首先是在戲劇上出現高行健的《車站》（1983），之後又在小說上出現劉索拉的《你別無選擇》和徐星的《無主題變奏》。

《車站》改變了中國話劇延續五、六十年代的現實主義思路，第一個作了現代戲劇的實驗──強化了西方荒誕戲劇常常忽視的戲劇動作──對人的荒謬存在方式發出一聲有力的叩問。《車站》發表和演出後因遭到強烈批判，使得這種實驗無法繼續下去，然而，過了兩三年之後，劉索拉和徐星的中篇卻突然出現。兩部小說的主題都是音樂，叩問的是音樂的意義，也是存在的意義。

秋天，出版人王鍇生與高行健在巴黎友豐書店見面。

他寫道：

1997 年秋天我到歐洲去，在巴黎與高行健在友豐書店見面，友豐書店的潘立輝請我們到書店對面的小餐館用餐，這是一次無拘無束的聚會，大家談的極為開心。他告訴我在法國南方的阿維農夏季藝術節同時上演他的三部戲，這是在藝術節上從沒有過的，他並答應要為臺灣寫一齣戲。我問他是什麼內容呢？他說還沒有想好。這令我感到驚訝，他的戲，簡易如在成衣工廠製造出來，可以預訂。當時我還在搞本文藝雜誌，我說想寫一篇介紹他的文章。希望他能提供一份比較完整的作品目錄，不久我回到香港後很快收到他的目錄及一封短函。

王鍇生：

在巴黎匆匆一見，甚歡，再談。現遵囑寄上有關材料。

祝好！弟行健

以下附著他著作的目錄，雖是電腦打印出來，但他親筆修改過，可見他的認真。〔註 1092〕

11 月，在巴黎完成劇作《八月雪》。〔註 1093〕

該劇分為三幕八場，目錄如下：第一幕第一場：雨夜聽經；第二場：東山法傳；第三場：法難逃亡；第二幕第一場：風幡之爭；第二場：受戒；第三場：開壇；第四場：圓寂；第三幕：大鬧參堂。

〔註 1092〕王鍇生所寫後記，劉心武著《瞭解高行健》第 208～209 頁。

〔註 1093〕高行健著《八月雪》文末標注：1997 年 11 月於巴黎，臺北聯經出版事業股份有限公司 2000 年 12 月初版第 132 頁，2006 年 11 月初版第六刷。

方梓勳指出：

1997 年，高行健應臺灣國光中國戲劇劇團之邀請，爲他們撰寫新的演出劇本，《八月雪》因而誕生。高行健看來甚爲重視這個計劃，把劇本當作他對人生的信念與戲劇前景看法的載體。回到中國的事物，彷彿使他滿懷希望，甚至覺得有點好玩。劇中最後一幕是一個盛大的「狂歡派對」，既有雜耍，又有歌舞和魔術把戲，這場戲可謂描述了禪宗六祖慧能死後兩百年禪宗的沒落，但從正面的角度來看，這也不啻是頌揚生活的本色。這一幕還提示了禪宗的「無念」思想，它描繪日常生活的「本質」——不鬥、不爭，安然接受宇宙冥冥中分配給我們的命運。在這個富「狂歡」色彩的場景內，高行健寄託在其他作品中的「大自由」終能體現出來。

有學者認爲禪宗思想潛在著反建制的傾向。高行健感到與《八月雪》主人公慧能性情相近，這個人物體現了劇作家思想的邊緣性，與他對「大自由」的渴求（史書中的慧能跟高行健一樣，曾流亡多年），對高行健來說，中心是權力的現場，代表約束、操控和抑制，終致喪失自由；這正是他離開中國、遠適法國的主要原因。流亡是一種生活方式，也是一種精神狀態，它可以使人失去群體的意識，分解自我，反過來說，有了新的交流與聯繫，它也可以創造新的可能。高行健以自願的無家可歸者的心態來看待這種疏離——無論到哪裏，他也是異鄉人。流亡之於作家，是一件尋常不過的事，因爲他要逃離政治的壓迫、他人（群眾）和自我。〔註1094〕

這一年，巴黎的首屆「中國年獎」授予《靈山》作者——高行健。法國黎明出版社出版《給我老爺買魚竿》，譯者杜特萊夫婦。法國電視五臺介紹《給我老爺買魚竿》和《靈山》，播放對高行健的專訪節目。法國黎明出版社出版高行健和法國作家丹尼斯的對談錄《盡可能貼近眞實——論寫作》。

高行健執導的《生死界》由美國紐約的藍鶴劇團和長江劇團在新城市劇院演出。美國華盛頓自由亞洲電臺中文廣播《生死界》。法國文化電臺廣播《逃亡》。〔註1095〕

〔註1094〕方梓勳《自由與邊緣性：高行健的生命與藝術》，陳嘉恩譯，高行健著、方梓勳、陳順妍譯《冷的文學——高行健著作選》之「導論」，xxxix～xli.香港中文大學出版社 2005 年。
〔註1095〕劉再復著《再論高行健》第 231～232 頁。

美國紐約斯密特藝術中心畫廊舉辦高行健個人畫展。〔註1096〕

高行健特地到科羅拉多看望劉再復。三天三夜，他一步也沒有踏出房門，只是推心置腹談個沒完。劉再復說：「每次和他交談，我的視野就進一步打開。陰影就愈少。朋友之交。靈魂互相撞擊。彼此都好。但我總覺得他給予我的，比我給予他的更多。我的一些評論推介文字不過是吶喊助陣，真正走在歷史前沿的，還是他的才華與文字。」〔註1097〕

入法國國籍。

1998年　58歲

初夏，給劉心武打越洋長途電話，談及《一個人的聖經》。

劉心武在2000年時回憶：

記得是1998年初夏，在美國科羅拉多博德爾，再復家裏，行健從巴黎給我打來一個很長的電話，那是決心「煲電話粥」不計費用的行為，他渴望跟談伴聊個盡興，享受此時此刻心靈互相確證生命正常存在的快樂。他在電話裏告訴我正在寫一部小說，那時還沒有確定書名，但內容肯定要涉及到「文化大革命」，他自問自答地說：「文化大革命是什麼？是狗屎。」交談間起碼重複過兩回。那口氣不是控訴，不是痛斥，甚至不是譴責，更不是挪揄或懺悔。我習慣他那種略帶嘶啞的嗓音，是一種平靜陳述的語調：「是狗屎。」給我很深的印象。行健是一個很少說粗話穢詞的人，不像有的藝術家，愛以「雅人痞語」來驚世駭俗，所以他的這句陳述令我過耳難忘。我不知道他在寫成的書裏有沒有「狗屎」這個字眼出現，但在等待看到他這本書的時間裏，我常常思忖他的這個陳述式的判斷句。「文化大革命」本身是狗屎倒還在其次，問題是這灘狗屎凡當時在中國大陸的個體生命無一能逃過它的噴濺塗抹薰蒸滲透。1968年中國「文化大革命」影響到法國一些年輕人和中老年知識分子，出現過法國「紅衛兵」，有過「紅五月」的學潮，從校園鬧到街頭，可謂轟轟烈烈，但畢竟投入者是自願的，而不想投入的人，無論作旁觀者或者根本不去理睬，都絕無被打成「反革命」被專政的可能，這就與中國大陸的「文化大革命」完全是兩回事兒了。沒有在中國大陸親歷過「文化大革命」的人，

〔註1096〕繪畫簡歷，亞洲藝術中心出版《高行健》第103頁。
〔註1097〕劉再復《後記：經典的命運》寫於2000年11月11日香港城市大學校園，收入劉再復著《論高行健的狀態》一書中。

無論如何總難刻骨銘心地理解到那是「狗屎」，而親歷者正隨著自然規律漸漸消失，以後的人類成員，且不說中國以外的，就是中國大陸的年輕一代，他們究竟能不能懂得，那是「狗屎」？或至少能理解，爲什麼像行健這樣的敘述者，要把它說成是「狗屎」。〔註1098〕

8月20日，《自由精神——我的法國》刊發在法國《世界報》。〔註1099〕

9月，趙毅衡著作《建立一種現代禪劇——高行健與中國實驗戲劇》終稿。〔註1100〕

10月，《湖北師範學院學報（哲學社科）》1998年第5期刊發陳春生論文《覺醒、實驗、和諧——新時期小說文體演進的軌跡》。〔註1101〕

11月，劉再復寫作《高行健與〈靈山〉》。〔註1102〕

劉再復寫道：這部小說，上溯中國文化的起源，從對遠古神話傳說的詮釋，考察到漢、苗、彝、羌等少數民族現今文化的遺存，乃至當今中國的現實社會，通過一個在困境中的作家沿長江流域進行奧德賽式的流浪和神遊，把現時代人的處境同人類普遍的生存狀態聯繫在一起，加以觀察。《靈山》對許多讀者來說，可不是那麼好進入的，閱讀起來非常費勁。而馬悅然，一個非中國人，卻能如此欣賞《靈山》，不僅讀進去，而且譯出來，譯得非常漂亮。翻譯者如果沒有一種感情，沒有一種精神，是難以完成如此艱巨的工程的。《靈山》的法譯本在1996年於巴黎出版。出版時法國左、中、右各報均給予很高的評價。高行健還有其他許多作品也已譯成瑞典文、法文、英文、德文、意大利文、匈牙利文、日文和弗拉芒文出版。他的劇作在瑞典、德國、法國、奧地利、英國、美國、南斯拉夫、臺灣和香港等地頻頻上演。西方報刊對他的報導與評論近兩百篇。歐洲許多大學中文系也在講授他的作品。他在當代海內外的中國作家中可說成就十分突出。

出版人王楷生回憶這一年高行健在香港舉辦書展，並在法文書店爲《靈山》簽名售書的情形。

他寫道：那天下午，我特地將公司中尚餘下的十多冊《週末四重奏》

〔註1098〕劉心武著《瞭解高行健》第73～76頁。
〔註1099〕劉再復著《再論高行健》第233頁。
〔註1100〕趙毅衡著《建立一種現代禪劇——高行健與中國實驗戲劇》第184頁。
〔註1101〕《湖北師範學院學報》1998年第5期第17～19頁。
〔註1102〕劉再復著《論高行健狀態》第109～111頁。

帶去給高行健。這天下午我陪了高行健半天，當有法國讀者來時，大家一起招呼。特別要提到的是那位女店主瑞士籍的 Progin 太太，她極爲欣賞高行健的《靈山》，她甚至可以對著電話筒，給朋友誦讀其中的片斷長達十多分鐘。正因爲法文版《靈山》頗受法國讀者的歡迎，這天高行健的簽名售書取得了意想不到的成績，僅一個下午的三、四小時中，竟然售出法文版《靈山》六十多冊，這和臺灣十年來只售出《靈山》二百冊眞是天壤之別。當然要感謝法文版的譯者杜特萊夫婦精心譯作，法文版的譯文確是特別漂亮。〔註1103〕

　　這一年，《一個人的聖經》在法國完成。〔註1104〕法國巴黎世界文化學院舉行「記憶與遺忘」國際學術研討會，高行健應邀作了以《中國知識分子的流亡》爲題的報告。該文被收入文集。香港科技大學藝術中心和人文學部邀請高行健舉行講座和座談。法國艾克斯－普羅旺斯出版社出版《中國文學導讀》，收入高行健的《現代漢語與中國文學》一文，譯者杜特萊。《逃亡》被收入日本平凡出版社出版《現代中國短篇集》，藤田省三編，譯者瀨戶宏。《絕對信號》被收入日本晚成書房出版的《中國現代戲劇集》第三集，譯者瀨戶宏。

　　日本東京俳優座劇團演出《逃亡》，導演高岸未朝。羅馬尼亞演出《車站》。貝寧和象牙海岸演出《逃亡》。法國坎城劇院舉行《生死界》朗誦會。法國利茂日國際法語藝術節排演朗誦《夜遊神》。法國一劇團把高行健、杜拉斯和韓克的劇作改編演出。法國文化電臺廣播《對話與反詰》。〔註1105〕

　　香港藝倡畫廊舉辦高行健個人畫展。法國康城四藝術家畫廊舉辦高行健個人畫展。英國倫敦庫德豪斯畫廊舉辦高行健和另外兩位畫家的三人聯展。〔註1106〕法國藝術出版社出版高行健的繪畫筆記《墨與光》。

　　方梓勳寫作《從高行健的創作論說起》一文。

　　他指出：

　　高行健對於作家與社會的關係這個問題，持有一種較爲曖昧的態度，對

〔註1103〕劉心武著《瞭解高行健》第 210～211 頁。

〔註1104〕高行健著《一個人的聖經》文末標注：1996 至 1998 於法國。高行健著《一個人的聖經》第 447 頁，（香港）天地圖書有限公司 2000 年，由（臺北）聯經出版授權。

〔註1105〕劉再復著《再論高行健》第 233 頁。

〔註1106〕繪畫簡歷，亞洲藝術中心出版《高行健》第 103～104 頁。

於社會和它所代表的一切，究竟應該是即是離，可說即恨且愛。正如在《彼岸》和《一個人的聖經》裏面，群眾扮演的鬥士易於被人操縱、懷有敵意的角色，而且傾向於迫害個人。（除了探討人的生活意義之外，個人與群體的衝突也是高行健作品中的主題之一。）然而，作家處身社會，也是社會的一分子，倘若完全離棄社會，絕對不吃人間煙火，又有什麼可以作為寫作的題材呢？這就是高行健的困惑。為了解開這個困惑，他把自己置身局外，把自己當作陌生人，並且退到自我心靈和意識的深處，追尋普遍的人性。他的小說《靈山》、《一個人的聖經》，以及劇作《生死界》、《對話與反詰》、《夜遊神》等，都可以當做心靈的探索和剖白，從而描畫出人的原型。這些作品中的你、我、他、她，往往就是自我的化身；人稱的跳躍轉換，敘事形式的不定性，也許就容許原本從自我更替出來的非我，對自我進行全面和多角度的「觀照」。

我們不能否認高行健受了西方哲學思潮的影響，但他顯然是從東方人的感受出發。對他來說，西方的個人主義只顧一味自我膨脹，甚至要取代上帝，這是一種破壞性的個人主義。其實，他的思想更為接近中國的禪宗——所謂「直指人心」，以及既出世又入世的觀審角度。從這個自我超越的角度去「靜觀」自我和這個世界，「才得以清明」。高行健把他的畫當做「物我二者的淨化」，他的文學作品主要是描述生存的狀況和困境，裏面談到的愛、恨、性欲、暴力與死亡的恐懼、個人與群體的衝突等等，對於讀者來說，同樣產生一種「淨化」心靈的作用，洗滌他們的感情。也許我們可以套用一句高行健論畫的話作結語：倘若還留得下一點驚訝，這小說就可讀，這戲也就可看了。〔註1107〕

1999 年　59 歲

　　1 月 20 日，劉再復在科羅拉多大學校園為高行健著作《一個人的聖經》寫跋。〔註1108〕

　　劉再復寫道：

　　讀了《一個人的聖經》之後我立即想到：行健是個詩人。這不僅因為這部新的作品許多篇章就是大徹大悟的哲理散文詩，而且整部作品洋溢著一個大時代的悲劇性詩意。這部小說是詩的悲劇，是悲劇的詩。也許因為我與行

〔註1107〕劉再復編《讀高行健》第 192～195 頁。
〔註1108〕劉再復著《論高行健的狀態》第 103～108 頁。此文係為臺北聯經出版社 1999
　　　　年 4 月初版的《一個人的聖經》所作的跋。

健是同一代人而且經歷過他筆下所展示的那個噩夢般的時代，所以閱讀時一
再長歎，幾次落淚而難以自禁。此時，我完全確信：二十世紀最後一年，中
國一部里程碑式的作品誕生了。

　　《一個人的聖經》可說是《靈山》的姐妹篇，與《靈山》同樣龐博。這
裡，《靈山》的主人翁對文化淵源、精神與自我的探求回到現實。小說故事從
香港回歸之際出發，主人翁和一個德國的猶太女子邂逅，從而勾起對大陸生
活的回憶。綿綿的回憶從 1949 年之前的童年開始，然後伸向不斷的政治變動，
乃至文化大革命的前前後後和出逃，之後又浪跡西方世界。《靈山》中那一分
為三的主人翁「我」、「你」、「他」的三重結構變為「你」與「他」的對應。
那「我」竟然被嚴酷的現實扼殺了，只剩下此時此刻的「你」與彼時彼地的
「他」，亦即現實與記憶，生存與歷史，意識與書寫。

　　高行健的作品的構思總是很特別，而且現代意識很強。1981 年他的文論
《現代小說技巧初探》曾引發大陸文壇一場「現代主義與現實主義」問題的
爭論，從而帶動了中國作家對現代主義文學及其表達方式的關注。在文論引
起爭議的同時，他的劇作《絕對信號》、《車站》則遭到批判乃至禁演。這些
劇作至今已經問世十八部，又是二十世紀中國現代主義的開山之作和最寶貴
的實績。由於高行健在中國當代文學運動中所起的先鋒作用及其作品的現代
主義色彩，因此，他在人們心目中（包括在我心目中）一直是現代主義作家。
《一個人的聖經》卻完全出乎我的意料之外，這部新的長篇竟十分「現實」，
我完全想不到高行健會寫出這樣一部書如此貼近現實，如此貼近我們這一代
人大約四十年間所經歷的極其痛苦的現實。這一現實是尖銳的，現實中的政
治又把在政治壓迫之下的人性脆弱與內心恐懼袒露無遺，寫得淋漓盡致。作
品深刻揭示了政治災難何以能像瘟疫一樣橫行，而人又如何被這種瘟疫毒
害，改造得完全失去本性。儘管我也親身經歷和體驗過這些政治災難，但是，
讀這書的時候我的身心仍然受到強烈的震撼。

　　描寫大陸二十世紀下半葉現實的作品已經不少，這些作品觸及到歷次政
治變動和文化大革命中的紅衛兵運動及上山下鄉等等，然而，沒有一部作品
能像《一個人的聖經》令我這樣震動，我雖一時無法說得清楚原因，但有一
個直感：面對那個龐大的荒謬的現實，用舊現實主義的方法，即一般的反應
論的方法是難以成功的。這種舊現實主義方法的局限在於它總是滑動於現實
的表層而無法進入現實的深層，總是難以擺脫控訴、譴責、暴露以及發小牢

騷等寫作模式。八十年代前期的大陸小說，這種寫作方式相當流行。八十年代後期和九十年代大陸作家已不滿這種方式，不少新銳作家重新定義歷史，重寫歷史故事。這些作家擺脫「反映現實」的平庸，頗有實驗者和先鋒者的才華，然而他們筆下的「歷史」畢竟給人有一種「編造」之感。而這種「編造」，又造成作品的虛空，這是因爲他們迴避了一個現實時代，對這一時代缺乏深刻的認識與批判，與此相應，也缺少對人性充分認識與展示。高行健似乎看清上述這種思路的弱點，因此他獨自走出自己的一條路，這條路，我姑且稱它爲「極端現實主義」之路。所謂「極端」，乃是拒絕任何編造，極其眞實準確地展現歷史，眞實到眞切，準確到精確，嚴峻到近乎殘酷。高行健非常聰明，他知道他所經歷的現實時代布滿令人深省的故事，準確的展示便足以動人心魄。「極端」的另一意思即拒絕停留於表層，而全力向人性深層發掘。《一個人的聖經》不僅把中國當代史上最大的災難寫得極爲眞實，而且也把人的脆弱寫得極爲眞切。

他勇敢、果斷地走進現實，走進生命本體，走進意識深處，並以高度的才華把自己擁抱的現實與生命本體轉化爲富有詩意的藝術形式。他進入現實又超越現實，他用一個對宇宙人生已經徹悟、對往昔意識形態的陰影已經完全掃除的當代知識分子的眼光來觀照一切，特別是觀照小說主人翁。於是，這個主人翁是完全逼眞的，是一個非常敏感、內心極爲脆弱又極爲豐富的人，但在那個恐怖的年代裏，他卻被迫也要當個白癡，當個把自己的心靈洗空、淘空而換取苟活的人，可是，他又不情願如此，尤其不情願停止思想。於是，他一面掩飾自己的面目，一面則通過自言自語來維持內心的平衡。小說抓住這種緊張的內心矛盾，把人物的心理活動刻畫得細緻入微，把人性的屈辱、掙扎、黑暗、悲哀表現得極爲精彩，這樣，《一個人的聖經》不僅成爲紮紮實實的歷史見證，而且成爲展示一個大的歷史時代中人的普遍命運的大悲劇，悲愴的詩意就含蓄在對人性悲劇的叩問與大悲憫之中。高行健不簡單，他走進了骯髒的現實，卻自由地走了出來，並帶出了一股新鮮感受，引發出一番新思想，創造出一種新境界。這才眞的是「化腐朽爲神奇」。

高行健是一個很有思想很有哲學頭腦的人，並且，他的哲學帶有一種徹底性。因爲這種哲學不是來自書齋學院，而是來自他對一個苦難時代刻骨銘心的體驗與感悟，因此，這種哲學完全屬於他自己。在《一個人的聖經》中，我們看到，他對各種面具都給予徹底摧毀，對各種假象和偶像（包括烏托邦

和革命）都一概告別，而且不去製造新的幻象和偶像。這部小說是一部逃亡書，是世紀末一個沒有祖國沒有主義沒有任何偽裝的世界游民痛苦而痛快的自白。它告訴人們一些故事，還告訴人們一種哲學：人要抓住生命的瞬間，盡興活在當下，而別落進他造與自造的各種陰影、幻象、觀念與噩夢中，逃離這一切，便是自由。

1 月，劉再復的文章《百年諾貝爾文學獎與中國作家的缺席》刊發在臺北《聯合文學》1999 年 1 月號上。〔註 1109〕

4 月，長篇小說《一個人的聖經》由臺北聯經出版公司初版。〔註 1110〕

5 月，在法國拿普樂城堡寫作《另一種美學》。此寫作得到法國文化部南方藝術局贊助。〔註 1111〕

西零回憶：後來，我們又搬了家，住在郊區一座塔樓裏。那段時間，高行健寫下了長篇小說《一個人的聖經》、劇本《八月雪》、《週末四重奏》、《夜遊神》、《叩問死亡》，藝術文論《另一種美學》，還完成了許多繪畫作品。我自然總是第一個讀者和觀看者。他的作品我都喜歡，但是還是有所偏愛，最打動我的畫作，都有詩意的美，意境深遠。劇作中我最愛看《山海經傳》和《八月雪》，倒不是因為中國題材，而是作品本身精彩、動人，而且深宏博大。他工作時間很長，經常到下午三點才吃午飯，將近半夜才吃晚飯，沒有週末和假期。

曾經有一位女記者問我：「高行健有什麼愛好嗎？」我想說：「愛好文學藝術，難道還不夠嗎？」她看我沒明白她的意思，就進一步解釋：「我是說除了文學藝術之外還有什麼愛好？我真的說不出來，其實，文學藝術之外的一切他都不顧，連給花草澆水也嫌麻煩。〔註 1112〕

8 月，香港明報「2000 年文庫——當代中國文庫精讀」出版《高行健》第一版。

該書是高行健自己的選本。目錄如下：

二十世紀中國文學的燦爛期（潘耀明）

〔註 1109〕劉再復著《論高行健狀態》第 109～111 頁。

〔註 1110〕高行健著《靈山》第 553 頁，臺北聯經出版事業股份有限公司 2010 年 3 月初版第 37 刷。

〔註 1111〕高行健著《文學的理由》第 195 頁，第二輯「另一種美學」文末標注：1999年 5 月於法國拿普樂城堡，香港明報月刊出版有限公司 2001 年 4 月出版。也收入高行健著《論創作》第 123～192 頁，臺北聯經事業股份有限公司 2008年 4 月初版。

〔註 1112〕西零《時光的印記》，西零著《家在巴黎》第 195 頁。

導讀：渡者之歌——高行健小說選序（趙毅衡）

公園裏

車禍

抽筋

《靈山》節選

附錄：西方報刊對高行健作品的評論

著作年表

該書主編為潘耀明，責任編輯為彭潔明，出版方為明報月刊、明報出版社有限公司。顧問委員會名單為：王德威、李歐梵、吳宏一、柏楊、馬悅然、黃維樑、黃子平、葛浩文、鄭樹森、趙令揚、劉以鬯、劉再復、聶華苓等。

趙毅衡寫道：

作為戲劇家的高行健，已經是一個歷史事實。也就是說，無論喜歡不喜歡高行健的戲劇，要討論中國當代戲劇，就無法繞過高行健而不論。高行健的小說，讀到過的人很多，討論卻不多。這是因為戲劇家的身影遮蔽了高行健的其他文學活動，包括他的文學理論。而在小說及理論中，高行健都有極高的建樹。

高行健是個永不自我滿足的探索者。成功常常使他更急於改變方向。當他成為中國實驗戲劇公認的代表者時，他卻改變了戲劇寫作的方向。1986 年發表的《彼岸》一劇，雖然至今未能在中國公演（1994 年在香港用粵語演出，高行健親自執導，在香港轟動一時），卻是中國戲劇界一系列重大變化的第一個信號。

就其抒情氣質而言，《靈山》是中國現代小說中幾乎唯一的詩體小說；就其美學精神而言，《靈山》是中國的；就其追求來說，《靈山》也是中國小說中最能與世界文學心靈交會的。

從一部分高行健作品中，我們或許能夠看到一眼被日常世俗隱藏著的諸色諸相。或許我們見不到經驗世界的彼岸，但是有可能瞥見黑水上渡者那關切的身影。〔註 1113〕

10 月 10 日，香港《世界日報》刊發劉再復「答《世界日報》曾慧燕問」。《世界週刊》將該文刊發於第 812 期。〔註 1114〕

〔註 1113〕林曼叔編《解讀高行健》第 144～148 頁。
〔註 1114〕劉再復著《論高行健狀態》第 196～205 頁。

　　文中說：劉再復指出：高行健是馬悅然喜愛的另一位作家與劇作家，他首先看中的是高行健的戲。1988 年 12 月劉再復首次應邀到瑞典出席諾貝爾文學獎頒獎典禮時，馬悅然就對他說，高行健的每一部劇作都是好作品，之後馬悅然翻譯了高行健的《靈山》等作品。劉再復還說，高行健最近由「聯經」出版的長篇小說《一個人的聖經》是非常傑出的作品，既接觸中國現實的根本，又富有詩意。〔註 1115〕

　　11 月 7 日，劉再復的文章《中國文學曙光在何處？》刊發在香港《南華早報》的「打開」雙月刊上，文中談及高行健。〔註 1116〕

　　劉再復寫道：

　　「文學已死」的說法未免過於武斷。上個世紀初尼采宣布「上帝已死」，但「上帝並沒有死」；現在宣布文學已死，文學自然也不會死。不過，死亡本身就是一個巨大的「不可知」。許多宗教家和哲學家都在解說死亡之謎。如果我採取黑格爾《邏輯學》中的死亡界定，那麼，死亡不過是一種已經和存在一起被思想到了的虛無。它既不是一種東西的消失，也不是一個人的消失，而只是一種陰影。如果對死亡作這種形而上的假設，那麼，說世紀末的中國文學籠罩著陰影，則一點也不過分。對二十一世紀的展望，其實正是一個如何走出陰影的問題。

　　中國的二十世紀文學，特別是大陸下半葉的文學，一直被政治陰影和意識形態陰影覆蓋著，這是一個事實。而現在，它又與西方文學一樣被強大的市場潮流的陰影覆蓋著，這也是一個事實。毫無疑問，只有敢於走出雙重陰影、敢於退出市場的作家，才能贏得二十一世紀。這裡，我要揭示另一種陰影，這是文學本身基本寫作方式的陰影。

　　所謂基本寫作方式，一種是傳統現實主義方式，一種是前衛藝術方式。前者流行於本世紀的大部分時間，直至八十年代中期才開始式微；後者則流行於八十年代後期和九十年代。傳統現實主義（社會主義現實主義也屬這一範疇），均以反映論作為哲學基點和寫作視角。作家的眼光與現實事態的水平是同一的。六、七十年代，大陸的文學「掌門人」過分強調作家的世界觀，結果使現實主義變質成偽現實主義；八十年代的作家擺脫世界觀的牽絆，注重現實事態，但眼光往往未能超越對象水平，因此也未能從根本上擺脫譴責、

〔註 1115〕劉再復著《論高行健狀態》第 200 頁。
〔註 1116〕劉再復著《論高行健狀態》第 112〜116 頁。

控制、暴露和情緒宣洩等模式。九十年代出現一批新銳作家。他們重新定義歷史，重新寫作歷史，然而，他們實際上是通過編造故事而逃避禁區和迴避現實的根本，因此也常常顯得無足輕重。到了世紀末，這種寫作方式已陷入難以繼續生長的困境。

前衛藝術方式的產生乃是對現實主義的不滿與反動。中國的前衛藝術（也可稱先鋒藝術）一直不發達，這顯然是中國缺少它生長的土壤。中國的現實太痛苦、太嚴峻，它和西方那種物質過剩而感到無聊的社會環境極不相同，因此，完全迴避現實與完全退入內心不太可行。即使可行，也面臨著與西方前衛藝術相似的絕境。西方在畢加索之後，一直進行著藝術革命。這場革命發展到後來便是以「後現代主義」為理論旗幟的智力遊戲。它完全拋開人的主體而走火入魔地玩形式、玩語言、玩策略，他們以工具代替存在，以形式代替精神本體，把語言當成最後的實在即最後的精神的家園，把藝術當作是一種程序，一種觀念，一種碎片。結果，我們看到的是只有後現代主義的理論空殼，而無創造實績：誰能舉出一部後現代主義的經典作品呢？到了世紀末，人們終於逐步看到，所謂前衛藝術，只是一種幻想。只是虛幻的白茫茫。中國把前衛藝術方式引到文學中來，終究沒有太大出息。

傳統現實主義寫作方式與前衛藝術寫作路子已經走到盡頭，陰影橫在路口與頭頂，怎麼辦？出路總會有，但必須自己去尋找。就在困惑之際，我讀了高行健剛剛完成的長篇小說《一個人的聖經》，讀後為之感到十分振奮。完全出於我的意料，這位在大陸激發現代主義文學思潮、先鋒色彩很濃的朋友，會寫出一部如此貼近現實、如此直接觸及政治的書。他的「貼近」與「觸及」，不是「反映」式地在現實表面滑動，而是踏入歷史深層，觸及現實的根本，把我們這一代人所經歷的一個大現實時代即中國當代史上最大的災難準確無誤地展示出來，並且把時代中人的脆弱、人的內心恐懼等多重心理活動精緻入微地刻畫出來。我從小說中感受到的真實，不是一般的真實，而是近乎殘酷的多重真實。這是注重營造故事情節、典型和注重靜態心理分析的老現實主義方法無法達到的。

高行健顯然擯棄傳統的現實主義方法，而把現實描寫推向極致和另一境界。這裡的關鍵是作者進入現實而又從現實中走出來，然後對現實進行冷眼靜觀，靜觀時不是用現實人的眼光，而是用當代知識分子的眼光，一種完全走出歷史噩夢和意識形態陰影的眼光。這種眼光正是可以穿越現實的哲學態

度與現代意識。有這種眼光與態度，高行健就在對現實的關照中引出一番對世界的新鮮感受和對普通人性的真切認識，並由此激發出無窮的人生思考，從而把現實描寫提高到詩意的境界。這樣，小說就不僅是現實的歷史見證，而且是特定時代人的普遍性命運的悲劇展示。能把一個災難性時代齷齪、殘酷、無聊甚至無恥的現實描寫得如此富有詩意和富有現代哲學意蘊，真可說是一種化腐朽爲神奇的工夫。

　　《一個人的聖經》給我的啓迪：一個擯棄舊現實主義方式的作家並不意味著他必須迴避現實，相反，他可以更加逼近現實，可以挺進到現實的更深處；而在形式遊戲走向絕境的時候，作家在拒絕形式遊戲的時候也並不意味著放棄形式的探求，他可以找到蘊含著巨大歷史內涵的現代詩意形式。高行健這一例子給我們帶來信心：環境與年代（時空）無法決定文學的生死。要緊的是作家保持無窮的原創力，敢於走出二十世紀投下的各種陰影和幻相，踏出自己的新路。二十一世紀中國文學的曙光是對陰影與幻相的超越，新一輪的文學太陽是不會重複二十世紀運行的軌道的。

　　年底，杜特萊完成《一個人的聖經》法譯本。

　　杜特萊回憶：1999年底，通過大量的傳眞和經久不斷的電話討論結束《一個人的聖經》的翻譯的情景。每時每刻皆是緊張的工作，幸虧有不可動搖的友誼作爲支撐。〔註1117〕

　　這一年，比利時出版《週末四重奏》法文版。德國出版《對話與反詰》德文版。香港中文大學出版高行健的英文戲劇集《彼岸》（收入《彼岸》、《生死界》、《對話與反詰》、《夜遊神》、《週末四重奏》五個劇本，譯者方梓勳。《現代漢語與文學寫作》被收入《香港戲劇學刊》第一期。

　　法國波爾多莫里哀劇場演出高行健執導的《對話與反詰》，法國亞維農演出《夜遊神》。日本橫濱劇團演出《車站》。

　　高行健的個人畫展在法國春天書展開幕式上展出。〔註1118〕個展在法國紅衣主教塔藝術畫廊、法國波爾多夥伴街藝術中心、法國巴約勒國立劇院等展出。還參展法國巴黎羅浮宮第十九屆國際古董與藝術雙年展。〔註1119〕

〔註1117〕諾埃爾・杜特萊撰，凌瀚譯《我記得……》（代序），劉心武著《瞭解高行健》第31～32頁。
〔註1118〕劉再復著《再論高行健》第233～234頁。
〔註1119〕繪畫簡歷，亞洲藝術中心出版《高行健》第103～104頁。

2000 年　60 歲

1 月 18 日，金絲燕、王以培在巴黎訪談高行健，內容有關「文學與寫作」，之後由金絲燕整理，刊發時文章標題爲《文學與寫作答問》。〔註 1120〕

2 月，廣州的《粵海風》2000 年第 1 期刊發《「沒有主義」的主義和「你別無選擇」的自由——高行健講座引起的對話和聯想》，作者爲澳洲的鍾勇。〔註 1121〕

鍾勇的文章提及「高行健以法國政府藝術與文學騎士獎獲得者」身份到澳大利亞訪問，筆者查閱，法國政府就授予高行健「藝術與文學騎士」勳章是在 1992 年。文中提及高行健的講座題目爲《批評的含義——一個中國作家對當今世界要說的話》，「高先生拒絕做中國人或中國民族的代言人，甚至拒絕代表任何人說話」；「高先生指出，所謂某種主義，不過是一種標籤，也是一種條條框框、不管套在誰頭上，無論是自願還是被動的，都只能起到一種束縛的作用。基於此，他宣稱拒絕任何主義。爲此，他以『沒有主義』爲題，出過論文、辦過講座，還努力貫徹到他的文學藝術創作之中。對於近幾代生於革命中，長於主義裏的人而言，能覺悟到自己是主義薰陶出來的產物，實屬不易。高先生不僅有這種覺悟，而且成功地擺脫了他以前曾信仰過的主義，進入『沒有主義』的境界，就更是難能可貴的。」該文章傳播了高行健離開大陸後文學思想的變化與部分內涵。

4 月，王新民在出版的著作《中國當代話劇藝術演變史》中，有一節這樣寫：「走向國際劇壇的劇作家——高行健。」〔註 1122〕

該著作分爲上編（1949～1976）《現實主義話劇在搖擺中滑坡、中落》和下編（1977～1995）現實主義話劇的再生與現代主義話劇的勃興。下編中有兩節涉及「高行健」，另一節是第十章從一元到多元中的第二節，《「現代派」的爭論與「熱流」的出現》。

在《走向國際劇壇的劇作家——高行健》一節中，該書這樣說：

高行健是從小說走向戲劇的。他在發表並上演他的第一個劇作《絕對信號》之前，已有《寒夜的星辰》、《有隻鴿子叫紅唇兒》、《朋友》、《雨、雪及

〔註 1120〕高行健著《文學的理由》第 51 頁，香港明報月刊出版有限公司 2001 年 4 月出版。

〔註 1121〕莊園著《個人的存在與拯救——高行健小說論》第 276 頁。

〔註 1122〕王新民著《中國當代話劇藝術演變史》目錄第 3 頁，浙江大學出版社 2000 年 4 月第 1 版第 1 次印刷。

其他》等中短篇小說問世。之後，他雖以主要精力進行戲劇創作和實驗，但仍堅持小說創作。當然，他的主要成就還是戲劇創作，特別是實驗戲劇的創作。他的一系列劇作，不僅爲他贏得了聲譽，也爲他奠定了在新時期戲劇，乃至當代中國戲劇史上的地位。〔註1123〕

　　高行健在 1982 年以前還是一個名不見經傳的業餘作者，他之所以能在短短數年間成爲新時期實驗戲劇的傑出代表，不僅同他繼《絕對信號》之後，連續發表了一系列前所未有、令人耳目一新的實驗劇作，開創了實驗戲劇的新局面，更因爲他在進行這一系列實驗戲劇創作時，具有高度的自覺和理性的思考，使實驗戲劇有了明確的理論指導和理想的戲劇追求。

　　高行健是新時期劇壇絕無僅有的「學者化」劇作家。理論思考和創作實踐的眞正結合是他與眾不同的特點。他的每一部劇作都有明確的理論追求和戲劇理想，因而他的每一部劇作都不僅在戲劇實踐上具有鮮明的創新特色，而且在戲劇理論上也富有突破性探索成就。〔註1124〕

　　該書論述高行健的戲劇理想是：交流的戲劇、動作的戲劇、完全的戲劇、複調的戲劇、敘述的戲劇、象徵的戲劇。

　　此書得出的結論是：高行健的戲劇實驗不僅創造了當代戲劇的新形式和新觀念，更爲重要的是突破了傳統的單一型、封閉型的陳舊的戲劇思維，而創造了一種開放型的、多維型的戲劇思維，這對中國當代戲劇的發展具有特別重要的價値和意義。他的這些新穎、獨創的戲劇不僅標誌著新時期實驗戲劇的最高水平，同時也繼老舍的《茶館》之後爲中國當代戲劇帶來了較高的國際聲譽。〔註1125〕

　　5 月 25 日，**劉心武後來追記這一天與高行健在巴黎的相聚。**

　　他寫道：

　　隔著地鐵三線終點站 Gallieni 東出口的玻璃門，我看見了他的身影。穿一身黑色衣服。我們八年沒見了。上一回，是在斯德歌爾摩。睽別八年，最可珍貴的享受又將來臨，心湖裏湧動起一陣緊似一陣的波瀾。

　　沒推開出口的玻璃門，行健已經在向我和妻子招手。出得門去，見他左手裏攢著兩把收攏的折疊傘。那天早晨巴黎飄著眼睛看不清的細雨，空翠濕人衣。

〔註1123〕王新民著《中國當代話劇藝術演變史》第 273～274 頁。
〔註1124〕王新民著《中國當代話劇藝術演變史》第 274 頁。
〔註1125〕王新民著《中國當代話劇藝術演變史》第 284 頁。

石塊鑲嵌的老街被潤得詩意盎然，但我們到達 Gallieni 時，霏霏細雨已經停了，空氣裏氤氳著樹葉和青草的味道。去之前，沒設想見到他該怎樣、會怎樣運用肢體語言，握手？拍肩？卻本能地——他那邊也一樣——擁抱在了一起。

行健老了，我亦然。但我們都老得與年齡相稱。他比以前豐滿許多，但他先天是小骨架，十多年前又得過肺病，一度可謂「蕭然太瘦生」，身體狀況很讓親友揪心，現在的豐滿，令人欣慰，不像我，是往「胖子」發展，時刻要提醒自己「好自為之」。看到他那以往似乎有「永駐」趨勢的黑眼圈徹底消退了，我更為他高興。他說現在生活很平靜，起居活動有規律，睡覺也好。

他住的地方緊靠巴黎老城區東部邊緣。那裡觸目全是些方盒形的現代建築，與老城景觀很不相同。領我們乘了兩三站公共汽車，到達一座小丘，一邊是綠樹蓊翳的公園，一邊是體量很龐大的公寓樓。進公寓樓，乘電梯到達他的那個單元，進門過道比較狹窄，廚房、衛生間交錯分列於過道兩邊；但往右拐進他的畫室，頓覺豁然開朗；那畫室約三十多平米，雪洞一般，不作畫時畫案折迭起來靠牆而立，中國墨、毛筆、筆洗等作畫工具也都收藏一邊，大捲的宣紙倚牆角豎立，一些畫成的作品則捲在一起橫放牆邊，空闊的屋子倒有些像舞蹈家的練功房，不過，地面滿鋪灰色的吸水毛毯，那不利於舞蹈，卻有利於把宣紙直接鋪在地面創作大幅的水墨畫。

仔細觀察，發現一角有體積不大、質量很高的音響設備，行健告訴我，他作畫時照例要播放心愛的樂曲，我注意到，他購置的 CD 盤除了西洋古典音樂，大都是些中國古箏、簫、塤演奏的樂曲，有傳統的，也有像瞿小松創作的那種很前衛的作品。畫室朝西一面開著一排闊窗，西望巴黎，老城區一望無際，舉凡鐵塔、聖心大教堂、先賢祠、傷殘軍人榮譽院等高聳建築物歷歷在目；彼時開闊天宇彷彿潑上幾團淡墨的宣紙，灰色水氣往下方作不規則浸潤，空靈的神韻似正欲滲入熙攘的俗世，我和妻子眺望再三，歎為觀止。行健為何卜居此處，不問自明。

作為客廳的空間，要穿越畫室再往裏面去，不大，也就十來平米吧，對放著兩具沙發，當中是樸素的茶几。客廳一角靠著個小畫架，沒有什麼講究的擺設，更沒有故意炫耀「品味」的符碼，略顯凌亂，卻很舒適。行健說，歡迎我們來住，這沙發一拉開就變成床，被褥什麼的都為我們準備好了。我知道他很少在這新居里留客，他的歡迎我們，是既真誠而又罕有的。

品著香茗，我們暢談。他把自己的生存狀態描畫給我們。他的收入主要

靠賣畫。巴黎好幾個畫廊，包括羅浮宮廣場玻璃金字塔下面的著名畫廊，都常備他的水墨畫展銷。他的畫風偏向於抽象，但又有具象因素，主要用濃淡的中國墨來抒發他的生命體驗，近來特別醉心於對光的表達，偶爾用點別的色彩；畫幅大小不一，通常如對開報紙般尺寸。他的畫不暢銷，但每隔一段時間總能銷掉幾張，算是常銷品吧。畫價雖不算昂貴，畫廊分成和繳稅後所得，卻也足夠支撐他那有尊嚴的小康生活。他所酷愛的小說創作，不但不可能賺錢，還常常要貼錢才能出版。他拿出臺灣聯經出版事業公司 1999 年 4 月出版的長篇小說《一個人的聖經》給我看，這本他從 1996 年到 1998 年三年時間寫成的作品，厚達 456 頁，印製得素雅精緻，封面和書脊上都表明「法國國立圖書中心贊助」。正因為他能「以畫養文」，所以他能差不多用一千零一夜的時間潛心結撰出這個大部頭。可喜的是有理解他欣賞他的法國漢學家和出版社，像對待他十二年前的那本長篇小說《靈山》一樣，很快就翻譯出版了法文本的《一個人的聖經》；他把那比中文本厚許多的法文書遞給我，沉甸甸的。行健除了畫畫、寫小說，還寫戲、導戲。二十世紀八十年代中期，他的劇本《絕對信號》《車站》《野人》一個接一個在北京人民藝術劇院演出，引出過不小的轟動，但他接下來所寫的《彼岸》等劇本雖然尚可經過一番曲折在刊物上發表，卻再也不能在舞臺上出現。

　　行健關切地問起我們的情況，我把自己的微妙處境與越來越平靜的心態告訴他。他說曉歌看上去氣色好多了，曉歌頭回到歐洲，應該好好轉一轉，散散心。我們在北京時，法國駐華大使館的文化參贊卜來世先生和文化專員戴鶴白先生在踐行宴上都提到，法國的《世界報》上有整版對高行健新作的評論，配發著他的大幅照片，但在巴黎高行健家裏，我問到此事，他只淡淡地點下頭，沒有找出那張報紙向我展示的意思。

　　又談及繪畫，行健忍不住再引我們回到畫室，那一刻，我感覺他對自己的定位，首先是畫家。這絕不是因為在文學、戲劇、美術的全方位發展中，到目前為止繪畫的經濟收益最大，而是因為他的心靈，越來越渴望以水墨在宣紙上的皴染來傾訴禪悟。他彎腰展開捲放在牆邊的一摞托過的畫作，一幅幅的停頓中讓我們品味，只偶爾提及一下擬定的畫題，或對我即興評論簡短地給予回應。他說那一摞都是捨不得贈人更捨不得賣掉的，其中不少曾公開展出過，多數是近期作品。我覺得他的近期作品裏多次出現類似月亮的圖像，而且在用水汽表達光的衍射方面有近乎固執的反覆嘗試，一時悟不透他內心

裏究竟旋繞蒸騰著些什麼情愫。

他們的臥室兼書房與畫室、客廳完全隔離開，在正對單元門的走道深處。他領我們到那門口，打開門讓我們看一下。那個空間頗大，一般人家起居室的內容，也具備。給我印象很深的是，他似乎沒有很多藏書，大概他總是不斷地對單元裏的書作減法，能穩定在那空間裏的，只是工具書和最心愛的讀物。他說還在使用一臺很老的文字處理機，那功能於他而言足夠了，他沒有電子信箱，電話、電傳已能滿足他的社會交往需求。我很驚異於他那臺文字處理機的「皮實」，問到其品牌，他卻答不出來。

我和曉歌在他家消磨了一整天。中午他基本上冷餐招待我們，我們倆就著鵝肝醬，品著波爾多紅葡萄酒，說出來的話不多，停頓的時間卻頗長；我心頭閃動著一些我倆從 1979 年開始交往以來的，穿越了時間風雨也超越了空間霧靄，延續不減的友情經歷中的零碎鏡頭。

告別下樓，已經夜幕低垂。行健說倘在白天，他會帶我們穿過那個小花園，那是通向地鐵站的捷徑；晚上那裡面不安全，說不定會有北非移民裏的壞小子，從暗影中衝出來搶劫。我們從公園牆外繞向地鐵站。四周非常冷清。行健再次請我們住到他那裡。他說近一段時間除了去趟澳大利亞，推《一個人的聖經》的英文本以外，他都在巴黎，每天只是用一部分時間寫劇本，暫不使用畫室。可是我坦率地跟他說，現在落腳的地方就在蓬皮杜文化中心附近，遊巴黎實在方便，還是約著再見面吧。他一直把我們送到地鐵梯口，囑咐我道，一定要多見面、多聊天。那一晚我和妻子出地鐵站後迷了好一陣路，巴黎裏著夜裳，讓我們嘗到了其迷離詭譎的一面。〔註 1126〕

劉心武在 6 月 14 日的日記中又追記這天的事情：5 月 25 日那天，到他家去時，我給了他一冊我 1999 年出版的，把 174 幅照片、圖書與文字混合爲敘述文本的非虛構小說《樹與林同在》，我以爲他或者沒有時間，或者暫時沒心情看，可是他主動提起，說：「正在看，唔，敘述得很冷靜，很有意思。」冷靜是他一貫的主張。我以前總不能眞正做到冷靜。當然，各人性格氣質不同，文本之間的差異未必就是妍媸的分野，可是我越來越贊同他的「冷靜說」，唯有冷靜，才能把最痛苦的記憶、最刻骨的蒙羞、最隱秘的罪孽，都一一化爲詩意的憬悟。5 月 25 日那天他送了我一本《一個人的聖

〔註 1126〕劉心武著《瞭解高行健》第 43～54 頁。

經》，我還沒有工夫讀。〔註 1127〕

　　5 月 31 日，**劉心武後來追記這一天的日記。**

　　我們抵達巴黎後，行健幾次提出到他那裡小住幾日，或者我一個人去，我理解他的心情，是想多跟我聊天。

　　行健在法國定居後，埋頭弄文學藝術。他從來不搞政治。他沒有主義，沒有政治綱領，沒有參加過任何政治組織，更沒有參與過任何政治活動。我以爲，從法律角度來說，不能稱他爲「流亡」作家，因爲他是 1987 年得到法國文化部正式邀請，辦理了完備的合法手續來到法國的。當然，他對政治有非常敏銳的個人感應，並且在作品裏表現著他這方面的生命體驗，昇華著心靈的憬悟，這也應是所有作家的天賦權利；但他的寫作從來沒有政治目的，他的單一目的只是創造出純粹的文學精品。他到法國後把人際關係簡化到最精當的程度，不敷衍任何人，不在人際交往上浪費生命。他內心充實，不會有一般人的所謂寂寞感，但他渴望能夠經常和眞正能撞擊出心靈火花的談伴相聚，在這方面他可能尚未得到充分滿足，難怪見到我這個老朋友，他想抓住不放。其實，睽別八年了，而且是各自在不同的空間裏，以不同的狀態消費了許多生命，我覺得自己面對著越來越博聞多識、儀態怡然的他，恐怕已經算不得是旗鼓相當的談伴了。

　　我們約定在蓬皮杜文化中心前庭會面。這回曉歌沒跟我同往，也是任由我和行健兩人海闊天空縱性開聊，不讓我們因她分神的意思。

　　蓬皮杜文化中心當時正結束了一個以《時間》爲題的觀念藝術展覽，開始了一個畢加索小型雕塑展。行健說這類空間的藝術不忙去看，倒是巴黎每日大量時間的藝術，即各類演出，不可不趕緊挑些來看。他打了問詢電話，眼下 OPERA 整修未完，夏特萊廣場兩側的劇場所演出的現代舞劇票已售罄，只有巴士底歌劇院的演出還有少數餘票，得趕快坐地鐵去買。我隨他去了那裡，售票處果然在售餘票，有二、三十個人在排隊，行健趕緊排進入，讓我暫去看牆上的劇照和小賣部的紀念品。後來他買到三張 6 月 14 日的古典歌劇《諾爾瑪》的票，這部由意大利十九世紀作曲家貝利尼創作的歌劇我以前沒聽說過。他說到那天會陪我和曉歌看。又說對不起，只買到這樣的加座。他遞我兩張票，我看出那票價，330 法郎一張，夠貴的。

〔註1127〕劉心武著《瞭解高行看》第 73 頁。

　　行健要在巴士底廣場西南角的一家最著名餐館請我吃牡蠣，結果那裡的生意好到需要排隊等候的地步，我說算了，隨便換個地方吃吧，但行健還是把我帶到了附近一家裝潢相當貴族氣的 BOFNGE 餐廳去叫了牡蠣請我。我說這太破費了。他說，為朋友，高興，就算不得破費。我說你現在經濟上頗強大。他說其實也有隱憂。他的收入並不穩定，且每筆都要依法納稅，但分期付款購房的月供，還有醫療和養老保險的月供，卻是固定並不得拖欠的，加起來是很不小的數字。他入的是藝術家保險，一旦老了，畫不動寫不動更導不動了，也只是無凍餓之虞罷了。他說法國人大都被供房、供醫療與養老保險這三椿大事，跟銀行構成了長期合作的關係，雙方都不願這個合作無端中斷，政府、法律、普遍的道德意識，各方面都維持這東西，所以形成一種穩定的社會秩序，但人生也因這份穩定——其實是彼此雷同而乏味。他問我 1983 年、1988 年和這回第三次來巴黎，覺得巴黎變化大不大？我說沒覺得有什麼變化，他說這說明巴黎的城市發展和社會生活面臨的危機，就是這個不知該怎麼往前發展變化的問題。文化藝術也是這樣。他說蓬皮杜文化中心的那個題為《時間》的觀念藝術展覽，在他看來只是現代派藝術和後現代派藝術觀念的大堆砌，走到了盡頭，虛張聲勢，煞有介事，其實已經很孱弱、貧血，亟需一次文藝復興，回歸到真實、質樸。他的議論很令我吃驚。

　　午餐後，我們乘地鐵到老巴黎城外東北部的拉德芳斯新區一遊。那裡分佈著二十世紀八十年代後期陸續建起的新派建築，其中最有名的是與巴黎城內凱旋門遙相呼應的拉德芳斯巨型方拱門。我告訴行健，近些年我對建築評論產生興趣，並且已經出版了一冊《我眼中的建築與環境》，還是由國內的專業出版社——中國建築工業出版社出版的。行健鼓勵我把這樣的興趣保持下去，陪我在那個新區裏轉悠、拍照。一棟摩天樓前豎起一根青銅鑄的大拇指，指甲、皮膚栩栩如生，總有二十幾米高，那是法國著名雕塑家布朗西的超級現實主義作品，我拍了空鏡頭，行健又給我和那巨型拇指合影。轉悠中我們的話題集中到當代美術發展的趨勢上。後來我們到廣場一側的露天咖啡座喝咖啡，繼續聊。行健說，當前法國的文化無主潮，總的來說，比較沉悶。以造型藝術而言，現代派、後現代派的手法似乎已經耍盡、觀念藝術、裝置藝術、行為藝術、人體藝術雖然不斷地花樣翻新，卻越來越缺乏內涵，不能喚起觀賞者真實的審美情緒，在這種情況下，有人提出來「重新回到架上」，也就是回到「架上畫」、回到二維表達的繪畫本身。顯然，他贊同「回到繪畫」

的主張。他說：「現在的問題是，回到繪畫，畫什麼？」我理解，所謂「回到」當然不是走回頭路，不是幡然復舊，而是在擯棄花拳繡腿的前提下，爲造型藝術展拓出新的空間。

我跟他談到國內一般年輕知識分子對西方文化的關注，薩特算是熱過去了，波伏娃還有餘溫，杜拉斯仍在熱，但最熱的恐怕是米歇爾‧福科，這也是因爲他那些頗艱深的著作的中譯本近年來在中國大陸陸續地推了出來。行健說，其實福科在法國已經相當地古典，人們耳熟能詳卻並不熱衷了。他講到法國最有名的思想文化雜誌《精神》出了兩期題爲「法國思想檢討」的專號，其中的文章肯定了法國知識界一度的輝煌，但主要是尖銳地指出當今的思想貧困。又講到《新觀察家》雜誌也驚呼「當今法國思想家在哪裏？」近期的文章集中否定了福科、德里達的理論，至於尼采、薩特更遭受嚴厲質疑，總的來說，對極端性的思想理論持堅定的批評態度，認爲動輒號稱「徹底」是可笑的，主張尋求調節、妥協；有的論者倡導「新康德主義」，認爲還要承認傳統價值，回到傳統哲學；反傳統的現象學、符號學、解構主義都已經熱過去了；但傳統的批評方法也已過時，當務之急是創建出新的思想批評方法。除了雜誌上的討論文章，有關的專著也很不少。行健的介紹我聽來非常新鮮。聽了他的敘說，我深感現在的文化多元，好處是可取用的資源多了，但弊病也就隨之而來——不知究竟那「弱水三千」中，該取那一瓢飲才好？他說往往眞正的好東西，曾被長期遮蔽住，但就有那樣的人，不怕誤解，不怕遮蔽，不怕冷落，不怕窮困潦倒，堅持創造自己的好東西；有的，到死也還是不爲世人所知所容，直到死後，才被有的慧眼所識，予以弘揚，而世人也才恍然知貴。他舉出了三個法國近期的例子，一位小說家，一位劇作家，一位小說家兼劇作家，其中一位是女士，就都屬於這種情況，可惜我當時沒用紙筆把他所說的三位人士的名字與作品名稱用中文記錄下來。

我跟行健提到，現在中國大陸有些女作家也在從事女性寫作。他說法國的女性藝術也許是世界上最活躍的，新近有若干女性電影在放映，引出爭議，很有意思。一位名叫卡特琳娜‧布萊亞的女電影導演，拿了一部《性浪漫曲》到戛納（康城）電影節上參展，雖沒得獎，卻引起評論界關注，片商因此也就購下拷貝到院線中作商業放映，沒想到票房頗佳，於是，這位女導演舊事重提，她 1975 年曾拍過一部《一個眞正的少女》，探索少女青春發育期性萌

動的心理，因爲被認爲太超前，被發行商所拒絕，沒正式放映成，她一直耿耿於懷，現在既然許多人覺得她的新片子有創意，她就把那舊片子拿出來，說我二十五年前早有這種創意了！現在的發行商們看了，覺得果然不錯，於是舊片搭新片的車，一起在院線裏放映。他說我們最好一起去看這兩部電影。行健爲了讓我盡可能地接觸到法國文化中的前沿熱點，一腔熱心，細緻安排，令我感動。

但是那天我們沒時間去看電影，因爲早已說好，晚上要去蒙馬特高地附近的一個小劇場去觀看日本現代舞演出。

去往蒙馬特地區的路上，行健告訴我，巴黎每天晚上大約有一千餘處的場所在進行舞臺演出，有的場所巨大，如巴黎鐵塔前的萬人聚觀的露天演出；有的廳堂豪華富麗，如 POPERA 裏的古典歌劇與芭蕾舞；有的則是小劇場、咖啡廳的演出，舉凡歌劇、舞劇、話劇、啞劇，形式繁多，無所不有；就舞蹈而言，則芭蕾舞、古典舞、土風舞、現代舞，想看什麼都有，這還不包括「紅磨坊」、「麗多」那樣的夜總會裏的那種套路化的純消遣演出。到達蒙馬特地區後，行健帶我彎來彎去，所經過的街道越來越冷清，我暗忖：他今晚究竟要領我看什麼呢？

在一家中式快餐店吃過晚飯，行健終於帶我抵達一個門面極不起眼的小劇場。那小劇場可謂「麻雀雖小，五臟俱全」，進得門去，有貼滿各色海報的前堂，休息區裏有小酒吧臺，幾付桌椅，布置得簡樸雅氣。進到裏面，梯形觀眾席一共沒有幾排，但舞臺卻毫不含糊，臺面並不小，燈光、音響設備相當齊全。演出準時開始，燈光暗下來以前，我數了一下觀眾數目，連我和行健通共才十個人。那現代舞一氣呵成，演出時間約七十分鐘。舞臺不設幕布，舞臺深處裸露後牆，期間弔掛、擺置了若干象徵性的布景。兩個演員，一男一女，在事先錄製好的伴音中表演。我的心得，是發現現代舞總是刻意地調動四肢以外的軀體，特別是利用胸、腰、背、腹、頸這幾個部位，營造出嶄新的舞蹈語彙與句式，這對表演者來說，其實比跳傳統的古典舞更累。這種現代舞是歸納不出「主題」的，那舞蹈語彙給予觀眾的審美刺激，只可心領神會而不可言說闡釋。演出結束後，觀眾都眞誠地鼓掌。一位法國婦女，年紀應在中年以上，是從老遠自費城購票來觀看的，其誠摯的欣賞取向令我稱奇。後來我與行健到外面休息區，劇院經理與該舞劇的日本編導池宮中央先生請我們喝紅葡萄酒，兩位舞者卸妝後也來聚談，我問他們這樣的演出，經

費如何籌措？不遠萬里地跑到法國，圖個什麼？行健與他們交談後，概括他
們的意思說，這樣的劇院屬於區級劇院，區裏撥文化經費支持這類絕不能贏
利，但屬於嚴肅的藝術追求的舞臺演出；不怕一時觀眾少，只怕藝術家的大
膽探索沒有見天日的空間；至於那編導和舞者，都是在日本現代舞一行裏相
當有名氣的，他們到法國來演出純粹是爲了大過其癮，就對這類的文化探索
而言，畢竟法國的土壤比日本厚沃。

　　行健送我回住處。夜色微涼，行健見我穿得少，脫下他身上一件麻綠色
的長捲領毛線衣，非要我添到身上，我見他身上還有一件毛線衣，況且還穿
著皮夾克，也就接過。一段路上我們沒再說話。他一直把我送到那個院落厚
重的綠色大門，等我按完一旁的密碼鍵，門鎖開啓，才朝我揮揮手說：「你有
空隨時來電話，我可以隨時出來會你！」〔註 1128〕

　　5 月，劇作《叩問死亡》法文定稿。該劇爲法國文化部訂購劇目。
〔註 1129〕

　　瑪扎尼博士在《高行健「冷劇場」中的跨國精神：對高行健部分劇作的
哲學分析》〔註 1130〕（王飛譯）一文中分析兩部高行健後逃亡時期的戲劇作品
《夜遊神》和《叩問死亡》中的哲學內涵，他指出：在《夜遊神》中，禪宗
佛教的影響勝過西方哲學的作用，而在《叩問死亡》中，西方哲學則勝過了
禪宗佛教。

　　《叩問死亡》劇中表現了兩個沒有名字的人物，人物甲和人物乙。其中，
人物乙好像是人物甲的第二自我和影子。人物甲在去火車站的路途中被困在
一個博物館中，並且忙於探求內心關於存在、年老和藝術的哲學問題。隨著
劇情的發展，舞臺上兩人之間的差異也凸顯了出來。人物甲面對毫無意義的
生活仍然努力度日。而人物乙表現出對生活的全盤否定，並勸說人物甲向生
活投降。死亡在這部戲劇裏代表一種結束的方式，也是這部戲劇的結尾。這
部戲劇中所描述的旅程也就是通向「有目的」死亡的道路。在這裡，死亡代
表了一個對痛苦人生的解決方法。

　　我們需要審視一下戲劇中的旅程和死亡在精神層面和哲學方面的含義。

〔註 1128〕劉心武著《瞭解高行健》第 55～68 頁。
〔註 1129〕高行健著《叩問死亡》第 53 頁，臺北聯經出版事業股份有限公司 2004 年 4
　　　　　月初版。
〔註 1130〕劉再復編《讀高行健》第 242 頁～253 頁。

這裡的旅程暗指生命的鏡象、上帝以及藝術的存在。在一種否定過去、否定經驗和兩者都否定的意識中，記憶、遺忘和過去被連接了起來。人物乙明確地指出，不顧一切回到過去，無異於服毒自殺。這種對過去的否定態度來源於這樣一種認知：時間沖淡了生命的歡樂，而生活是一條永遠變化著的由事件組成的河流。記憶作為對過去事件的反映，變成了一種痛苦。因為它把人們帶回到那些永遠消失了的時刻。更重要的是，如果我們把博物館這個暗喻進行延伸，那麼困在博物館中的狀態也就是與存在條件進行的類比。一位老人在孤獨中迷失方向，他把自己比作博物館———一個典型的收藏過去的地方，同時也是被遺忘的對象和沒有意義的東西。過去讓博物館和這位老人活著，也讓它們變得不朽。但是它們卻深陷入藝術當中，成為了一個讓人瞻仰的地方。這使得不朽變得空洞並且沒有意義。

另外，人物乙解釋了人物甲之所以被困博物館內是因為他踏上了尋找某人的旅程。不但無法和那人會面，還落得了被困於博物館內的境地。人物乙的解釋暗指一個被錯過的機會，錯過了會面，但他同時也對旅程的動機提出了質疑。他的處境向人們暗示，生活中的任何行動或者渴求遲早要注定失敗。因為機會總是走在你前頭，一旦錯過，它永遠不會等待你。因此，如果我們相信人物乙的敘述，那麼這個旅程也就變得沒有任何意義。同時，行動因為時間的逝去而遭受重創，直到漸漸從記憶中抹去。這裡再次把自由的概念引入，從「無憂無慮的生活」角度來看，它具有一種肯定的價值，它終結了那些無休止地、想方設法實現自己抱負或渴望的行為。而把死亡作為唯一解決方法的思想同時也是一種死亡。

這種把死亡看作一種結束痛苦的良藥的觀點會引起大家的討論。精神能夠平息你的欲望或者讓你變得無欲嗎？這都回應了佛教中的點化思想。這部戲劇中還有這樣一種意識：當生命走到盡頭時，宗教或者精神信仰都無法慰藉，因為「上帝已經死了」。死亡馬上來臨，並且沒有任何希望得到拯救。那麼記憶和過去也都失去了它們的價值。這裡有一點很重要，高行健在《文學的理由》中批判人類殺死了上帝。因為人類代替上帝成為了「造物主」。高行健還特別談到，藝術家們殺死了上帝。從宗教的範疇來看，精神的產生源自信仰的缺乏：在西方是指對基督耶穌的信仰；而在佛教中則是指對菩薩的信仰。劇中的人物表示了對精神拯救的徹底否定，根本就不會有什麼超度。在這樣一個視角中，死亡變得微不足道，對人們的影響也就無足輕重。

這種信念的形成還有它的虛無思想在劇中都不是用事實表現出來的。它只是在劇情發展過程中，通過兩個角色的互動展現的。從劇中的人物對話角度上看，人物甲和人物乙有兩個不同的立場。人物甲宣揚一種及時行樂的人生態度。這個視角看似體現了古希臘的哲學思想，特別是伊比鳩魯（公元前341～271 年）那種宣揚不要在乎死亡的人生態度。從這個觀點來說，人物甲把死亡看作一種安慰，他想把宿命論帶來的在劫難逃和虛無縹緲都神秘化。正相反，人物乙批評那種得過且過的生活態度。他認為人們只有活著才能意識到自己的弱點和死亡。後來，還是人物甲吵著要「自殺」。有趣的是，劇中人物用不同的兩個動詞來描述造成自己死亡的行為。用 setuer 這個詞來描述自殺，實際上也是說要直面人生；而用 suicider 這個動詞來表示自殺則是指一種絕望的行為；相比之下，用「他殺」和「殺死自己」則是指對生命有意識的認知。當描述人物甲彷彿是在人物乙的勸說下自己殺死了自己時候，整個戲劇也宣布了結束。

至於精神方面，在他以前的戲劇中，儘管對自由的本質有各種質疑，劇中的主要人物還是被描述為渴求精神上的啟示，藉此得到一些安慰。在本部戲劇中，這樣的精神安慰被完全否認了。這部戲劇似乎也結束了高行健對禪宗與靈性的喜好。這次他所塑造的人物選擇了「及時行樂」的人生哲學，並最終選擇了死亡。死亡被確認為一個選擇，一個存在的選擇。

審視劇中人物的對話發展和兩個人物之間討論生與死的辯證關係，那麼從佛教的角度來看，通過讓人物甲自殺，這部戲劇讓佛教的啟示作用變得完全不起作用。與以往的劇作相比，這種幾乎虛無主義的選擇表明，一個親近西方哲學消極思想的內涵似乎戰勝了作者內心的東方價值觀念。人們可能會認為，高行健正在疏遠他自己的東方之源，而去擁抱虛無主義的西方哲學方式。其實這可能是個誤解。因為，幾乎和《叩問死亡》同時問世的是高行健的另一部作品《八月雪》，有專家認為「這部作品是高行健對禪宗精華理解的淋漓展示。」

讓我們回到「冷劇場」這個定義，對於它是否超越文化界限或旨在精神拯救這兩個論點，通過對這兩部戲劇的分析我們可以認為，這兩個論點都得到了證實。儘管側重點不同，這兩部戲劇都演示了高行健的作品是如何貫通東西方哲學的方法。除了討論哪部劇作中何種哲學成分佔據了主導地位，值

得注意的是高行健的主要哲學關注質疑的是個體與其精神的關係。這種質疑最終也意味著一種從社會制約因素中的解脫，同時也是一個徹底的自由行為。正是從這個角度，「冷劇場」這個派生的新概念其實與原有的「冷文學」的本質相連。它們都深深嵌入了逃離和解放個人的巨大推動力，這也是高行健的跨國精神的精髓。

6 月 14 日，劉心武後來追記這一天的日記。

他寫道：

我和曉歌遊完意大利，又去了趟瑞士，在旅遊中我們都沒有忘記，6 月 14 日晚上行健要請我們到巴士底歌劇院看戲。當那天下午我們和行健在巴士底歌劇院一側的咖啡廳裏聚合時，我首先對那歌劇院建築的外觀表示了「乏善可陳」的看法，他說有同感。他問起我們意大利之遊的印象，我們都說最傾心威尼斯。閒談中我們提起還遊到了聖瑪力諾，很獨特，很美，他說沒去過，我本來以爲十幾年裏他把歐洲各國都已「十二欄杆拍遍」，原來也還有若干空白。

請我們吃過飯，一起去觀劇。那歌劇院外觀雖不盡人意，裏面演出區域的功能性卻絕對超一流，行健只買到正堂後面的加座，那需要側翻打開的靠背椅坐上去居然非常舒適，而且前面位子上的觀眾無論個頭多麼高，都不至於擋住我們的視線；樂隊的演奏和演員的演唱，渾然一體地攏在了整個場子裏，絕無迴響，也絕不悶澀。

VINCENZO BELLNI 的這齣《NORMA》，當代似乎很少有劇團排演。幾個主要角色，兩位女高音，其中一位是花腔的；一位男高音和一位男低音，都有繁長的詠歎調，需要有極好的素質和技巧才能駕馭；而由合唱隊扮演的各類角色，同時出現在舞臺上時多達七、八十個，合唱部分的混音效果極佳；布景氣派豪邁，造型簡約；燈光層次細膩，變幻多端；確實是大手筆、大製作。劇情發生在羅馬帝國時期，征服者與被征服者之間的緊張關係。導致了情愛的破滅與生命的隕落，全劇從音樂到舞臺的變化，彌漫著一種對群體衝撞裏個體生存備極艱難的大悲憫情懷。演員用意大利語演唱，字幕是法文的，我怎能說眞正懂得了這歌劇的內容？但在音樂裏浮想聯翩，耳中眼裏收入的信息由靈魂中的悟性加以烹製，你又怎能說我嘗到的不是原汁正味？

觀完歌劇出得劇院，巴士底廣場周邊的街巷閃動著霓虹燈的光芒，夜生活才剛剛開始。行健帶領我們朝一條斜街走去，說我們應該看看一般巴黎人

的夜生活。我們路過了很多個餐館酒吧，行健指點給我們，有時駐足給我們加以說明，這家是阿拉伯風味的，這家是年輕人最喜歡的有躁動的搖滾樂和霹靂鐳射光的，這家點滿蠟燭屬於北歐風情，這家綠蘿低垂如簾裏面會比較幽靜，這家酒吧是同性戀性質的因為門上掛著六色條紋旗……最後他把我們帶進一家空座比較好找、音響比較柔和的美式酒吧，坐下來點了些蔬菜色拉、三明治和啤酒橙汁，邊吃邊聊。他說他並不怎麼常來這些地方。他的生存方式這些年來已經形成比較穩定的格局，他寫所欲寫，畫所欲畫，充分地享受創作自由，這是他浪費生命的主要手段，一般都在白天，特別是上午；傍晚他常外出，多半是參加從若干邀請裏挑出來的，認為是有意義的文化活動，或參加由談得來的朋友組織的小型派對；他主要呆在巴黎，但每隔一段時間就會飛往別處，多半是去導戲，或出席畫展、圖書節一類的活動；一般法國人最看重的旅遊休假，他卻抽不出工夫加以安排。原來如此，怪不得他去過貝寧而沒去過聖馬力諾。我覺得他把自己搞得很累。但由著自己的性了消費自己的生命，雖然是一次性的消費，那生命的快感應該就是幸福。想到我自己，有時候畢竟還只能在外在因素的干涉下消費生命，那即使表面上不那麼緊張勞累，甚至頗為悠閒，但哪兒能有如他現在這樣平和沉靜的氣度？酒吧橘色燈光下，坐在我對面的高行健是一個沒有了牢騷，在冷靜的觀察中審視世界、他人和自己，獲得了大解脫的智者。

在那美式酒吧裏，我本以為行健會跟我說說《一個人的聖經》，但他沒有。

我提到近些年，中國大陸出去的，用西方語言寫作，如在英國的張戎寫了《鴻》，在美國的哈金寫了《等待》，這是用英文的；在法國的亞丁寫了《高粱紅了》、戴思傑寫了《巴爾扎克和小裁縫》，是用法文的；這些書都是由有名的大出版社出版，很得好評，有的得了西方重要的文學獎項，有的暢銷，或者既叫好也叫座；這樣的寫法和這樣地讓西方人瞭解中國社會和中國心靈的趨勢，會不會越演越烈？行健沒有回答我的問題，只是說，他個人還不打算用法文寫小說，中文的表達力實在是非常之強，而且還有開拓的空間；他慶幸有很好的法文譯者跟他合作，他的兩部長篇小說都是中、法文版本前後腳出版，而且英文、瑞典文的版本也推得很快，不過，他強調，他的法文版不是由大出版社出版的。他說暫時還沒有寫新的長篇小說的計劃。至於劇本，他已經用法文寫了兩個，現在進行的是第三個。我說劇本一般來說主要由對話構成，敘述性文字很少，不用描寫，這跟小

說特別是長篇小說有很大區別，他點頭。午夜過後，行健才把我們送回住處大門前。一路上我和曉歌一再說別送了，我們已經很熟悉回去的路徑了，他還是堅持送到底。〔註1131〕

6月，《邢臺職業技術學院學報》2000年第2期刊發賈冀川的文章《〈過客〉與〈車站〉的比較研究》。〔註1132〕

作者爲南京大學中文系博士生。賈文第一段指出：

北京人藝在1983年6月首演《車站》時，把魯迅先生的《過客》放在《車站》之前同臺演出，並由同一位演員扮演《過客》中的「過客」與《車站》中的「沉默的人」，而且《車站》演出說明書宣稱：「《車站》試圖沿用魯迅先生半個多世紀以前開創的這種戲劇手段，並且進一步作了些新的嘗試……」顯然，《車站》的劇作者主觀上表達出與《過客》極大程度上的認同感，那麼，《過客》與《車站》之間有何共通之處？除了共通之處有沒有差異之處？若有差異，其差異何在？進而言之，造成它們共通與差異的原因是什麼？本文力圖對這些問題作出回答。

該文認爲，《過客》與《車站》都滲透出一些共同的強烈的現代主義戲劇的精神。首先，戲劇情節與戲劇衝突的淡化。其次，象徵性。第三，哲理性。過客與沉默的人作爲作家審美理想和價值觀的人物載體也有共通之處。首先是強烈的進取精神，是時代的先知先覺者。其次是不被理解的孤獨境遇。第三，過客與沉默的人處於相似的較爲簡單的人物關係結構中。然而，《過客》和《車站》更多地體現出差異的一面。從劇作的色調和情感色彩上看，《過客》的色調是晦暗的，情感色彩是悲觀的；而《車站》的色調基本上是中性的，有時有一定的波動，情感色彩是由焦慮走向最終的樂觀。在表現人物心理方面，《過客》沒有直接描寫人物的心理，而是通過過客幾次無意識重複老翁的話和幾次重複的沉思暗示了過客的猶豫與動搖。過客的心理比較簡單。《車站》裏的人物的心理就比較複雜，它採用自言自語，多聲部和外在形體動作等方式來揭示人物的心理內容。就過客和沉默的人行動的效果而言，一個是出城，一個是進城。過客堅決地、徹底地走出了那圍城一樣的令他痛恨的充滿壓迫、欺詐的過去，雖然他處於荒野上，疲憊、孤獨，但他贏得了自由，贏得了個體生命的解放，從而使劇作獲得了極爲深刻的哲理

〔註1131〕劉心武著《瞭解高行健》第69～76頁。
〔註1132〕《邢臺職業技術學院學報》2000年第2期第60～63頁。

意義。而沉默的人卻執著地進城了，「城」在這裡不僅僅是一個目標，更是一個大家共同嚮往的現在存在，那裡可以下棋，可以會男友、可以喝酸奶⋯⋯這使劇作家賦予劇作的哲理內涵由於一個明確的要達到的現實目標——城——而大大削弱了。從整體上看，《過客》是一件完整的藝術品，而《車站》卻總給人一種割裂感。《過客》達到的是對人與社會本質眞實的揭示，而《車站》達到的只是現實的眞實。從創作過程上看，《過客》是無意的戲劇。而《車站》是有意的戲劇，高行健進行戲劇實驗的目的是明確的，即打破統治話劇舞臺的易卜生－斯坦尼斯拉夫斯基模式，豐富話劇藝術的藝術表現力，建立新的戲劇美學體系。

該文的結論是：《過客》與《車站》的共通是表面的、淺層次的，而差異卻是內在的、深層次的，這些內在、深層次的差異折射出魯迅與高行健這兩位作家對藝術創作不同的追求和旨趣，也拉開了《過客》與《車站》的藝術成就的距離。

7 月 14 日，**劉心武後來追記這一天的日記。**

他寫道：

這天是法國國慶，頭天晚上行健來電話，希望抓緊時間再聚談，因爲他很快要去澳大利亞宣傳《靈山》的英譯本，而我，要應英中協會和倫敦大學亞非學院邀請去趟倫敦講《紅樓夢》，等我們各自回到巴黎，沒幾天我和曉歌就要回北京了，人生苦短，分易聚難，必須珍視歡談的機會。但法國國慶的熱鬧不能不看，我就跟他講定，中午以前和曉歌上街逛逛，下午我們倆在「老地方」——蓬皮杜文化中心梯形前庭會齊。

這天上午有盛大的閱兵式，而且所檢閱的不僅是法國軍隊，還有歐盟各國的武裝。

下午與行健相會，我就跟他從這法蘭西國慶的千里浪漫餐聊起。他說已經從電視上看到現場報導，有的地方下小雨，但人們仍然興致勃勃地在那中軸線上野餐，其實他們吃的無非是些生菜色拉，各種奶酪、三明治、火腿肉，講究點的也許有烤火雞、燒鵝肝，燉小羊腿；喝的無非是紅白葡萄酒，講究點的或者還有香檳、科涅克；總之，野餐之意，不全在吃，而是通過這樣的浪漫行爲，享受生命的「當下」，並且通過這樣的活動，使人們親和、友善。這一創意不知是誰提出來的，大家竟不當它是玩笑，認眞地實踐起來，而實踐的過程，也眞的成了一番玩鬧，這樣慶祝國慶，恐怕

也只有法國人才想得出做的出。

　　法國式的浪漫裏，浸透著自由精神，而法國人所崇尚的自由，也離不開浪漫的因素。行健大學學的法文專業，定居法國語言無礙固然是一個因素，喜歡法國的自由浪漫空氣不消說是更重要的緣由。

　　蓬皮杜文化中心一側有一家有名的電影院，看那海報，正在上映的幾部片子裏，有兩部都是韓國導演的作品，而且都是以性為題材的。一部叫《性幻想》，另一部叫《女人夜出》，那片名在我看來，都夠「黃」的。行健告訴我，法國《世界報》上有評論，對這兩部韓國導演的作品，尤其是《性幻想》，給予了相當高的評價。《世界報》是嚴肅的知識分子報紙，其文化評論是不涉及低級作品的。於是我們決定到那電影院看《性幻想》，我對行健說，影片放映期間，無論是韓語對白還是法語字幕我都不能懂，但他完全用不著翻譯給我，我要看看那韓國導演的電影語言究竟達到怎樣的水平，倘若水平高，即像我這樣的觀眾不用非弄懂對白，也能嚼出其七、八分味道來。待看完電影，不懂的地方再問他，我們再進行一番討論。行健也認為這樣很好。

　　行健的作品，尤其是他的兩部長篇小說裏，性描寫不算少，有些片斷，用「大膽」兩字評注絕不冤枉。文學藝術與性的關係，是我們以往就私下討論過的問題，現在有了韓國導演的新作品為由頭，討論起來自然更加方便有趣。看完電影，我們到附近一家餐館裏去，邊喝酒吃飯邊暢談起來。

　　其實中國本土的文學藝術裏，從來就有對性題材、性描寫的相當成熟的表現，《詩經》開篇的「關關雎鳩，在河之洲」，以及唐詩宋詞裏諸如李商隱的《無題》詩、柳永的豔詞麗句等等，都還比較含蓄，到明清白話小說，《金瓶梅》的性描寫分析起來歧見較多，暫不評價吧，《紅樓夢》裏的性描寫，以賈寶玉為載體，無論是對異性的「意淫」，還是對同性如秦鍾、柳湘蓮、蔣玉菡的愛戀，人們基本上形成了共識——都絕不是誨淫的色情展覽，而屬於有內涵的情色文字。這傳統甚至一直延續到二十世紀前三十幾年的「左翼文學」裏，像茅盾的《蝕》《子夜》，就有意設置情色文字，用作豐富人物形象及深化主題的手段。但後來中國大陸的文學藝術形成了性禁忌，到「文化大革命」中更連「愛情」這個字眼也被禁絕了。我在 1978 年發表了一篇《愛情的位置》，算是「衝破禁區」的勇敢行為，竟引出轟動，得到過七千封讀者來信，那究竟是中國文學發展之途中的喜劇，還是悲劇？

　　二十世紀八十年代以降，中國大陸發生了很多變化，愛情當然不再是問

題，問題是婚外戀究竟應該怎麼看待？九十年代這類的文學藝術作品蓬勃生長，人們漸漸對婚外戀也「見怪不怪」了，但對於比較大膽的性題材、性描寫，則仍有爭議。爭議很正常，可是出現了複雜的情況，其癥結在於，不能像法國一樣，對什麼是文學藝術的性表現，什麼是市場中的色情消費，大體上分清，於是，有的嚴肅的性題材作品，富有藝術性的情色描寫，被斥責、被禁制，而有的滑落到低級趣味的色情作品，卻又被有身份的評論家肯定爲創新之作。

行健靜靜地聽完我的陳述。他說，其實，法國現在也遇到一個如何劃分界限的問題。法國可能是最保障文學藝術家創作自由的地方，拿電影來說，以往從來沒有動用過行政手段來禁映一部片子，但最近有位叫克拉麗的女導演，拍了一部《來上我》，那片名觸目驚心，裏面不但充滿了性器官的直接展示，還有大量暴力鏡頭，這部影片在電影院上映後，引出了不少人的反對，他們向法國行政法院遞了狀子，要求禁止其在電影院裏公演，法國行政法院經過愼重審理，破天荒地作出了禁止其在電影院裏公映的裁決。當然，法國的情況是，這樣的片子不是絕對不能放映，但只能作爲性商店裏的「小電影」，放映給單純爲了解決性饑渴的消費者看，行政法院的裁決就是這個意思，即將它裁決爲非藝術的色情消費品。原來放映這部影片的電影院除了一家以外，在裁決出來以後全都停映了，因爲根據那裁決，再放映要罰重金；但法國畢竟是個能自由表達個人意志的地方，就有那麼一家電影院老闆聲稱，他個人認爲這部影片是嚴肅的藝術，而非供人泄欲的色情消費品，他不怕罰款，將繼續放映下去；與此同時，一些支持克拉麗的人士聚集到行政法院門前，抗議其「荒謬的裁決」，其中就有 1975 年便拍攝女性電影《一個眞實的少女》的那位卡特琳娜·布萊亞，她還當眾燒毀了一條女性內褲——這「行爲藝術」的含義相當豐富。

我和行健在討論中都意識到，像上述這個例子，是事情處在了「邊際」上，人類其實經常會遇到「邊際難題」，猶如鴨嘴獸，它卵生，幼犬破殼而出後卻圍哺乳生長，怎麼歸類煞費神思，硬歸到一類，不同意的人也還可以繼續爭辯。文學藝術裏的「邊際問題」更多，且遠比鴨嘴獸的歸類複雜。行健說他一直沒工夫去看《來上我》，聽說那片子確實還是有探索性心理的深度的，特別是從女性角度來探索男女的性存在，人物塑造得還是比較豐滿的，但又確實太「露骨」太暴力，對血腥暴力這一點，一般法國民眾的平均接受

度是最低的，平均排拒度當然就是最高的。但即使是圍繞這部電影爭議，各方都有一個前提，就是別人可以有完全不同的看法，比如電影的創作者和擁護者，他們會認為某些反對者是保守的衛道士，但他們也會覺得這社會應該有保守的衛道士的言論空間；而保守的衛道士也不是要消滅那影片的創作者和那部影片，他們只是覺得那部影片不該膨脹到他們守衛的公眾空間，他們要求那部影片「回到應該呆的地方去」；行政法院作出裁決後，影片創作者和支持者抗議的是那裁決，而不是要反對者「閉嘴」，而反對那影片的人士，則又認為影片創作者和支持者當然有去行政法院門前抗議的權利，倘若他們的抗議行為遭到鎮壓，他們很可能還會為此而抗議鎮壓者——但他們反對影片的態度卻又絕不會改變。這樣，在各種意見與訴求都可以存在，並得到人格尊重的情況下，一個社會上的「邊際難題」就不可能釀成一場壓制歧見的災難。我感歎道，法國人是怎麼磨合成這樣的一種社會文化格局，形成這樣一種健康的文化心理的？

至於剛看完的韓國導演拍攝的《性幻想》，我和行健都認為並非「邊際電影」，相信絕大多數跟我們一起看這電影的觀眾也都不會把它視為「邊際難題」，看完，你可能不喜歡，卻不會懷疑它是一部製作嚴肅的藝術影片。這部影片講述了一位僑居巴黎的韓國藝術家，回韓國度假期間，邂逅了一個女學生，倆人相悅並多次做愛，故事最後結束在巴黎，那女學生也到法國來了。影片並不涉及韓國的政治社會問題，就是直截了當地以男女性事為題材，探討男女各異的性心理。影片裏不直接顯示性器官，不是色情消費的「小電影」那種拍法，鏡頭很講究藝術性，演員的表演有相當深度，整個片子籠罩著輕喜劇的色彩，不用把對白聽明白也能體味到鏡頭裏的內涵，導演運用電影語言嫻熟並有自己的個人風格。行健盛讚這部電影拍得真實，以逼真取勝。有人可能會以為，逼真有何難？把鏡頭對著真實的東西一路拍下去，豈不就大功告成？但你試一試就懂得，即使拍紀錄片，如何使鏡頭前的景象在膠片上留下最恰當的印記，如何剪接處理這些素材，如何在放映出來後令觀眾產生信服感，已非易事，何況是拍由演員串演的故事片。行健近年來宣布，他的藝術實踐「沒有主義」，不設置「反封建保守意識」的主題，不宣揚「性解放」的激進主張，也不是「為性而性」；它「沒有主義」，卻並非沒有內涵，那內涵就是逼真地再現了人物的生命體驗，以極有力度的心理剖析，引出觀眾的捫心自問，至於每個觀眾問什麼，如何問，那就只能是仁者見仁、智者見智

了。我聯繫到我們的古典小說《紅樓夢》，其實《紅樓夢》的妙處也正是「沒有主義」，你說曹雪芹那寫法是現實主義，可是光賈寶玉銜通靈寶玉而生，以及木石姻緣，太虛幻境等等情節，就很不現實主義；你說那寫法是浪漫主義吧，卻又有太多現實得驚人的細節；你說他寫這書是反封建，卻又有很多描寫分明地美化著封建貴族；你說薛寶釵是個偽君子，卻又有不少情節展示著她的眞誠；你說晴雯是反抗的奴隸，卻又有重要的情節表現著她的捨不得失掉那奴隸的位置，又兇狠地用「一丈青」狠戳比她弱小的奴隸墜兒的手；你說鳳姐兒究竟是可愛還是可恨？賈母是眞慈祥還是假慈祥？……不同的主義者都可以看出《紅樓夢》本身並不屬於某一主義，曹雪芹寫作時沒有主義指導，自己也不想樹起一個什麼主義，他就是要寫出從心底流溢出的美文，陳述他獨特的觀察，抒發他的生命體驗，逼眞再現他心靈的眞實圖像。

行健是中國大陸首先引進西方現代派寫作技巧的小說家和劇作家，他的長篇小說《靈山》，主人公以我、你、他三個人稱呈現，劇本《彼岸》裏的幾個人物在同一時間裏各自說自己的話，構成「多聲部」效應，諸如此類，不勝枚舉，於是有人以爲他是玩技巧，以形式的奇突取勝，這是對行健藝術追求的大誤會。跟行健深談，再細讀他的作品，我發現他對玩技巧，搞形式主義，尤其是追蹤所謂的西方新潮，一會兒結構主義呀，一會兒解構主義呀，一會兒又女權主義呀，後殖民主義呀，語言哲學呀，新左派呀，等等名堂風氣，很不以爲然，他是取各家營養，壯自己身體，健自己精神，他的技巧，他的花樣，包括他的性描寫，性心理刻畫，兩性關係探索，對生命本體中的性存在所做的揭示，全部是有目的的，那目的就是自由地，逼眞地，寫出他的生命體驗，他的宇宙想像，他的當下感覺，他靈魂中的詩意與頓悟。

那一晚巴黎放了煙花。我和行健卻在健談中忘記了還有這麼回事。我回到住處時又是午夜時分了，曉歌還沒有睡著，問起我和行健看沒看煙花，我說忘了去看，她笑道：「我就知道你們兩個，說起那些個話來，比看煙花還來勁兒！」〔註1133〕

7月25日，**劉心武後來追記這一天的日記。**

他寫道：

行健的澳大利亞之行非常辛苦，巴黎與悉尼天各一方，來回都要在米蘭、曼谷、香港轉機，時間拖得很長，機艙裏又難以入睡，我以爲他回到巴黎怎

〔註1133〕劉心武著《瞭解高行健》第77～90頁。

麼也得大睡兩天再跟我聯繫，沒想到他回來的第二天就來了電話，希望再會面暢談。倒是我，一週的倫敦之行，按說走得並不遠，乘「歐洲之星」高速火車穿越海底隧道，巴黎倫敦之間不過三小時的行程，兩場關於《紅樓夢》的演講都集中在一天裏，其餘時間無非是觀光遊覽，跟行健的遠行相比實在算不得什麼辛苦事，可是回到巴黎卻覺得疲憊不堪。接到行健電話，我們約定下午仍在「老地方」匯合。

曉歌那天頭疼，但她堅持要跟我一起會行健，因為我們訂的 28 日返回北京的機票，這可能是我們這回在法國與行健的最後一面了，以後什麼時候，在什麼地方，還可以跟他會面，很難說。

跟行健會合後，我們找了個咖啡館，先喝咖啡。行健和曉歌閒聊起來。曉歌對行健，很早就有一種直覺，斷定他能有大成就。她是讀人甚於讀作品。二十幾年來，跟我交往的文化人不少，在家裏留過飯，跟她也熟的，怎麼也在一打以上，比較起來，行健表面上的光彩，是最不刺目的，他離開中國大陸以前，在所謂文壇的倫理秩序裏，說是處於邊緣都有點勉強，簡直就沒有「入局」，或者說是剛剛「入局」很快也就被「淘汰」，可是曉歌心目中，行健才是真才子，前途無限。這回來法國，曉歌給行健帶了件椰子殼的工藝品，剪裁過的椰殼保持本色，用麻繩相連綴，叫「星月符」；我說行健眼光很高的，自己便是造型藝術家，這東西給了他恐怕也只是收入櫥櫃，掛不出來的；曉歌說哪個要他掛起來？收起來就好，「星月符」能保祐他健康、成功！行健問起曉歌對倫敦的印象，又問起我們共同的在倫敦定居的朋友的情況，言談很是愉快。

我跟行健提起，上回看完《性幻想》，討論了文學藝術中的性題材問題，覺得很有啟發；看來韓國藝術家在這方面的探索已經比較深入，韓國與中國屬於一個文化圈，他們藝術家的探索比法國藝術家的探索似乎更有參考借鑒的價值，那部也是韓國導演拍攝的《女人夜出》如果仍在放映，何不也去看一下，然後我們再深入地討論一番呢？行健說好，於是喝完飲料，我們就去電影院。

蓬皮杜文化中心旁邊的那家電影院，恰好有場八點多的《女人夜出》。該片表現了三位漢城單身女子的性苦悶與性遭遇，她們都竭力想把握自己的性衝動與性滿足，但在男權囂張的社會生活裏，她們不是被男人當作玩物，就是被自己的虛妄所顛簸，只有其中一位，通過個性的自由舒張，才終於獲得了正常而酣暢的性愛。與《性幻想》相比較，這部影片稍嫌做作。行健看過

資料，告訴我這兩位韓國導演都是長期僑居法國的，他們的影片很顯然受到了法國文化的影響，如此坦率地以性為題材，在目前的韓國還是很難被公眾接受的，所以這兩部影片都還沒有在韓國上映。《女人夜出》還借一位角色之口，抨擊韓國有關機構對兩廂情願的婚外性關係進行調查，說干涉個人隱私到如此地步，難以忍受，還是到法國去住吧！行健個人雖然也端賴法國社會的開放性而獲得了自由創作的開闊空間，卻對《女人夜出》這樣的「點題」不以為然，他說法國也有法國的問題，世上並沒有天堂，沒有烏托邦，文學藝術作品還是不要「點出主題」為好。我們又把法國女導演布萊亞 1975 年拍的那部《一個真實的女孩》一併加以討論，都覺得也有生硬「點題」的毛病，影片最後表現女性內服避孕藥的上市，似乎科學的進步在保證女性權利不再被生育所牽累，這在 1975 年可能是神來之筆，但現在看去就有點幼稚，對生命衝動的探索不能擱淺在簡單解釋的礁石上。

　　我告訴行健，雖然就住在蓬皮杜文化中心附近，每天出遊總要路過它，我和曉歌卻仍沒有進去看展覽，打算明天再去；這一方面是因為事先設定了一個「先遠後近，先難後易」的遊覽方針，另一方面，按羅浮宮——奧賽美術館——蓬皮杜文化中心的順序參觀，也恰好與美術史的敘述吻合，我提到在奧賽博物館參觀的感受，那裡重點展出 1870 年前後，古典主義美術朝早期印象派等現代主義藝術轉換期的代表性作品，把一個時代的審美時尚如何嬗遞梳理得線條分明，是活生生的美術史；我又說明天進蓬皮杜文化中心，那些從現代主義往前拱進的前衛作品一定能給我更強烈的審美衝擊。行健聽了卻道，藝術的發展從時間角度考察是線性的，從審美角度觀察卻未必非依照一般美術史的線性敘述，不能用進化論來套藝術的發展歷程；他啜口酒，沉吟了片刻，笑笑說，我們是至好，所以今天跟你說，千萬別迷信蓬皮杜文化中心裏面擺出的那些前衛作品，一般法國人也都以為，只能欣賞羅浮宮、奧賽美術館展品而接受不了前衛作品的人，是沒水平的表現，惟有能在蓬皮杜文化中心的前衛作品面前流連忘返的，才算得是品位高，其實，前衛作品固然有好的，他們在形式革新方面起到的作用確實功不可沒，但是，其中大部分，我以為是純粹地玩形式，沒有什麼內涵，甚至是故意唬人，一些熱心的欣賞者，是否真地進入了審美愉悅，很難說，多半是趕時髦罷了。

　　我聽了很吃驚，對他說，你在中國大陸的時候，1981 年出版了《現代小說技巧初探》，隨後你的幾個形式上相當有突破性的劇本被排演，記得北京人

民藝術劇院的小劇場演出，就是從推出你那寓言式的荒誕劇《車站》起首的，後來你寫了長篇小說《靈山》，原稿給了一家出版社，編輯看不上，倒並非內容方面的原因，而是不能理解你那主人公我、你、他三種人稱交叉使用的做法，退回了；這些事情，都讓人們把你看成是一個技巧至上的創作者，甚至說你是搞西方現代派、前衛藝術那一套，玩技巧的代表性人物；怎麼現在你卻反對起前衛，反對起玩技巧來了呢？行健仍淡淡地微笑著，說他並不是簡單地反前衛，他自己就很前衛，文學藝術總要往前發展，前衛應是一種常態，至於技巧，那更是萬萬不能不講究的，但前衛也好，技巧也好，一定要用來承載內容，就是作者的生命體驗，沒有這個是不行的。他又說，正寫著一篇論文，把這些年來逐漸成型的美學思考，梳理出來，提出自己獨特的審美主張，那將是對古典與現代主流審美標準的雙重挑戰，如能發表，也許會引出激烈的反彈，但他箭既然已在弦上，已是不能不發之勢。我凝視著餐桌上玻璃盅裏的蠟燭螢螢閃動，心中憬然。細細想來，我結交行健的二十二年，可以說也是他被許多人誤解的二十二年，而我與他之所以能維持二十二年的友誼，正在於我總能理解他，即使有時不太理解了，通過一番交談，又總能深入地瞭解他；同樣，我被一般人認為是個脾氣比較怪異的人，總覺得我很難接近，但行健始終理解我；我們之間無論在生活歷程、性格氣質、理性取向、情感寄託等方面都存在明顯差異，但能真誠溝通，困境中相濡以沫，順遂時切磋以進，人生中有這樣的友情在，也不枉落生世上歷劫一番了。

　　有人誤解行健，認為他是個政治人物，其實幾乎從我認識他起，他就有遠離政治之心，如果說他逃避，那他逃避的首先是政治，他自己不搞政治，更不想政治搞他；政治不只一種，近十年來想拉扯他的政治恐怕是與十多年前不同的另一種，他卻與之絕不發生關係；他只想在世界的一角，靜下心來弄他鍾愛的文學藝術，他企盼在任何時候任何地方，任何一種情況下，都不被充當政治工具。又有人誤解行健，以為他是個不食人間煙火的唯美主義者，其實你讀了他的文字就會發現，他不僅食人間煙火，而且對人間煙火充滿了眷戀，他對社會的關心，包括對政治的關注，特別是政治、社會、群體、他人對他那個體生命的觸動，他都非常敏感，作為獨特的生命體驗，他寫入文字，留下痕跡，但這只是為了自慰、娛人，頂多希望能留給後人作為一份生命檔案，以作參考；他不把自己設定為人間煙火的權威詮釋者，更不想充當生活的指導者，他自覺疏離所謂的使命感，不想為誰犧牲也不期盼別人為他

犧牲。至於那些把他視爲西方現代派的膜拜者、推廣者，以爲他只是個玩弄技巧的創作者的人，看了我上面的文字，更應該消除誤解了。

那一晚我們消磨到餐廳只剩下我們兩個人，蠟燭盅裏的螢火熄滅良久，才起身離開。夜巴黎氤氳著潤澤的香氣。雨後的街道在路燈光下彷彿巨鱉的脊背，我們輕移腳步，往我住處走去。一路上行健說著他打算把自己的畫作精品印製畫冊的事，正與一家非常著名的出版社交涉，但要真正出成績也非易事；我祝他有志者事必成。走攏我住處大門，我們先是默默對望，後來我讓他多多保重，他說恐怕弄文學藝術頂多也就只有十年的工夫了，生命流逝得多快呀，得抓緊享受餘下的歲月；他也讓我和曉歌保重，又特別囑咐我說「你不要捲入政治，要寫真正的文學作品！」我心裏很感動，只是抑制著不讓心裏的漣漪湧到臉上。我跟他握別說，不知道什麼時候再見了，他說爲什麼這樣說？你們不是 28 號才走嗎？我們明後天要再見的呀！

是的，我們明後天爲什麼不見？〔註 1134〕

7 月 27 日，**劉心武追記的第六篇日記。**

這一天他們只是電話聊天。他寫道：只覺得，我們通電話的工夫裏，「良時不再至，離別在須臾」「知有前期在，難分此夜中」種種千古既有的生命話語，漾滿心中，到頭來還是我向他告別，主動截止了電話，「明日隔山嶽，世事兩茫茫」，我們的生命，都還要經歷許多難以預料的事情，咀嚼生命賜予的寶貴體驗吧，對行健，對自己，都道一聲：珍重！〔註 1135〕

7 月，《**靈山**》英譯本在澳洲發行，譯者陳順妍。〔註 1136〕

8 月，《**遼寧師專學報社科版**》2000 年第 4 期刊發王麗華的文章《**高行健：社會轉型下的戲劇實驗**》。

摘要：如何將戲劇實驗與社會轉型時期的特定的文化心理與經濟特徵相結合，高行健對此進行了有益的嘗試。

作者爲營口師專講師。〔註 1137〕

10 月 12 日，**諾貝爾文學獎公佈高行健獲獎。**

瑞典文學院諾貝爾文學獎新聞公報這樣寫道：

2000 年的諾貝爾文學獎頒予中文作家高行健，以表彰「其作品的全球意

〔註 1134〕劉心武著《瞭解高行健》第 91～103 頁。
〔註 1135〕劉心武著《瞭解高行健》第 104～105 頁。
〔註 1136〕林曼叔編《解讀高行健》第 156 頁。
〔註 1137〕《遼寧師專學報社科版》2000 年第 4 期第 51～53 頁。

義、含辛茹苦的體驗和語言的機靈智巧，為中文小說藝術和戲劇藝術另闢新徑」。

在高行健的文藝創作中，表現了個人抗爭在大眾歷史中幸存，文學獲得了新生。他是一個心存懷疑而又目光犀利的觀察者，他無意去解釋世界。他認為只有在寫作中才能找到自由。

他的長篇巨著《靈山》是一部無與倫比的罕見的文學傑作。小說是根據作者在中國南部和西南部偏遠地區漫遊中留下的印象而構成。那裡至今還殘存著巫術，那裡民謠和關於綠林好漢的傳說還當作真事流傳，那裡還能遇見有古老的道家智慧的人物。小說由多個故事編織而成，有互相映襯的幾個主要人物，而這些人物其實是同一自我的不同側面。通過靈活的運用人稱代詞，高行健達到了快速的變焦，使得讀者疑竇叢生。這種手法來自他的戲劇創作，常常要求演員既進入角色又能從外部描述角色。我，你，他或她，都成為複雜多變的內心距離的稱呼。

《靈山》也是一部朝聖取經的小說，主人公自己踏上朝聖之旅，也是一次沿著把藝術虛構和真實生活、幻想和記憶分開的閃閃發光的平面上的旅行。知識問題探討愈深入愈顯得對追求的目的和意義的超脫。通過多聲道的敘述，體裁的交叉和內省的寫作技巧，小說讓人想起德國浪漫主義關於世界詩的偉大理想。

高行健的第二部長篇《一個人的聖經》和《靈山》在主體上一脈相承，但更能讓人一目了然。小說的中心是對中國稱之為文化革命的令人恐怖的瘋狂清算。作者以毫不留情的真誠筆觸詳細介紹了自己在文革中先後作為政治的活躍分子、受迫害對象和逍遙派的經歷。他的敘述本來可能化為異見人士，成為他們的道德典範，但他拒絕這個立場，無意去拯救任何人。他的小說沒有任何一種媚俗，甚至對「善」也如此。他的劇作《逃亡》既讓當權者惱怒，也使民主派不快。

高行健自己指出過西方非自然主義戲劇潮流對他的戲劇創作的意義，他提到過阿陶德、布萊希特、貝克特和阿托爾的名字。然而，「開發民間戲劇資源」對他來說是同樣重要的。他創作的用漢語演出的話劇結合了中國古老的換臉戲、皮影戲、花鼓戲和說唱。他能做到：就像中國戲曲中那樣，僅用一招一式或者隻言片語就能在舞臺時空中瀟灑自如。現代人的鮮明形象中又穿插了夢境的自由變化和怪誕的象徵語言。性愛的主題賦予他的文章中有一種熾熱的張力，男女調情動作成為基本模式之一。在這方面，能對女性的真實

份量，給以同等重視的，他是爲數不多的男性作家之一。

（據瑞典文學院的法文版轉譯）〔註 1138〕

劉再復回憶：2000 年十月十二日瑞典學院宣布高行健得獎。這之前我毫無所知。得獎後《中國時報》季季來電話說高行健得獎，我還不敢相信，等了一刻鐘，接到馬悅然的電話，他說「高行健得獎了，我們的選擇沒有錯。但從此之後，你的祖國恐怕要把我當作階級敵人了。我要感謝您和菲亞，我實在看不清《靈山》原稿上的字，幸而你們打印出來了，讓我能及時翻譯出來。」這之後我又等待行健的電話。我相信他一定會告訴我這個好消息。等了半個小時，行健來電話了。他說，「這一個小時，一直被記者包圍著，根本無法給你打電話。總算獲獎了，我們真的爭了一口氣。先告訴你這個消息，其他事慢慢再說吧。」過了兩天，他又來電話，問我能否到斯德哥爾摩參加頒獎儀式。我說，我在瑞典住了一年，不想再跑一趟了。他理解，還說，「如果你來不了，那就把諾貝爾獎章送一個給你。一共有三枚，我一枚，你一枚，還有一枚就給法國朋友吧！」我和行健是摯友，之後他到香港時就把獎章給我了。《明報月刊》、《亞洲週刊》對此事都作了報導。〔註 1139〕

杜特萊說：我當然記得 2000 年 10 月 12 日晚上，榮獲頒發諾貝爾文學獎時的高行健。他用幾個簡明的字眼表達他的欣喜和對我們這兩位法國譯者的感激之情。第二天，在等待法國文化部長卡特琳娜・塔斯卡接見時，在巴黎王宮廣場上我們相互傾吐了興奮之情。高行健春風滿面，笑容綻露，這就是對我們將《靈山》、《給我老爺買魚竿》和《一個人的聖經》三部作品介紹給法國公眾的長期不懈努力的極高獎勵。〔註 1140〕

楊煉說：在聽到消息的當天，我給臺灣《中國時報》寫了題爲《流亡的勝利》的文章。這勝利，是以一部部作品爲足跡，一步步走到現在的。〔註 1141〕

10 月 13 日，新華社北京電發出當年諾貝爾文學獎消息，全文僅 190字。

〔註 1138〕《高行健摘下文學獎桂冠——瑞典文學院諾貝爾文學獎新聞公報》，劉心武著《瞭解高行健》第 182～184 頁。

〔註 1139〕筆者於 2018 年 2 月 23 日中午向劉先生微信提問當年的細節，劉先生在當天傍晚時以微信形式文字回覆，全文引用如上。

〔註 1140〕諾埃爾・杜特萊撰，凌瀚譯《我記得……》（代序），劉心武著《瞭解高行健》第 32 頁。

〔註 1141〕劉再復編《讀高行健》第 77 頁。

全文如下：

瑞典文學院 10 月 12 日將 2000 年度諾貝爾文學獎授予法籍華人作家高行健。

高行健 1940 年出生於中國江西省，1987 年到國外，後加入法國國籍。

中國作家協會有關負責人在接受新華社記者採訪時說，中國有許多舉世矚目的優秀文學作品和文學家，諾貝爾文學獎評委會對此並不瞭解。看來，諾貝爾文學獎此舉不是從文學角度評選，而是其政治標準。這表明，諾貝爾文學獎實質上已被用於政治目的，失去了權威性。〔註 1142〕

10 月 13 日，香港《明報》發表社論，標題是「寫作首要服務讀者，得獎是錦上添花。」

文中指出：高行健的作品，反映了中國人的自省。我們固然為高行健獲獎而高興，但正如中國著名作家巴金所言：「寫作首先是為自己的讀者，為中國人服務，而中國人需要的不一定是瑞典人喜歡的。」因此，每一位從事寫作的人，如果都能盡心盡力為讀者寫作，為文化事業作出貢獻，那麼，得獎只是錦上添花。〔註 1143〕

10 月 13 日，香港《明報》記者報導《北京責諾獎有「政治目的」，諾獎評委指「北京太愚蠢」》。

全文引述如下：

對於中國指謫諾貝爾文學獎「不是從文學角度評選」，及指該獎「實質上已被用於政治目的，失去了權威性」，唯一懂得中文的瑞典皇家科學院院士、諾貝爾文學獎評審委員馬悅然教授作出反駁，指中國的指謫「非常愚蠢。」

馬悅然接受明報記者長途電話採訪時，語氣有點激動，「他們恨我，認為我是中國人民的敵人，我不管，這對我一點關係也沒有。」

外界一般認為高行健此次榮獲諾貝爾文學獎，與馬悅然教授的極力推薦有密切關係。高行健的小說《靈山》就是由馬悅然親自翻譯成瑞典文的。「中國政府知道他退出黨（中共），不願意回大陸，所以這樣做。但他們的任何態度我一點也不管。」馬悅然說，「他們有他們的標準，我們有我們的標準。我們認為他是一個非常優秀的作家。」

由於對「六四事件」的態度，馬悅然自 1993 年以後就被禁進入中國大陸。

〔註 1142〕筆者於 2018 年 2 月 24 日查閱人民日報電子版（2000 年 10 月 14 日）。
〔註 1143〕林曼叔編《解讀高行健》第 72 頁。

他說去年 8 月曾申請簽證，欲往中國找作家李銳，但不獲中國當局批准。他說「以後再也不會去申請，」現在他只可以用電郵與中國作家保持密切的聯繫。

　　對於「流亡」法國華人作家高行健獲得諾貝爾文學獎，中國官方昨天作出指謫，稱瑞典文學院頒授文學獎「不是從文學角度評選，而是有其政治標準」，質疑獎項的權威性。新華社昨天引述中國作家協會有關負責人的話說：「諾貝爾文學獎此舉不是從文學角度評選，而是有其政治標準。這表明，諾貝爾文學獎實質上被用於政治目的，失去了權威性。」

　　而目前陪同總理朱鎔基在日本訪問的外交部發言人孫玉璽，昨日接受訪問時稱，諾貝爾委員會頒授給流亡作家高行健是有不可告人的政治圖謀。他說，「中國有那麼多著名的作家，但他們卻不選，現在他們反而選擇這樣的人。」

　　中國作家協會官員金堅範昨日表示，諾貝爾委員會是基於政治動機頒授文學獎給流亡作家高行健。他稱高行健是法國人，不是中國人，所以高的得獎是政治因素多於文學因素。金堅範同時指謫諾貝爾委員會對中國文學「很無知」。他說，「好幾百個中國作家都寫得比他好。」〔註1144〕

　　陳邁平（萬之）寫道：2000 年，新千年伊始，瑞典學院就宣布把諾貝爾文學獎授予法籍中文作家高行健，好像是一石激起千層浪，一塊諾貝爾獎章扔進中文世界的大海裏也是波瀾四起。喜極而泣者有之，拍手稱快者有之，而批評詬罵之聲也不絕於耳。有人悻悻然說他不夠有名，有人憤憤然說他的作品只是二三流水準，還有人說他只顧個人而不問中國百姓疾苦，不夠諾貝爾遺囑定下的理想標準，還有人因此給瑞典學院遞交抗議信寫退稿信，指責瑞典學院給高行健發獎背棄諾貝爾理想，似乎他們比院士們更加高明，更理解諾貝爾理想。還有人指責瑞典文學院有「不可告人的政治目的」，甚至有官方報紙刊文提出瑞典學院應該「改革」，全不顧忌這才是「干涉內政」。還有個別歐洲漢學家如顧彬等諂媚權勢者，自己是不折不扣的政客、投機分子，只懂得用政治解讀文學，卻能信口雌黃，甘當權勢者的應聲蟲，在對高行健其實一無所知的中國大學生面前詆毀這位作家。這種情景真如一幅絕妙浮世繪。〔註1145〕

　　香港《明報月刊》的潘耀明回憶道：

〔註1144〕林曼叔編《解讀高行健》第 122～123 頁。
〔註1145〕陳邁平《「一」以貫之的文學之道──解讀 2000 年諾貝爾文學獎得主、法籍
　　　　　中文作家高行健》，劉再復編《讀高行健》第 49～51 頁。

　　關於高行健獲諾獎，在華文世界特別是香港像一場天外驚雷，令全球華文傳媒感到大爲震撼和驚喜。過去，高行健是很低調的人，他不光是躲避商品市場的干擾，也躲避高調的政治活動，所以他從來不是爲現代政治社會生態而生存的人，也不是公眾人物，反而過去華人作家中呼聲甚高的北島，一直成爲包括香港傳媒的關注的熱點。甚至香港個別傳媒也準備了特輯，隨時上馬。當高行健傳出獲諾貝爾文學獎後，以搶新聞習以爲常的香港傳媒一下子亂了套。當時在香港市面流通的高行健作品可以說極少，只有我在高行健獲獎之前策劃出版的二千年文庫有一本《高行健卷》，臺灣聯經出版社較早出版的《靈山》，只有在少數二樓書店售賣，數量很有限，一下子售完。我們出版的《高行健卷》洛陽紙貴，一下子銷了兩萬多本。

　　這裡有個小插曲，高行健得獎那天，我剛好有應酬，晚上回家時《明報》的採訪車已在我家門口等候，要我立即回報館，並要我提供高行健的資料，還要我漏夜寫一篇特稿。結果我只得通宵趕稿。翌日香港的大小報章大都以高行健獲諾貝爾文學獎作爲報章頭條並發表社論，認爲高行健的獲獎，是華文世界的驕傲和榮耀。《明報月刊》還爲此臨時擴大篇幅，做了有史以來的一個特大號，並以電話訪問了高行健。〔註1146〕

　　舞蹈家江青回憶：

　　與高行健的相識是在86年，當時我正在構想排演以傳統戲《大劈棺》爲題材的綜合舞臺劇，劇中我想提出一些個人的疑問和看法。把構想提升到舞臺演出劇本，是種全新的藝術創造，當時我自己深感力不從心，只知「舞蹈」不知「舞文」，於是想請人爲此構想寫劇本，尋尋覓覓，結果幸運地找到了高行健合作。促使我迫切地想與他取得聯繫，爭取合作，是看了他寫的劇本《彼岸》之後帶給我的觸動而引發的。

　　他提議去拜訪的是我已相識的吳祖光、新鳳霞夫婦。知道吳祖光先生一直對高行健所寫的被批爲現代派、精神污染的文學理論及劇作都頗欣賞和支持，他發表意見時提出：至少要容許不同的聲音。我和高行健一起上門去看他們的情景至今歷歷在目。

　　吳祖光夫婦對搞這個劇目的想法十分支持，新鳳霞大姐居然在請教之下毫無禁忌，馬上比手劃腳，把以往自己演過和看過的版本都生動的描繪了一

〔註1146〕潘耀明《高行健與香港》，劉再復編、李澤厚、林崗、杜特萊等著《讀高行健》第99頁，香港大山文化出版社2013年8月初版。

番，說到精彩處不覺眉飛色舞地又唱又做，扮演起那個粉面烏眼、執斧咬髮，一身鮮紅，劈棺取人腦的莊妻來。臨行前她還送了本剛出版的她的新書給我，隨後我們上了他們家附近的餐館吃烤鴨，由於吳祖光給那家餐館起名題字，所以招待格外親熱。記得劉賓雁和諶容也來參加了那頓美餐，吳祖光作的東，飯桌上大劈棺的斧子早「飛」了，進來的是大師傅手中片鴨的刀。眾人津津有味的品嘗著美味可口的一鴨三吃，邊七嘴八舌的議論著眼下國內文藝界的形式與走向，那時我在國內教學，收集創作素材，示範演出，進出頗為頻繁，他們談論時也不把我當外人。舊友新知聚在一起又那麼投機，我很少情緒那麼高漲過，又加上時差，晚飯之後毫無倦意。於是高行健推著他那輛自行車陪我走了好長一段路。

工作中他十分健談，畢竟是編劇，講故事形容個什麼都活靈活現，充滿了機智和幽默，話題是天南海北十分新鮮。當然，這都是與他豐富的閱歷和淵博的學識修養連在一起的。以後的接觸中，他談了許多他的劇作觀，他與林兆華導演的合作經驗以及為保護自己避「風」，逃至邊遠山區而接觸到的一些寶貴的原始素材、風俗，特別細談了他去四川鬼城酆都的所見所聞。

87 年我應中國文化部邀請，在舞蹈家協會安排下在中國八個城市作現代舞獨舞巡迴演出，在拉薩演出後碰到了高行健向我推薦而我也欣賞的作曲家瞿小松。在北京演出期間和演出後的那段時間我們三人每晚都湊在一起喝、談、爭、笑，一週之後我們取得了基本的統一的意見和默契，開始「三人行」，最後高行健給劇起了名《冥城》。創作期間，高行健和我通了不少信，而瞿小松則用錄音機以口代筆，那樣對他這行更易表達些。也有幾次，他們兩人把對談的錄音帶寄給我，與我取得溝通。記得那段時間我的長途電話費貴得令我乍舌，但創作時什麼也都不能顧了。

得悉他獲諾獎，我眼前浮現的竟是十四年前在北京，他推著自行車在胡同中慢慢走邊說著話的模樣，十四年過去了他依然是那麼健談，永遠有話題而且說話的神情依然那麼怡然自得，但他的作品卻不依然，他永遠不斷地在尋找新的方法、新的語言、新的構想超越自己，然後再超越。〔註 1147〕

10 月 14 日，《人民日報》在第二版位置轉載新華社北京電的消息，標題為：《諾貝爾文學獎被用於政治目的失去權威性》。〔註 1148〕

〔註 1147〕 江青《與高行健共「舞」》，劉再復編、李澤厚、林崗、杜特萊等著《讀高行健》第 184～188 頁。
〔註 1148〕《人民日報》2000 年 10 月 14 日電子版。

　　筆者當時所在的大陸主流媒體，羊城晚報的科教文化部門趕製了一個評介高行健的專版，趕在中宣部的禁令出臺前刊出。〔註1149〕當時廣州的地攤上有一些高行健的盜版書。筆者買了一本《高行健文集》，書中文字錯漏百出，難以卒讀。

　　10月15日深夜（香港時間），潘耀明越洋電話訪問高行健。

　　潘：高行健兄，首先祝賀您獲得本年度諾貝爾文學獎，香港報刊大都以頭條位置甚至全版篇幅予以報導，認為這是全球華人社會的頭等大事和中國人的榮譽。您為漢語寫作爭得大光彩。在您的筆下，往往喜歡用「當下」、「此時此刻」的字眼，我們很想知道您當下或此時此刻的心情。

　　高：我仍在興奮狀態之中。這幾天，世界各地記者把我的住所包圍了，疲勞轟炸，還有來自各地的賀電、賀詞日夜不斷。大前天（10月12日諾貝爾文學獎公佈的當天）我只睡了兩小時。這幾天均休息不夠，我把所有記者的訪問都拒絕了。對這種事，我過去都能以冷靜態度加以處理，但此時此刻要回到平靜的狀態並不容易。

　　潘：您此次獲獎的主要作品是《靈山》和《一個人的聖經》，可否談談兩者的風格有什麼不一樣，包括表現手法、技巧和思想內容的不同。

　　高：《一個人的聖經》與《靈山》的寫法不同，這部小說回到現實、迫近現實，貼切描述現實，嚴格得近乎紀實。小說中的時代、環境、社會條件、歷史都是實錄，可又是一部小說。兩部小說有一個共同的處理手法：主人翁都是「人稱」。《靈山》的「人稱」是「你、我、他」；《一個人的聖經》是「你」和「他」。兩者的「他」都是靜觀者、挑剔者，是「過去」。《一個人的聖經》沒有「我」的章節。我用「人稱結構」代替書的結構──這就是「你」與「他」。

　　我在《靈山》中嘗試把各種表現形式都放入小說，筆記、散文詩、考證、報告、文物記載、歷史摘錄、內心感受、故事、寓言等等，各種敘述方式，

〔註1149〕2018年3月10日，筆者通過汕大圖書館查找當年《羊城晚報》的專版，經諮詢獲悉：汕大圖書館的報庫幾年前已經撤銷，而羊晚的電子版只有2002年12月之後的數據。3月19日中午，筆者委託報社的龔姓同事，通過羊晚內部網絡搜索，無果。筆者聯繫了當年製作此專版的陳姓編輯，他還記得這段往事，說此專版刊發後被中宣部點名批評，報社部門還因此開了一個小會對他進行了一番例行的「教育批評」。筆者也有過類似的經歷，當年姜文導演的電影《鬼子來了》在國際獲獎，筆者採訪姜文後發了一篇報導，也被中宣部點名批評（理由是該電影未經國家相關部門審查而私自在境外參賽），後也被領導例行訓話。

人的意識語言開始——誰說話，誰在說……語言不可擺脫，「人稱」，作爲小說基本框架，代替一般的故事。小說情節只是「一個人」的經歷。主人翁不是神，也不是萬能的上帝，不是尼采的打破一切，自封爲救世主的人。「個人」在大時代的磨盤裏，不過是一顆小豆粒而已。這個事實，很嚴峻，太嚴峻，不過我不迴避。因爲太冷，我便用「詩意」來平衡它。這裡所說的「詩意」，不是來自傳統的抒情、自戀，而是用一種現代人的眼光加以觀注。這就是冷靜地觀察，並帶有距離感，不走向理性，跟禪意很接近——空虛、不抒情、不描述，是一種靜觀中的省悟。

潘：過去您一直提倡創作上的「冷處理」，即「冷文學」，但我發現現在您獲獎的兩部小說對社會對人有很大的悲憫，有強烈的中國情意詰。您可否就這一方面談談您的見解。

高：我所說的「冷文學」，指的是不投合市場趣味、時髦、新聞熱點的「冷」，是在一個非常平靜的環境中的一種自我創作，並非對人的冷漠。

有一個作者不可以丟掉，就是作家自己。讀者各種各樣都有，不能全部迎合。作家自己要抽離出來，以冷靜的眼光去看自己的作品。

我在寫《靈山》時，並沒有想到發表不發表，只是想爲自己寫一本書。過去在大陸寫作，要經過審查。我是 1982 年開始寫《靈山》的。到了西方之後，面對的是市場、時髦的壓力。所以有些中國作家爲迎合西方讀者的口味而炒作。

在法國，一般來說，出版的小說都要在兩百頁上下，很少有像《靈山》那樣大的篇幅。法國出版商告訴我這是西方當今讀者的閱讀習慣。我的《靈山》法文版，六百七十頁厚。法國一些出版社最初要我把《靈山》壓縮成四百頁，我不同意，最後只好由一家小出版社出版。

潘：我於 1991 年代表《明報月刊》訪問馬悅然教授，他覺得當代大陸年青作家對傳統文學缺乏深入瞭解，但他覺得您不一樣，並把您歸入「尋根作家」之列，您對這一說法有什麼看法？

高：對馬悅然教授提到的「尋根作家」，這方面的代表作家有韓少功等人。對我本人來說，並沒有「尋根」的問題，我比他們年紀大，我出生在 1949 年之前，對傳統文學瞭解得比較深。我媽媽受到西方文學很深的影響，但我爸爸喜歡中國舊詩詞。我自幼對中國傳統文化便很熟悉。我小時候便能爛背許多唐詩宋詞以及《古文觀止》等。我可以把《古文觀止》的許多篇章背出來。

在我來說，並不需要尋根，根就在我身上。

二十世紀太多人去否定傳統，「五四」對傳統一概打倒。對傳統文化其實不存在打倒與否，用之則取就是了。

潘：我訪問馬悅然教授中獲悉他很早便注意您的作品。您此次獲獎，除了作品本身的卓越的文學價值外，跟馬悅然教授等漢學家翻譯推介恐怕不無關係。你對此有何看法？

高：對文學作品的世界影響，第一個起橋樑作用的是翻譯。馬悅然教授可以說是在眾多漢學家中最早推介我的作品的。他於 1985 年開始翻譯我的作品，也是第一個把我的作品翻譯成西方語言的。他把我最早的劇作《躲雨》譯成瑞典文。我所寫出的十八個劇本，他翻譯了十四個，而且還翻譯了《靈山》與《一個人的聖經》。

有一天，北京人藝通知我，瑞典公使要請我吃飯。在這次飯局中第一次聽到馬悅然教授的名字，我還以為他是中國人呢（一笑），我要特別感謝馬悅然教授，他付出那麼大的精力翻譯和推崇我的作品。

對我的作品推薦和譯介的學者還應特別提到瑞典斯德歌爾摩大學東亞學院中文系的羅多弼教授，他首先對《靈山》給予很高的評價；澳洲悉尼大學的陳順妍教授，把我的作品譯成英文出版；法國的杜特萊教授夫婦把我的作品譯成法文；倫敦大學的趙毅衡教授，寫了一部英文專著對我的作品作較全面的評介，還有臺灣大學的胡耀恒教授，他的專著《百年耕耘的豐收》對我的作品進行深刻評析。其他還有香港中文大學的方梓勳教授，把我的劇作翻譯成英文。在這裡，我還要特別感謝臺灣著名的李行導演，他毅然斥資出版了我的八個劇本。還有我的摯友劉再復，他是我的知音，這是大家清楚的，不必多說。再有瑞典的陳邁平，如果沒有這許多朋友，在世界各地又翻譯又介紹又評論我的作品，我也不會有今天（的成就）。

潘：您的作品特別是戲劇，在歐洲八十年代已很風行，亞洲方面在大陸、香港和臺灣都會上演，在其他地區有沒有上演過？

高：在亞洲的日本，南非的多哥、非洲象牙海岸都上演過。

潘：據說您的畫作將在羅浮宮的藝術大展中展出。

高：巴黎羅浮宮即將舉辦巴黎藝術大展，展出世界很多知名藝術家的作品，我有一個獨立展室。

潘：您的獲獎，說明華文文學已進入了一個嶄新的里程，您可否談談您對華文文學前景（包括香港）的看法及華文作家的期待？

高：華文文壇有太多作家，太多作品，但我讀得很少。過去香港有「文化沙漠」之稱，這是外人對香港的文化缺乏瞭解所致，單是以戲劇為例，便發展得很快！香港由較早只有兩個劇團如中英文劇團等，發展到現在香港已成立了一百多個劇團，比大陸繁榮得多。作為香港表演藝術重地的演藝學院為培養人才起了很大的作用。新加坡、馬來西亞的華文文學也很出色。大陸的作品數量很多，也有很大的潛力。

最近法國國家圖書館舉辦了一次中國文學討論會，與會學者指出，目下法國已有一百多種有關現代、當代中國文學的法文譯本。可見，華文文學愈來愈受到重視。目前用中文寫作，已不受國籍限制，如香港、臺北和北美、歐洲華人——雖然後者不是華人社會，但很多人在從事中文寫作。而且中文創作愈來愈蓬勃。

潘：您曾多次來香港，想請您談一下對香港的感受。

高：我對香港的印象很深，在香港有許多朋友。首先我是通過劉再復的介紹認識你這個朋友，又由你輾轉介紹認識藝倡畫廊的董建平女士及文化界一些朋友，使我的畫作在香港得以展覽。我有許多文化藝術界的朋友，譬如演藝學院的鍾景輝、進念二十面體的榮念曾等，香港的第四線劇社曾上演我的《絕對信號》、《車站》、《現代折子戲》等，而演藝學院曾公演我的《彼岸》等劇作。我還要特別提到一些過去支持我的香港朋友，如陳方正、金觀濤夫婦和出版我兩部書籍的天地圖書公司、明報出版社等。

潘：大陸有關方面對今屆諾貝爾文學獎的評選結果，似乎感到意外，認為評選帶有濃厚的政治色彩，您個人有什麼意見？

高：大陸的反應，我不驚訝，這也是大陸官方的一貫做法，我不感到奇怪。我雖然想抽離政治化了的人事，但政治老是關注我。不過，我也不在乎。我還是從事自己的創作，我對政治一向不感興趣，只保留批評的權利。

潘：此次獲獎，對您今後的創作一定會產生很大影響，您覺得您會改變原來的生活方式嗎？

高：不會。我還是我。我得回到平靜的生活中來，繼續寫、繼續畫、繼續「逃亡」，從各種輿論中逃出來。〔註1150〕

〔註1150〕林曼叔編《解讀高行健》第16～24頁。

10 月 16 日，香港《明報》世界副刊刊發劉再復的文章《最有活力的靈魂》。〔註 1151〕

劉文寫道：

高行健的得獎，我並不感到意外，而且也知道，他所以得獎，絕非政治原因。瞭解行健的人，都知道這個慢吞吞、捲著煙絲過日子的人，內心豐富得令人難以置信。如果認真地讀完他的全部作品，就會感到這些作品的作者，是一個真正自由的人，一個渾身燃燒著熱血但筆端卻極為冷靜的人，一個高舉個性旗幟卻拒絕尼采式的個人主義的人，一個勇於質疑社會卻更勇於質疑自我的人，一個不斷創新卻又最守漢語法度的人。我早就發覺，在他身上，有一種區別其他作家的東西，有著一種最積極、最正直的心靈狀態——以審美的心靈覆蓋一切的狀態。

他選擇逃亡之路，也並不是政治原因，而是美學原因。在中國當代作家中，他的「退回個人化立場」的意識覺醒得最早也最強烈。他認為，作家必須「退回到他自己的角色」中，而要完成這種退回，就必須逃亡，從「主義」中逃亡，從「市場」中逃亡，從「集團」中逃亡，從政治陰影中逃亡，從他人的窒息中逃亡。逃亡到社會的邊緣，當「一個局外人，一個觀察家，用一雙冷眼加以關照。」「不順應潮流，不追求時髦。只自成主張，自有形式，自以為是，逕自尋找一種人類感知的表述方式」。這種充分個人化的立場，使高行健拒絕另外兩種角色：「人民的代言人」與「社會的良心」。馬悅然說高行健的創作每一部都是好作品，最重要的秘訣就在於他站在充分個人化的立場發出真正屬於自己的聲音，包括那些對自己的人民熱切關懷的聲音。

高行健雖有天才的活力，但他所仰仗的還是堅韌的毅力。他從八歲開始，就每天寫一則日記，從外部日記寫到內心日記，一直寫到文化大革命時為止。文革開始後，為了避免危險，他燒掉幾十公斤的手稿，除了劇本、小說、論文、長詩的手稿外也燒掉日記的手稿。還有一些手稿則藏在他自己挖掘的地洞裏，上邊蓋上泥土，放上水缸。去年他寫作過於勞累，病危以至送入醫院搶救，但一出院便又進入寫作。《靈山》中有幾段散文詩式的表述，他寫了數十遍。他的成功，完全是五十年來一直沉浸於審美狀態與寫作狀態的結果，這種長期的沉浸，使他確立了一種高品質與高視野，這是任何庸俗評論者用政治語言解釋不了的品質與視野。

〔註 1151〕劉再復著《論高行健狀態》第 33～36。

　　10月16日和17日，《明報》刊發張文中的文章《在香港專訪高行健》。

　　10月17日，金董建平修訂《水墨騎士——高行健和他的山水畫》一文。〔註1152〕

　　金董建平寫道：

　　我主持藝倡畫廊已近二十年了，我希望把握香港這國際都市、東西方文化交匯處的獨特優勢，搭建一座溝通藝術交往的橋樑。我重點推介海外華裔藝術家的作品，趙春翔、趙無極、朱德群、丁雄泉、莊喆、蕭勤、費明傑等著名藝術家都積極支持，當然其中就有高行健先生。

　　我喜愛高行健先生的畫，因為他的畫不同凡響，既有中國水墨畫的筆墨神韻，又有西方水彩畫的質感和黑白攝影的情趣，表現出一種神秘抑鬱而又奮發向上的意境。

　　法國文化部造型藝術評委會主任斯勒韋斯特高度評價高行健的繪畫藝術：「不論是從中國傳統還是西方現代性來看，都是一流傑作。高行健汲取水墨畫的東方精華，用以解答我們這一世紀提出而迄今仍然存在的關於藝術形象諸如具象與抽象、空間、光線等問題，堪稱成功的範例。」這是外國專家之言，相當中肯，然而在中國人的眼裏應該有更深切的體會。

　　高行健的畫都是有感而作，具有十分豐富的思想內涵，這是他心靈歷程的紀錄：無論周圍環境如何昏暗險惡，他絕不低頭屈服、隨波逐流，就似河中挺立的木樁，頂住急湍的衝擊；又像天際一隻孤鶩，逆風振翅高飛。他的畫是他探討人生與宇宙哲理的形象化演繹：天地混沌幽冥，詭異莫測，然而遠方已經露出一線曙光；莽莽荒原，千里冰封，在厚厚雪被下，生命正在孕育。畫面常出現的佝僂智叟究竟是放逐的三閭大夫屈原，還是沉思的高行健，那就不必查究了。

　　高行健作畫，遵循繪畫藝術自身的特點：他學習、繼承傳統，取神棄形，將其融入現代世界。當前，某些抽象派畫家或一味塗抹線條、堆砌色彩刺激觀眾視覺，或故弄玄虛，出一些沒有謎底的啞謎愚弄觀眾智慧；又有具象派畫家以超現實主義為名，追求極度逼真的效果，嚴格地說這些都偏離了繪畫藝術的本性，故為高行健所蔑視。

　　高行健只以水墨作畫，以黑計白、以白守黑，以靜驅動、以動寓靜，節奏流暢，並力求在二度平面上創造最大的空間深度。應特別指出，他把中國

〔註1152〕《讀高行健》第181～183頁。

水墨畫墨分五色的表現力在宣紙上發揮得出神入化、淋漓盡致。

10月中旬，香港《亞洲週刊》資深調查員王健民在巴黎高行健的寓所做專訪。

王健民在《他是巴黎的最新驕子》一文中寫道：

十月中旬的巴黎，實際上已進入初冬，氣溫只有攝氏九至十六度，加上連日綿綿細雨，顯得冷颼颼的。但在這座以人文溫情聞名於世的花都城東近郊，在一座小山崗頂端，一幢白色的二十幾層塔式高樓的十八層，本年度諾貝爾文學獎得主高行健的寓所裏，卻是溫暖如春。

客廳大窗戶朝西，在西斜的陽光下，站在窗前，居高臨下，整個巴黎市盡收眼底。高行健還是穿著那件黑色長袖圓領運動衫，以平和語氣接受我的訪問，雙手插在牛仔褲口袋裏，擺出標準的「高行健」姿勢，微笑著讓本刊記者劉瑜拍照。

眼前這個三室一廳的公寓，屋裏顯得不那麼整齊，有些凌亂，對著大門里門廊的那臺傳眞機周圍，更是一片狼籍，滿地的傳眞紙，中文的、英文的、法文的，堆起足有一尺高，而且鈴聲不斷，來自全球各地的傳眞繼續湧進。

高行健對我說，他自獲諾貝爾文學獎後，生活「簡直是一團混亂，完全無法正常生活」，他希望盡快恢復「正常的、安靜的生活狀態」，繼續他的作家、戲劇家、畫家那種自由自在的日子。

高行健曾說過，中國有那麼多人到世界各地定居和用中文寫作，相信半個世紀或一個世紀之後，中文將成爲世界的語言。儘管高行健對中華文化有如此高的抱負，但還是不容於北京當局。

北京不但對他以前在中國大陸的經歷「念念不忘」，更重要的是對他以「政治避難」留在法國的身份耿耿於懷。對於北京的這種「肚量」，連不少中國駐外官員也爲高抱不平。一位不願透露姓名的北京官員告訴我，北京目前在美國倚重不少「愛國僑領」，當初也都是以「政治避難」爲由，包括「曾遭中共政治迫害、宗教迫害和一胎化迫害」的，得到美國「庇護」。其後，這些人搖身一變，成了「愛國僑領」，並成了北京當局新年賀國慶招待會的座上賓，有些人並以貴賓身份應邀到北京，受到「黨和國家領導人」的「親切接見」。而對於高行健這麼一位爲中國文化爭得了榮譽，爲中華文化在全世界的推廣作出重大貢獻的知識分子，北京當局卻視他爲敵人，實在讓人難以接受。〔註1153〕

〔註1153〕林曼叔編《解讀高行健》第94～96頁。

　　王健民在《被媒體包圍下的高行健》中寫道：

　　自 10 月 12 日本年度諾貝爾文學獎獲獎消息公佈之後，高行健成了全世界最忙的人，每天二十四小時在記者的圍追堵截下，淹沒在鈴聲不斷的電話和傳真之中，他慨歎：「原來安靜的生活現在完全打亂了。」

　　高行健誠懇、親切、隨和、臉上總是帶著微笑。他選擇生活在社會的邊緣，儘量把自己邊緣化，就像他選擇生活在巴黎城區的邊緣一樣，儘量避開喧鬧，給自己一片自由的天空。生活中的高行健，是個能簡單就簡單的人，在他家裏，除了四壁的畫作，就是書籍。他說他不可以一日不看書，但吃飯卻很隨便，「午飯四十分鐘就打發掉了，立刻就工作」，他自嘲，「這好像有點不太衛生，但也習慣了。」高行健就是這樣，簡簡單單地生活，儘量用更多的時間去創作，說要用「一雙稍許清明的眼睛，對萬千世界和這難以與他人相通的自身加以關注」，給世人「多少也留下點驚訝。」〔註 1154〕

　　王健民在《中文的勝利超越國界》中寫道：

　　王：你以小說《靈山》獲諾貝爾文學獎，但你的戲劇更加有名，請問你認為自己是小說家、戲劇作家還是畫家？

　　高：我自己在小說、戲劇和畫畫上，沒有側重，而且現在都是我的職業。

　　王：你的文學創作有無不同階段的變化？哪些作品是你最喜歡的？

　　高：我寫小說、戲劇，如果不喜歡，我就不寫了，因為我不是靠它來掙稿費吃飯的，我覺得沒有十分必要，而且我自己不滿意就不發表，不到成熟時我不會發表。我八七年底離開中國大陸以後，先後寫了十個劇本，十齣大戲。

　　《靈山》是在法國完成的，有人說我是八五年開始寫《靈山》的，其實不對，我八二年就開始寫《靈山》了，寫了七年，一直寫到八九年結束，到法國後結束的。另外還寫了諸如《一個人的聖經》，這期間還包括劉再復催促我推出一本書集《沒有主義》（香港天地圖書公司出版），在法國還出過跟另一個作家的對談叫《盡可能貼近真實》，這是理論性的東西，稍後在西方國家和港臺做過三十幾次個人畫展，各國的劇團上演我的戲，有三十幾個版本。現在從澳洲、非洲到歐洲，包括東歐、西歐、北歐、南歐，一直到美國，都演過我的戲，只有南美洲沒演過，這就是我離國十二年所做的主要的事情。

　　王：你現在得了諾貝爾文學獎，能不能認為是你人生及事業的頂峰？

〔註 1154〕林曼叔編《解讀高行健》第 58～60 頁。

高：其實得獎不得獎都是那麼一回事，但得獎來得很意外，我想不能算什麼頂峰，要到死才能蓋棺定論。這一陣忙亂過去後，還得照常寫作和畫畫、寫戲、導戲，我想不會有很大的改變。得獎當然是一件很高興的事，是一種承認。

王：你得獎公佈後，北京官方說頒獎給你有「政治目的」，並認為「忽略了中國無數偉大的作家」，你對北京官方的反應有什麼看法？

高：得獎出乎我的意料，是一個驚奇，但（北京的）這個反應並不出乎我的意料，用他們自身的邏輯講，是一個很正常的反應。我在中國既然被他們視為是一個違禁作家，因此，他們的反應對我來說，已沒什麼奇怪。

王：你在中國大陸住了四十七年，在法國住了十二年，你對這兩個國家有什麼看法？

高：最切身的經驗是我在那裡（中國大陸）四十七年所做的事情，與我在這裡十二年所做的事情相比，在我自己的創作生活裏，這十二年所做的事在中國可能幾輩子都做不到。在這裡，得到了充分的創作自由，而在中國，我不知道是否還活著，能活到今天。

王：有人說你是中國作家，有人說你是法國作家，有人說你是華裔作家，你較傾向哪種說法？

高：我想都可以吧。我當然是中國人，說我是中國作家當然可以，我用中文寫作，說我是中文作家也可以。我三年前得了法國國籍，說我是法國作家也可以，希拉克總統和若斯潘總理都向我祝賀，就是把我當成法國作家，說是他們法國的光榮和驕傲，法國的文化部和教育部都來祝賀，從這個意義上說，我當然也可以說是法國作家。

在海外華人作家裏，我當然是其中之一，因此對我來說，國籍是不重要的，我早就不把國籍當回事。但我自身有中國文化傳統，而且用中文寫作，這個是與生俱來的，跟你的成長和一切連在一起的，無法擺脫的。

其實，最重要的，我覺得不是國籍，而是作品，比方說貝克特，你說他是愛爾蘭作家還是法國作家？恐怕是不重要的，不如去談他的作品更有意思。

王：現在全球華人都很關注，你想藉此機會向各地華人說點什麼呢？

高：我特別想講一個意思，就是語言大於國界。中文和英文是全世界講的人最多的語言，但到底哪種語言的總人數最多，我不清楚，恐怕與英文也

差不多了。這麼大的一個語種，給我的獲獎評語上也提到中文，這是中文作品第一次得到諾貝爾獎的認可也是一種榮譽。我認爲它開拓了一個前途，也就是說讓人們認識到，用中文寫作也有好作品，可以得到世界性的承認，並不會因爲語言的限制。

中文寫作不一定在中國大陸才有，港臺不用說了，新加坡用中文的人是絕大多數的，馬來西亞、北美、歐洲，包括非洲的留尼旺，馬達加斯加，都有很多華人，都有人在用華文寫作，今後華人得到認可成爲好的作家，與英語作家一樣，比如加拿大的作家，說他是英語作家或是加拿大作家，這不重要。很多作家用英語寫作，包括非洲的不少作家也用英語寫作，我想，中文將來也有這樣一天，這是十分有意思、令人鼓舞的前景。

王：你經常在互聯網看東西嗎？

高：我到現在還沒有電腦，而且是電腦盲，非常落後。我連手機也沒有，因爲我怕干擾，有這個東西對我來說是個負擔，實際上裝了電腦我也沒有時間上網看東西。

王：你得獎後，生活有什麼變化？

高：生活現在簡直一團混亂，完全無法正常，電話不斷，記者的訪問到哪裏都是，原來安靜的生活現在全打亂，必須盡快重新組織。因此，新聞採訪以及各類文化機構的活動，有些也不能不拒絕。但我想在盡快平息之後，我還是作家和藝術家，而不是社會活動家，我得盡快回到正常的生活狀態，否則無法創作。

王：古今中外，哪位作家對你影響最大？

高：很難說是哪一位，我經常被問到這樣的問題。要講給我營養的或者我喜歡的作家，我可以開出一長串的名單來，無論是中國作家，西方作家，古典作家還是現代作家。我讀書有一個習慣，即使是我不喜歡的作家，如果他有很獨特的地方，我也想瞭解，所以我看書很廣。我從小就有一個習慣，如果這個星期不讀過多少本書的話，就覺得這個星期白活了。但有的作家的劇作，如莎士比亞或俄國的契訶夫，同樣一個戲，十年或二十年以後，我又重看，而且又細看，因此看法不一樣。我曾經一個星期細看二十五個外國劇本。

哲學方面包括西方古典哲學和中國的老莊、道德經，我都認眞讀過，我還通讀過《史記》，瞭解中國歷史，找尋和提出自己的看法。爲了寫《靈山》，

我通讀過《史記》和《水經注》，以及很多縣志，且不說西方文學作品，有一些歷史，包括歷史資料我也看過。比方為了瞭解農民起義，我把幾十卷太平天國史料翻閱過一遍。在大學時我對農民戰爭有興趣，再說學術界當時正在討論農民起義和農民戰爭問題。

我不光做文學研究，也涉足史學界以及社會科學領域。包括自然科學的一些方面，因為我小時候想學自然科學，現代仍很有興趣，對最新的科學發現和一些動向，雖然是自然科學的門外漢，但我真正讀過愛因斯坦的論文集，雖然是純理論的論述，但很多方面也涉及了一些哲學觀點和思想方法，是很有意思的，我能讀懂。我甚至還請教數學家朋友……〔註1155〕

這期間，大中華地區部分媒體對高行健獲獎事件的回應情況。

江迅在《泛政治化決策內情》一文中寫道：

十二日傍晚，高行健獲獎的消息被證實，晚上，中共中央宣傳部約見中國作協在北京主要負責人，商討如何看待高行健獲獎、如何表態。作協高層內部有兩種意見：一種認為，高行健已入法國籍，讓法國去表態，但他畢竟是華人，以中文寫作為主，中國人也應當為他獲獎而高興；另一種意見卻認為，諾貝爾文學獎、和平獎與意識形態密不可分，而中國官方媒體對和平獎的宣傳報導素來謹慎，對這一次文學獎也必須慎重對待，而高行健八七年去國後，對他在法國情況瞭解不多，鑑於他「六四」時期的表現，以後又寫過天安門事件「逃亡」題材的劇作，授獎予他，含有政治陰謀。最後，第二種意見佔了上風。

據北京文壇消息人士透露，中共中央總書記江澤民於十三日上午，緊急召見中國作家協會中共黨組書記、作協副主席翟泰豐瞭解有關情況。江澤民對如何對高行健獲獎拍板，不評論高行健的作品，不評論高行健「六四」時期的舉動，只針對諾貝爾文學獎，點出它有「政治目的」，近作簡短評述，用詞平和。經中共中央宣傳部和中國作協的反覆商榷、反覆修改，最後拿出一份一百九十字的新聞稿，以作協負責人接受新華社記者採訪的方式，交新華社發布。

在中國大陸，最早發布這一消息的官方媒體是新華網，時間是十三日下午四點半，離諾貝爾獎委員會宣布結果已快二十四小時了。這一百九十字，強調「中國有許多舉世矚目的優秀文學作品和文學家，諾貝爾文學獎評委會

〔註1155〕林曼叔編《解讀高行健》第48～55頁。

對此並不瞭解」，最後指出諾貝爾文學獎「事實上已被用於政治目的，失去了權威性。」

十二日晚上，中共中央宣傳部向中央所有媒體和各省、市、自治區發出緊急通知，要求所有媒體對高行健獲獎的消息暫時不予報導，等候新華社的報導，必須以新華社統一稿為準。一些地方傳媒未及時接到通知，便「犯規」作出「另類」報導。從總體上說，原擬大肆炒作的媒體都啞然無聲了。

正在歐洲的上海作家余秋雨，在馬賽接受《亞洲週刊》的電話採訪。他與高行健是早年的老朋友，八六年他倆作為戲劇家，同時受新加坡邀請前往講學。余秋雨說，高行健八十年代的劇作對中國戲劇走向現代轉型，起了極大的推動作用。後來，也知道高行健在小說和繪畫創作上頗有成就。余秋雨說，高行健獲獎是件好事，應該祝賀他，這表明中國文化與世界文化的密切聯繫。中國人期待諾貝爾文學獎太久了，過久的期待，有可能令得獎這一事產生某種錯覺。對諾貝爾獎，應該把它看得平和些。

北京大學學者謝冕則表示，一個主要以華文創作的華人作家獲獎，是值得高興的事。這是華人盼望已久的事，但多少年來總是擦肩而過成了一個夢，現在總算成了事實。他說：「我與高行健是朋友，他獲獎我深感欣慰，請《亞洲週刊》轉達我對他的祝賀。」他說，在中國當代新時期文學中，高行健是一個很活躍的作家，「他出國以後的作品，我讀的不多，瞭解不多，但八十年代他在國內的創作，我比較熟悉。他的《現代小說技巧初探》，雖是一部普及性理論著作，但對中國文壇文學的現代化起了巨大的推動作用。他的《車站》、《絕對信號》、《一個人的聖經》，都是觸及中國社會轉型期中國人的情感和思考的作品。」謝冕說，在中國大陸文壇，像高行健如此出色的作家，其實不止他一個，有相當一部分作家都頗具水平。高行健獲獎，是世界文壇對中國當代文學的一個肯定，應該為他獲獎鼓掌。

在中國大陸各地書店，這些年根本不見高行健的書。隨著本屆各項諾貝爾獎的頒佈，相關書籍在書店的銷量明顯上升。北京三聯書店有關諾貝爾獎的書有四十九種，其中位居銷量第一的是《諾貝爾經濟學獎得主專訪錄》，共賣出一千九百套，《諾貝爾傳》賣出一百多套，《諾貝爾獎微型小說》賣出八十多套。去年諾貝爾文學獎得主格拉斯的《鐵皮鼓》在過去一年裏，是三聯書店賣得不錯的一本書，銷量達五百六十多本。在北京風入松書店，《鐵皮鼓》也位居高銷量。二十天前，北京讀者的諾貝爾情結，隨著大江健三郎訪問中

國而再次釋放。那幾天，他的書始終保持熱銷勢頭。

　　書店的店員說，十月上旬他們就開始關注新諾貝爾文學獎的揭曉，一旦公佈就立即組織得獎作家作品的貨源。據瞭解，各地一些出版社也都安排編輯作準備。不過，北京官方表態後，出版社紛紛息鼓。北京作家出版社的一位編輯說，正規出版社是不敢有動作了，不過，不用多久，高行健的盜版書肯定充斥書攤。〔註1156〕

　　彭瑜在《文學揚眉，臺分享喜悅》中寫道：

　　高行健獲諾貝爾文學獎之後，臺灣出現「高行健旋風」：媒體不分派別均予高度讚美，不僅電視、廣播媒體大加報導，報紙更闢出兩三版篇幅大書特書這項歷史性得獎訊息，以後數日又大篇幅跟蹤報導。文學評論家高度肯定這項殊榮。讀者趕到書店購買他的長篇小說《靈山》和《一個人的聖經》，他的短篇小說集《給我老爺買魚竿》也橫掃書市。在股市慘跌的臺灣，高行健揚眉吐氣的光環，成為臺灣民眾心靈的喜悅。

　　諾貝爾文學獎公佈那天，詢問高行健著作的電話不斷打到各大書店；第二天一大早，聯經兩家門市還沒有開門，許多讀者就排隊等著，盛況空前。聯經出版公司總經理林載爵對《亞洲週刊》說，高行健的文字風格非常特殊，《靈山》和《一個人的聖經》文字優美，運用了劇場效果，而《靈山》相對不容易讀，但文學價值高。不過，過去十年，《靈山》市場接受度不大，十年內賣不到四千本；而去年出版的《一個人的聖經》則反應比較好。

　　「現在得了諾貝爾文學獎則不可同日而語。」林載爵說，「不但庫存一掃而空，各方面都急著要搶讀，因此聯經趕印《靈山》、《一個人的聖經》各一萬冊，以先供應市場。」他推估未來海外市場看漲。目前，他們也計劃出簡體字版本。高行健今年完成的評論集《另一種美學》已給聯經，明年一月配合他的一百張畫作正式上市；還有高的劇本《八月雪》，也交由聯經出版。

　　臺灣成功大學及佛光大學教授馬森是高行健的老友，他得知高行健獲獎後，十分興奮：「華人作家終於揚眉吐氣了。」馬森 1984 年在英國一次漢學會議中認識高行健，對高的小說、戲劇、繪畫相當欣賞。因此，馬森接任《聯合文學》總編輯時，出版了短篇集《給我老爺買魚竿》。至於高行健這次獲獎的作品之一《靈山》，也是經由馬森寫序推介給聯經出版的。

　　作為高行健角逐諾貝爾文學獎的推薦人之一，臺灣大學戲劇研究所所

〔註1156〕林曼叔編《解讀高行健》第 109～116 頁。

長胡耀恒對《亞洲週刊》說：「中國戲劇耕耘一百年，終於到了豐收時刻。高行健的作品體現儒家精神、濟世愛人的思想，表達了對現實人生群體的關懷。他的創作積極展現追尋彼岸的意念，不是靜態的等待，入世而非出世。」

臺北市政府文化局已邀請高行健訪臺，出任首任駐市藝術家。局長龍應台與高行健熟悉，她指出：「高行健的得獎是新的里程碑，將刺激兩岸突破政治捆綁，讓文化超越政治，朝向大格局思考。他是一位優秀的創作者，只可惜中國容不下他，一直到他流亡海外才被發掘。他的作品跳脫了政治包袱，展現藝術境界。」

早年隨國民黨遷臺的作家柏楊認為：「高行健是所有華人的光榮。」他也表示：「文學不分國界，人不親血親，人不親地親，就是這個道理。透過高行健的獲獎，我們的眼睛開了一扇新窗，腦海開了一個新天地。同時我們也看到，作家的獨立性突破了政治和地域的限制。」

本土前輩作家葉石濤表示：「很高興聽到高行健得獎，雖然得獎的是中國作家，但身為臺灣的文化人也一樣高興，甚至整個東南亞地區任何一個國家的得獎，也是我們的光榮。以前魯迅沒有得獎，我就覺得很遺憾。現在大陸作家得獎了，對臺灣作家是很好的刺激。

作家鍾肇政說：「中國人差不多也該得了。現在真得獎，有一份欣喜，感到很高興。」

八十年代曾在北京觀賞高行健劇作《野人》、現為臺灣南投縣駐縣作家的陳若曦難掩喜悅：「很好！第一位華人作家得獎，這是好事。諾貝爾文學獎頒給華人作家了，這是所有華人的光榮。」陳對高行健前衛、創意的思考留下深刻印象。前幾年，兩人在臺北相見，她對他熱情奔放的個性有更深認識。陳若曦說，高行健有豐富的創作量和敏銳的思考，跟他落腳於自由氣息濃厚的歐洲很有關係。

詩人向陽強調，這是華人作家第一次得獎。「高行健得獎是華文文學界的光榮，值得高興。雖然中國不高興，但高行健是反抗型的作家、人道主義者，他的獲獎代表文學的力量大於政治的力量，值得省思。高行健的作品和中國國內的作家不同，他有強烈的風格，不被極權主義掩埋，他有著作家的良知，依著個人的文學理念，向文學的認知負責。」他相信將來華人作家還有機會得獎。

　　作家兼文學評論家平路表示：「華文界盼諾貝爾文學獎盼了這麼久，馬悅然也希望把這個獎給出去，高行健是個很好的選擇。因爲他的創作對形式和內容的創新實驗。文革後，中國大陸出現傷痕文學；但是，高的作品與控訴文學、傷痕文學不同。他的作品顚覆了寫實的傳統，他在流亡法國之後，以自己的方式生活，靠著繪畫、寫作活下去。他不是靠身份、境遇過日子，而是靠自己。」平路曾在德國海德堡和高行健共同出席一個會議，在討論中，她注意到高行健特立獨行、不群不黨的個性，注意到其作品和其人一樣，有自己的堅持。

　　平路認爲，諾貝爾文學獎喜歡抗議、流亡的文學，評審委員會諸公一向支持文學與主流之間的張力，他們注視不同於現狀的意識形態光譜。高行健的獲獎反映了這一觀點。〔註 1157〕

　　王睿智、吳彥華、祝家華在《高行健與香港新馬結未了緣》中寫道：

　　高行健獲諾獎前，香港雖至少出版過他的四本著作，但當地讀者對他不太熟悉。喜訊傳來，這些作品立即成爲搶手貨，公立圖書館也大量增訂。大書店趕著設立專櫃，但存貨供不應求，慕名而來的讀者唯有向隅。明報出版社去年出版的「當代中國文庫精讀」叢書中，有一冊高的小說選，現已一掃而空；出版過高行健評論集《沒有主義》及劇本《山海經傳》的天地圖書有限公司，重新包裝再版這兩本書，並火速印製長篇小說《靈山》、《一個人的聖經》簡體字版應市。

　　對高行健獲獎的報導，《聯合早報》做得十分完整。從得獎的新聞開始，到各個與高行健接觸過的人士的印象記、高的際遇描述、其文學作品評述等，幾天來連刊不斷。

　　大馬華文媒體及文壇也頗關注高行健的得獎，三大中文報章《星洲日報》、《中國報》及《南洋商報》皆以相當篇幅報導，許多中文書店則緊急訂購高行健的作品。詩人溫任平表示更希望白先勇得獎，還認爲莫言的創作更有原創性。但大馬華文文學協會會長戴小華認爲，無論如何，這是值得高興的事，「畢竟中文作家已等了一百年，諾貝爾情結很濃，現在終於得獎了，這是符合中國成爲世界焦點的趨勢。」溫任平希望馬華作家要以小國家也能產生偉大作家的視野去看待諾貝爾文學獎。戴小華認爲，目前馬華作家還沒有

〔註 1157〕林曼叔編《解讀高行健》第 117～121 頁。

進入世界文壇，諾貝爾文學獎落在大馬恐怕還要等一段頗長時間。〔註1158〕

10月18日，赴德國法蘭克福參加研討會。

10月20日，到意大利羅馬接受文學大獎：羅馬城文學獎。

羅馬城文學獎也是一個頗有影響的獎項，每年頒給意大利國家和國外作家各一名。九二年的諾獎得主格拉斯也曾在同年得到這一獎項，也因戲劇作品獲獎，而高行健是第二位同時獲得此項殊榮的諾獎得主。高行健說，他其實是在獲諾獎之前，就已獲得這個獎項，只是現在才公開。〔註1159〕

10月20日，潘耀明為《解讀高行健》一書寫序。

文中這樣說：

上世紀末，我們在回顧近百年來的現代文學時，都為華文作家未能獲得諾貝爾文學獎而感到不平與困惑。且不說西方，就以東方文學而論，印度有泰戈爾，日本有川端康成、大江健三郎，難道就沒有傑出的炎黃子孫去摘取這一桂冠嗎？中國作家真的連文學也不如人嗎？這樣的困惑大都是從民族感情出發，是彌足可貴的。因此，當高行健摘桂冠的名字脫穎而出，讓我們為之雀躍不已。

只要接觸過高行健這個人和認真閱讀過他的作品，都會得到一個難以磨滅的深刻印象：這是一個典型的文人，一個純粹的作家，一個埋頭寫作、逃避政治的「藝術分子」。而且會發覺，這個人不僅對政治很淡漠，而且對名利也很淡泊，特別平和，什麼都不在乎，身上可說沒有半點戾氣和市井氣。他在生人面前剛毅木訥，在朋友面前則推心置腹、侃侃而談，所言所論又格外有思想、有知識、有情趣。他從不與人爭論，從不動氣，可是，過後他卻寫出了巨著《一個人的聖經》，分明是中國情結與故國情懷，一股土地之情與悲憫之情流溢其中，讓人讀後盈滿淚水。即使他的作品的某些情節觸及政治事件，他並不耽於政治的挫折，而是提升到人性的探討和哲理的層次。

閱讀高行健的理論著作，就知道高行健痛切地感到以往中國作家浪費太多時間，把生命拋擲在政治鬥爭與「救國大業」上，而當代的作家卻孜孜於名利場的爭逐，為迎合市場和讀者的口味而挖空心思，因此，他一再主張作家首先應當「自救」。而自救最根本的辦法是從各種「主義」、「集團」及政治陰影中和巨大的商品市場網絡中「逃亡」出來，然後「回到自己的角色」中。

〔註1158〕林曼叔編《解讀高行健》第124～130頁。

〔註1159〕王健民《他是巴黎的最新驕子》，林曼叔編《解讀高行健》第95頁。

他說：「文學是人精神上自救的一種方式。不僅對強權政治，也是對現存生活模式的一種超越。」（參見《沒有主義》）他確信，唯有完成這種「自救」，才能有真正的自由和個人的聲音。遠離中國後的十幾年，他不問政治，面壁十年，埋頭寫作，終於獲得世界刮目相看的卓著成就。

高行健本人和作品熱烈謳歌自由並祈求個人自由的釋放。我不禁想起普希金《紀念碑》中的一句詩：「……在這殘酷的世紀，我歌頌過自由／並且還為那些沒落了的人們，祈求過憐憫同情。」相信這也是高行健此時此刻心態的寫照。〔註1160〕

10月22日，法國總統希拉克在中華人民共和國訪問時，在北京會見在華的法國群體時這樣說：我要向新的諾貝爾文學獎得主高行健致意，他能將中國文化的所有精妙之處與歐洲文化最現代化的靈感聯繫在一起。〔註1161〕

10月23日，法國總統希拉克和歐盟主席羅曼諾·伯諾蒂在北京舉行歐盟峰會在中國的聯合記者招待會時，再次讚揚高行健。

記者問：我正想有點時間再回到人權的問題。您是否有機會在這個問題上提到諾貝爾文學獎頒予高行健，正如眾所周知，高是居住在法國的一位避難人士。

希拉克回答：我有這樣的機會提到，其中包括在公眾的場合，昨天我與在華的法國群體見面時在我的演說中均有談及。以及和江澤民主席會晤中，我都有這樣的機會提到。此外，你們清楚，中國的媒體也都在談及此事。高行健不是異見份子。他在法國居住，但他可不是異見份子。不管怎麼樣，我感到欣喜，能把這一獎項頒與一位把中國如此豐富文化的傳統思想和歐洲最現代化的理想凝聚在一起的人。〔註1162〕

10月25日，林曼叔為《解讀高行健》一書寫後記。

林文中寫道：

他的得獎，其意義是重大的。中國作家的高度文學智慧和中國科學家高度的科學智慧一樣在世界上有其崇高的地位。中國文學是世界文學不可分的

〔註1160〕潘耀明《讓我們為高行健舉杯》（代序），林曼叔編《解讀高行健》i-iii頁。
〔註1161〕《法國總統希拉克有關高行健的談話》，劉心武著《瞭解高行健》第186頁。
〔註1162〕《法國總統希拉克有關高行健的談話》，劉心武著《瞭解高行健》第186～187頁。

一部分。高行健正是把他的創作全方位地溶入世界文學的長河。

令人遺憾的是，高行健和不少有抱負的作家一樣，未能在自己的國土自由地創作，爲了創作的自由，不得不流落異國。他的作品被翻譯成法文、英文、瑞典文等等，在歐洲各地廣爲流傳，贏得高度的評價，卻未爲中國的讀者所認識所接受。這眞是一種不可思議的現象，也確實是高行健自己所不願意看到的現象。直到高行健獲得諾貝爾文學獎，中國的讀者才知道中國有這麼一位偉大的作家被迫流亡異國，創出這樣驕人的成就。高行健的作品是中國文學的種子施以西方文學流派的肥料所生長的碩果，是具有世界特色的中國文學。〔註 1163〕

10 月 29 日，劉心武完成 5 月～7 月旅歐時與高行健相見的六篇日記。 〔註 1164〕

10 月下旬，劉再復在香港城市大學校園寫作《論高行健狀態》一文。 〔註 1165〕

高行健獲諾獎，劉再復激動萬分，他在香港科技大學、浸會大學、理工大學做演講，題目爲《論高行健的狀態》。他指出：

高行健是個最具文學狀態的人。什麼是文學狀態，這一點中國作家往往不明確，而在瑞典、法國等具有高度精神水準的國家中，則是非常明確的。在他們看來，文學狀態一定是一種非「政治工具」狀態，非「集團戰車」狀態，非「市場商品」狀態。一定是超越各種利害關係的狀態。文學不可以隸屬黨派，不可以隸屬主義，不可以隸屬商業機構，它完全是一種個人進入精神深層的創造狀態。這一點高行健也很明確。他的所謂「自救」，就是把自己從各種利害關係的網絡中抽離出來。而所謂逃亡，也正是要逃離變成工具、商品、戰車的命運，使自己處於眞正的文學狀態之中。

高行健喜歡禪宗，是眞的喜歡。他不僅喜歡，還身體力行，把世俗所追求的一切都放下，對世俗的花花世界毫無感覺。他在巴黎十幾年，沒有固定工資收入，幾乎是靠賣畫爲生，過的是粗茶淡飯捲紙煙的日子，但他對貧窮沒有感覺，唯有對藝術十分敏感。高行健把禪宗的價值觀與生命狀態融爲一體，所以贏得大徹大悟。

〔註 1163〕林曼叔編《解讀高行健》第 217～219 頁。
〔註 1164〕劉心武著《瞭解高行健》第 105 頁。
〔註 1165〕劉再復著《論高行健狀態》第 2～32 頁。

高行健的文學狀態來自他的文學立場。在中國現代、當代的作家中，他的文學立場是最徹底的。在中國二十世紀的傑出作家群中，真正具有徹底的文學立場的作家很少。像茅盾這樣有才華的左翼作家，也不得不把自己的作品變成政治意識形態的形象轉達形式（如《子夜》）。1949 年之後，連老舍、巴金也不能不放棄文學立場，把文學變成政治服務的工具。即使魯迅這樣偉大的作家，也不能不聲明自己願意「聽將令」，把自己的部分作品變成「遵命文學」。1992 年高行健在倫敦大學的講演中就為魯迅與郭沫若惋惜。他說：「魯迅有《吶喊》、《彷徨》與《野草》，都是大手筆，至今仍可再讀。可惜他們後來都捲進了革命大熔爐，難以為繼，一個打筆仗耗盡了精力，一個弄成大官，作為擺設，供養起來，便失去了靈性。」（《沒有主義》第 112 頁）當官的御用狀態與打筆仗的鬥士狀態都不是真正的文學狀態。左翼作家之外，像張愛玲這位本是反潮流的作家，最後也守不住文學立場，寫了《赤地之戀》這種政治號筒式的小說，演成天才夭折的悲劇。二十世紀下半葉，在老作家中，能把文學立場貫徹到底的，似乎只有沈從文，可是他的後半生幾乎沒有作品。八、九十年代，大陸新崛起的作家，倒有幾個堅持文學立場的中青年作家，但最徹底的是高行健。因為文學立場的徹底，所以他只做「文學中人」，而不做「文壇中人」，遠離「作協」，遠離文壇，甘為文壇的局外人。在中國，各級作協的會員兩三萬人，而高行健只有一個。他既不聽「將令」，也不聽大眾的命令。一個具有徹底文學立場的人，一定拒絕交出自由。所謂大眾，正是要求作家交出自由而服務於消費的群體，高行健以堅定的態度對大眾說「不」，包括不做大眾的代言人。

高行健的徹底的文學立場，使他選擇了流亡（逃亡）之路與退回自身（退回到自己的角色）之路。中國最早的隱逸者與逃亡者伯夷與叔齊，他們的逃亡固然是對使用暴力方式更換政權的拒絕，更為重要的是為了延續一種非暴力的文化精神。王國維的自殺，實際上是一種自殺的特殊形式與極端形式，是為了守衛和延續他自己的文學信念與美學信念：如果他不自殺，他就可能像四九年之後的一些學者反過來踐踏自身的學說。因此，與其說是被歷史所拋棄，還不如說是王國維把歷史從自己身上拋擲出去。優秀的作家，總是擁有一種一般作家沒有的天馬行空的力量，這種力量可以把時髦的潮流從自己的身上拋擲出去，也可以把實體結構意義上的國家從自己身上拋擲出去，而帶著精神結構意義上的國家（即文化）浪跡四方。在高行健心目中，逃亡，

正是精神結構的漂移，是文化的漂移與延續。他遠在法國，但是，禪宗文化的精萃卻在他身上保持得最好也發揮得最精彩。1993 年夏天，在斯德歌爾摩大學召開的學術討論會上，我發表了「文學對國家的放逐」，其中心的意思也是說，一個擁有強大人格力量的作家，不能總是徘徊在「被國家放逐」的創作模式上（即「離騷模式」），而應當創造「自我放逐」與「放逐國家」的模式。放逐國家，不是不愛故國，而是在文學創作上把文學立場放在國家立場之上，然後穿越國家的限制而發出個人的聲音。五四時期的文學改革者呼籲要打破「國家偶像」，就是這個意思。〔註 1166〕

　　10 月，香港明報「2000 年文庫——當代中國文庫精讀」出版《高行健》第二版。

　　該書是高行健自己的選本，除了選輯個別短篇，還輯錄《靈山》的精彩部分，可作高行健入門書看。〔註 1167〕

　　10 月，伊沙編的《高行健評說》一書由（香港）明鏡出版社推出。

　　該書目錄如下：

第一章　為何諾貝爾獎獨鍾高行健？

　　　　　瑞典皇家學院頌詞

　　　　　「我還沒有時間仔細想這件事」

　　　　　推手「馬悅然」

　　　　　文學獎代和平獎？

　　　　　北島為什麼落選

　　　　　中國外交部：不值一提

　　　　　高行健：現代性成了當代病

　　　　　附錄諾貝爾遺囑

　　　　　　　　諾貝爾獎提名程序

　　　　　　　　百年諾貝爾文學獎得主

　　　　　　　　北明：專訪瑞典漢學家馬悅然

第二章　人生斑斕然而沉重

　　　　　童年既虛幻又充滿渴望

　　　　　「我父母老實得非常可憐」

〔註 1166〕劉再復著《論高行健的狀態》第 6〜9 頁。
〔註 1167〕艾火《高行健，一部不易讀懂的大書》，《解讀高行健》第 34 頁。

11 月 1 日，劉再復在香港城市大學寫作《高行健小說新文體的創造》。
〔註 1168〕

劉再復寫道：

《一個人的聖經》和十年前的《靈山》的確使我獲得信心。在這之前，作爲一個文學研究者，我曾陷入苦惱與困惑：傳統的現實主義方式已經難以再表現出活力，而前衛藝術方式又在玩得走火入魔之後而山窮水盡了，這該怎麼辦？在困惑之中，我讀到了《一個人的聖經》的打印稿，並立即確信，高行健突破了這種困境，他找到了一種既不同於舊現實主義的反映、批判、譴責方式又不同於前衛藝術的「玩語言」、「玩技巧」的方式。

《一個人的聖經》讓我感到的曙光意義，首先是這部小說表現現實的空前的力度。許多作家都描寫過文化大革命時代的生活，但沒有一個作家像《一個人的聖經》這樣不留情面地撕下一切面具，包括已經和身體的皮肉黏貼在一起的自我的面具。也沒有見過其他作家像高行健這樣挺進到人性的深處，把自己內心最隱秘的恐懼、脆弱、羞恥、屈辱、卑微如此淋漓盡致地呈現出

〔註 1168〕劉再復著《論高行健狀態》第 42〜53 頁。

來。小說中的政治風暴，毀滅了一切。它毀滅了人們看得見的文化上層建築，也毀滅了人們看不見的人性深層建築。甚至把數千年歷史積澱下來的區別於野獸的人類本能，人性底層最基本的元素也毀滅了。那種生存困境，不是一般的困境，而是無處可以逃遁的讓人絕望到底的困境。在困境中，小說主人翁和其他一切人，從意識層面到潛意識層面，從行為、語言、心理、身體到性本能，全都發生變形變態。然而，我們從小說的文本中不僅看到那個時代最有力的質疑，而且聽到作者的最真摯的人性呼喚，一個脆弱的人向歷史所作的最有力的呼喚。以往讀過許多描寫歷史傷痕的小說，我也感動，而此次閱讀則是身心的震動。這無疑是《一個人的聖經》的力度造成的閱讀效果。

《一個人的聖經》給我的另一種文學曙光之感，是高行健創造小說文體的寫作藝術。

小說這一文學門類，在中國文學傳統的觀念中，始終不能進入和詩歌、散文並列的「正宗」地位，只和戲劇一起處於「邪宗」範圍。中國人總是把小說視為茶餘飯後說故事的「閒書」而未能把小說視為藝術。梁啓超大力提倡新小說，把小說推入中國文學的正宗地位，這一功勞很大，然而他卻過分誇大小說的社會作用，把「新小說」視為創造新國家、新社會、新國民的救世工具。梁啓超對二十世紀中國的小說觀念影響極大，以致於影響到作家只知小說是「歷史的槓杆」，而忘記小說首先是一門藝術，一門訴諸於人的全生命、全人格的語言藝術。既然是藝術，就要求有藝術的法度、藝術的技巧、藝術的形式。因此，尋找適當的表達方式以表達自己的感受，便成了創作的第一難題。高行健認為「小說的形式原本十分自由，通常所謂情節和人物，無非是一種約定俗成的概念。藝術不超越觀念，難得有什麼生氣。這也就是小說家們大都不願意解釋自己作品的緣故。我不是理論家，只關心怎麼寫小說，找尋適當的技巧和形式，小說家談自己手藝和作品創作過程，對我往往還有所啓發。我談及自己的小說也僅限於此」。小說家具有「小說觀念」並不等於具有「小說藝術意識」，而只有具備小說藝術意識，才能努力去找尋適合的技巧和形式，把小說寫作過程視為不斷克服困難的過程，也才能用藝術的法度求諸自己，對情感的宣洩有所節制。

二十世紀中國現代文學史，從晚清到今天，其中出現過譴責文學、革命文學、謳歌文學和傷痕文學，這幾種文學現象共同的缺點是「溢惡」與「溢美」，也就是缺乏節制，缺乏分寸感。而產生這種弱點的原因又是忘記或根本

不理睬文學是門「藝術」。高行健的特別之處是小說藝術意識極強。他宣稱只對自己的語言負責。高行健對漢語的語法、語氣、語調、語音、時序不斷探索，棄絕歐化語言和意識形態語言，努力發揮漢語的魅力，就是他的充分的小說「藝術意識」的表現。

　　高行健充分的藝術意識，除了表現在語言上，還表現在結構上和表述方式上。後者更爲突出。高行健創造了一種冷文學和一種以人稱代替人物的小說新文體。這種新文體可命名爲「高行健小說新文體」。無論是「冷文學」還是新文體，都是高行健的藝術設限和藝術創造，都是節制中的原創。他的「冷文學」，是把人性底層的激流壓縮在冷靜的外殼（藝術外殼）之中的文學，有如蘊藏著溶岩的積雪的火山。《一個人的聖經》的悲劇性詩意就在這種拉開距離的冷靜觀照中。

　　《一個人的聖經》與《靈山》相比，帶有更濃的自我色彩（但不是自傳）。它書寫的是自己親身經歷過的中國當代最混亂、最悲慘的歲月。在這個苦難至深的時代，作者本身也飽受苦難，「在劫難逃」。描述這個時代，不可能像《靈山》那樣空靈、遙遠，布滿禪味。然而，令人感到驚訝的，是作者仍然像《靈山》那樣冷靜，甚至比《靈山》更爲冷靜。如何以冷靜的筆法去抒寫最不冷靜的劫難時代，這才是難題。高行健的選擇出人意料。他表現自我的辦法是「無我」——把第一人稱完全排除出文本之外。《靈山》中的人稱是「我」、「你」、「他」，而《一個人的聖經》，剔除了「我」，三重人格結構變成二重人格結構。這不是一字之差，而是寫法上、結構上的重大變化。變化中，包含著高行健多年來的美學思考，特別是對尼采式的「自我的上帝」所作的最徹底的反省，這是中國當代知識分子（包括歷史領域、哲學領域、文學藝術領域的知識分子）中未曾有過的現象。高行健關於尼采個人主義的見解，不是一般的見解，而是當代思想界最爲深刻、最爲精彩的見解。這一見解告知我們，以「自我的上帝」代替上帝，一定會陷入瘋狂；以哲學的虛妄來肯定人的價值也同樣虛妄。可是，這種虛妄從五四開始，一直延續到二十世紀八、九十年代。

　　由於對「自我」具有格外清醒的認識，高行健在《一個人的聖經》中剔除了第一人稱之「我」，這不是現實的原因，而是作家的美學的原因，即高行健拒絕讓一個可能帶來浪漫主義情緒的「自我」在文本中出現。他顯然敏感到這個苦難的「我」一旦膨脹就會消解《一個人的聖經》的藝術。高行健顯

然在肯定人的尊嚴與人的價值，但他又知道，不能以哲學的虛妄和美學的虛妄來加以肯定。總之，剔除「我」，使小說敘述的冷靜獲得了第一個保證。

為了使「你」和「他」保持距離，作者首先把「你」從歷史運動中抽離出來，變成一個冷靜的敘述者、觀察者，而且使一個與保留著集體記憶的猶太女子進行對話的敘述者。從表面上看，使作者通過與猶太女子的邂逅，贏得敘述歷史的「性動力」，實際上是通過這麼一種結構，使敘述者與歷史拉開距離，從而做一個為了遺忘的歷史觀察者與自我觀察者。高行健反對刻意玩弄技巧，但不是沒有技巧。他的大技巧就融化在這種自我觀察之中。這裡沒有尼采式的自我擴張與「救世」、「濟世」妄想，只有正視歷史悲劇與「人的脆弱」的哲學態度。現實瘋狂，尼采跟著瘋狂，但高行健拒絕跟著瘋狂；歷史荒誕，尼采跟著荒誕，但高行健拒絕荒誕。他絕不與荒謬現實同歸於盡。他選擇了一個平靜的觀察點，一個最好的觀察伴侶，然後才開始他的訴說與書寫。

高行健在書中的第 22 節講述了他的敘述必須克服三重困難：

第一：描述政治化生活本相的困難。《一個人的聖經》所描寫的現實是髒兮兮的現實，而且是充滿語言暴力的現實。那時代的語言把「引車賣漿者流」語言粗俗的一面發揮到極致，完全失去語言的誠實與質樸。而作者在描寫這種現實時卻必須使用乾淨、質樸的語言，這裡存在著兩種語言的巨大落差，敘述時必須化解這種落差。

第二：在充斥群體方式的「我們」覆蓋一切的時代，「我」根本沒有存身之所。（這也是《一個人的聖經》無「我」的原因之一）。那個處於歷史運動中的「他」，雖然是「個人」，但又是沒有「我」的個人，即沒有本然本真的「他」。一個沒有「我」的他，偏又是個活人，一個有血有肉的人，一個真實的存在，只是這個他被那個無恥的時代混淆在一起，儘管被混淆、被污染，但他還是他，還是活生生的個人，因此，敘述時又必須回到這個人當時的具體的心態中，不能以籠統的「一代人」的心態取代這「一個人」的心態，簡言之，必須把文化大革命時的政治動態、集體心態和第三人稱「他」的特殊心態區別開來。

第三：進入處於歷史運動中的「他」的心態，不能不牽動此時此刻的敘述者的情思，這樣，就很容易以作者當下的心態去取代「他」的心態，從而又消解「你」和「他」的距離，因此，必須剔除作者此時此刻的感受，懸擱現今的思考，堅持第三隻眼睛的中性立場。如果不是這樣，就可能發生兩個

問題，一是可能「你」會掩蓋「他」的恐懼；二是他可能沉淪於自戀與自虐。

除了克服這三重困難之外，還得克服最後一重困難，這就是在對過去的自己進行審視的時候，又必須對「他」進行藝術再創造（虛構），即對往昔的自身重新發現，只有穿越這一重困難，寫作的技巧才展開出來。

我們之所以不能把第三人稱的「他」視爲就是作者本人，《一個人的聖經》之所以具有自傳色彩但不能視爲高行健的自傳，原因就在於文本裏有虛構，有作家對個人經歷的審美再創造。

高行健是小說新文體的發明家。他的《靈山》與《一個人的聖經》都是以人稱代替人物的新小說文體，但後者更爲成熟，結構更爲嚴密，你我他的距離拉開得更遠。對於這種新文體的形成、結構、特點，以及它將給今後的小說創作帶來怎樣的影響，將是二十一世紀文學理論上的一個重要課題。此文的論述只是一個開始，但願這個開端有益於小說藝術意識的重新覺醒。

11 月 5 日～8 日，中國當代文學研究會在廣東肇慶舉行的第十一屆年會，在 11 月 8 日下午有一次自由討論。討論中，共有八位同志發言，其中有兩位發言涉及到高行健。〔註 1169〕

中國當代文學研究會第十一屆學術年會，十一月五至十日在風景如畫的廣東肇慶七星岩召開。本屆年會重點研討中國當代文學史的編寫及九十年代文學發展的態勢，因而涉及高行健獲諾貝爾文學獎、網絡文化對文學的衝擊、漢語文學的性描寫等話題。

亞洲週刊報導，出席這個二十世紀末屆年會的包括當代文學研究會名譽會長朱寨，副會長顧驤、謝冕、潘旭瀾、白燁、曉雪、楊匡漢及北京大學教授洪子誠，清華大學曠新年博士，北京師範大學教授蔣原倫，首都師範大學中文系主任吳思敬，北京語言文化大學教授閻純德，中國社會科學院陳曉明博士，上海復旦大學教授陳思和，廣東批評家協會會長黃樹森，華南師範大學教授胡經代、陳劍暉等三十多個省市自治區各大專院校、新聞出版業的專家學者共一百二十餘人。

關於如何看待高行健獲諾貝爾文學獎。與會代表普遍認爲，當代文學研究無法迴避高獲諾獎的事實，高行健堅持不做政治工具的姿態，值得文壇反

〔註 1169〕《關於中國當代文學研究會第十一屆年會涉及高行健話題的真相》，《南方文壇》2001 年第 6 期第 68 頁。

思。高的作品及言論，勢必成為日後研究的課題。

研究會常務副會長、中國社科院研究員白燁說，高行健獲獎，出意料之外，在情理之中。他認為，沒離開中國，高寫不出《一個人的聖經》。這部作品寫得非常放鬆，通過個人經歷講述歷史，既有思想深度又有可讀性。「中國文壇對高及其作品當慢慢認識，研究界尤應關注他的發展。中國作協對高獲獎的表態很政治化，心胸不夠寬大，應有客觀、有胸懷的報導」。

研究會新任副秘書長孟繁華認為，《靈山》和《一個人的聖經》很好，諾貝爾獎沒有胡來。國內一些評論和反應，源於沒有讀過高八七年後的作品，其次是有政治情緒，心理不平衡。孟指出，高行健作品的最大價值在於，對人進行重新追問與思考。「獲諾貝爾獎的作品成為寫作範本，它顯現弱勢文化希望被強勢文化認同的訴求。但高的漢語作品得獎，遭遇卻極冷淡，對中國寫作界如此反應進行心理分析很有意義」。

暨南大學教授姚新勇以魯迅關於諾貝爾獎評誰都好，就是不要給中國人的提法為引子，直指中國當代文學界對高行健八七、八八年後作品的無知，是「集體的白癡」。他說，高獲獎讓中國當代文壇感受到的只能是受辱。姚追問：「是誰造成這份受辱？」原來，八十年代批評界對很活躍的高行健很熟悉，八九年後竟如此陌生如此不熟悉，以至他獲了獎，大家幾乎無話可說。姚指出：「是無法控制的權力，讓我們這些吃批評飯的人暫時做奴隸而不知。」〔註1170〕

11 月 11 日，**劉再復在香港城市大學為《論高行健狀態》一書寫作後記——《經典的命運》。**〔註1171〕

劉再復寫道：

前幾天下筆寫作「後記」的時候，浮上腦際的名字首先不是高行健，而是卡夫卡、喬伊斯、帕斯捷爾納克。卡夫卡死於 1924 年，他臨終前委託朋友燒掉他的稿子，但這位朋友背叛他的囑託，因此我們才能讀到卡夫卡的經典作品，才看到取代「抒情」、「浪漫」、「寫實」傳統而屹立在二十世紀的「幽默」與「荒誕」的新文學傳統。他生前只是一個蝸居在布拉格的小職員，沒有人瞧得起他，更沒有人認識他的天才，連他的父親也與他為敵。在孤立無

〔註1170〕《斗膽為高行健翻案——中國當代文學年會紀要》，來自「夢遠書城」my285. com。

〔註1171〕劉再復著《論高行健狀態》第 229～233 頁。文中把寫作時間誤為 10 月 11 日，此時間筆者與劉再復先生重新確認過。

援的世界中，伴隨他的只有藍色的憂鬱和被稱爲「寂寞」的無形怪物。喬伊斯比卡夫卡命運好一些，他的《尤利西斯》現已被尊爲二十世紀第一部最偉大的英語小說。但他生前也幾度潦倒得幾乎寫不下去。要不是三十一歲的時候，收到龐德那封激勵他的信和之後龐德對他的幫助，他可能就會絕望而死。1922 年《尤利西斯》首度在巴黎莎士比亞書屋出版後就遭麻煩，兩度進過法庭。美國郵政當局曾查禁刊有該書片段的《小評論》雜誌，英國則查扣、焚毀了倫敦出版社印行的《尤利西斯》。直到 1933 年，美國地方法院法官約翰・吳爾塞才判定此書的發行符合美國法律。三年後，英國才首次公開出版。可是，法國的一些作家竟然毫不客氣地退回喬伊斯親筆簽名的贈書。至於帕斯捷爾納克，他的經典作品《日瓦戈醫生》，在故國根本無法出版。1957 年首度以意大利文問世，1958 年才有英文譯本。1959 年獲諾貝爾文學獎後，爲了能在故土存活下去，宣布放棄獎金，次年則憂鬱而死。

　　比起上述經典作家和他們的經典作品，高行健的命運好得多，他在六十歲的時候獲得了諾貝爾獎，成了大新聞與大盛事。但是，他的代表作《靈山》與《一個人的聖經》的中文本，也只有臺灣的聯經出版社能夠容納，而《靈山》出版後每年只能賣出幾十本。很少人能理解他。在海外，他沒有任何「工資」，只能靠繪畫爲生，過著極清貧的日子。我兩次到他的巴黎寓所，「招待」我的也只有「西紅柿炒雞蛋」。可是，他對貧窮毫無感覺，唯有對文學與藝術十分敏感。在「器世界」裏他是弱者，但在「心世界」上卻是一個所向無敵的強者。他每天都在思索、寫作、創造，但他的全部著作，十幾年來一直被故國禁止出版，獲得諾貝爾文學獎後仍然被禁止出版。一個用母語寫出世界第一流文章的天才兒子，他的書卻無法進入自己的母國，這是何等荒謬！而使我感到驚訝的還有兩件事：一是像高行健這樣對文學具有宗教般的情懷、早已退出市場的純樸作家，竟有陰人污蔑他在獲獎前與馬悅然及出版社共謀私利。面對這種典型的以小人之心度君子之腹的事端，我想起了一句名言：這世界「一邊是高尚而艱苦的工作，一邊是卑鄙的誹謗與中傷。」另一件事是想不到大陸的禁令竟影響到自由的香港。十月間，《香港文學》雜誌再三約我寫一篇關於高行健的文章，我應約寫就交稿一星期後，責任編輯卻通知我，說有關的頭頭「不敢表態」，無法刊登，其他幾篇有關高行健的文章也不能用，處於「一國兩制」時期的香港刊物，竟然和大陸的權勢者一起拒絕高行健，害怕這個爲故國文化爭得光榮的作家會給自己招惹麻煩，這是怎麼回事？！

一個文學刊物的刊格可以這樣屈辱卑微嗎？香港一個世紀言論自由的權利可以這樣輕易扔掉嗎？這件事情使我對香港有了新的認識：此地的自由並不堅固，而首先放棄和出賣自由權利、把「兩制」變成「一制」的並不一定是來自政治強權，而是來自香港一些見利忘義的「文藝工作者」和文化商人。

　　幸而香港還有道義在，還有明白的頭腦與文學良心在。高行健獲獎消息公佈後，全香港的媒體幾乎一致歡呼，就是明證。我先後讀到潘耀明、董橋、林行止、邱立本、陳方正、陶傑、馬家輝、馬建、顏純鈎等香港作家的文章，深受鼓舞。本書《論高行健狀態》能在香港及時出版，全仰仗明報出版社的潘耀明先生、林曼叔先生和彭潔明小姐。上述作家、編輯，真的熱愛文學，真的為漢語寫作的勝利高興，在母親語言藝術贏得歷史性榮譽時，他們天然地舉杯舉筆慶賀，絕不會想到支持高行健會遭到「上頭」的譴責。香港還不至於這麼黑暗，大陸那些不明白的腦袋終究難以悖逆公道人心，而最重要的，是此時此刻應當為中國文學灑一滴汗水，在一個美好的歷史瞬間中留一點光明的痕跡。〔註1172〕

　　11 月 17 日，**潘耀明為劉再復的著作《論高行健狀態》一書寫序，題目為《滿腔熱血酬知己》**。〔註1173〕

　　潘耀明說：

　　在高行健獲諾貝爾文學獎後，我曾有機會訪問他。他在訪問中提到需要感謝的一串名單中，特別提到劉再復。他把劉再復稱為「摯友」和「知音」，高行健以此形繪他與劉再復的友情，是很貼切的。

　　凡是認識劉再復的朋友，都會聽到劉再復對高行健的反覆推崇，當初如此，年年如此。其實，劉再復不僅僅把高行健當作好友，而且對高行健的作品一直給予高度評價。他在多年前便把高行健、王蒙等看作是「從獨白時代向複調時代的過渡」，並認為高行健的十八部劇本，引入了西方的荒誕意識，「有從中國戲曲傳統中找到自己獨特的戲劇觀念與形式，突破了大陸話劇創作數十年一貫的僵化模式」。他在 1999 年 1 月給《一個人的聖經》所作的《跋》中，更是斬釘截鐵地說：「我完全確信：二十世紀最後一年，中國一部里程碑似的作品誕生了。」以至把高行健視為「中國文學的曙光」（參見 1999 年 11 月 7 日《南華早報》）。

〔註1172〕劉再復著《論高行健狀態》第 229～232 頁。
〔註1173〕劉再復著《論高行健狀態》第 i～iii 頁。

　　1988 年劉再復被邀請到瑞典。參加諾貝爾頒獎典禮時就下決心要做一名
為中國傑出作家「搖旗吶喊的馬前卒」。他說到做到，作為一位知名學者、評
論家和作家，劉再復破除了「文人相輕」的陋習，而以「文人相惜」的情懷，
對一些崛起的和有潛質的中國作家，滿腔熱情去做搖旗吶喊，真心實意地為
他們鳴鑼開道。高行健的長篇小說《靈山》可以在瑞典及時翻譯出版，劉再
復夫婦功不可沒。1988 年，高行健的《靈山》手稿，是劉再復從瑞典背回北
京，又由劉夫人菲亞拿到城裏打字、校對，然後交由瑞典大使館捎回給馬悅
然教授翻譯的。

　　我之認識高行健和高行健得以在香港開畫展，也全是因了劉再復的介
紹。劉再復和高行健克盡道義的友情，使我想起袁枚的一句詩：一雙冷眼看
世人，滿腔熱血酬知己。同時，我還想說的是，在友情的背後是對中國文學
至深的摯愛，這種情感與他們的關係一樣美好。

　　11 月 19 日，杜特萊在普羅旺斯的艾克斯寫作《我記得⋯⋯》一文，
作為劉心武的著作《瞭解高行健》一書的序言。〔註 1174〕

　　根據筆者查閱，杜特萊有兩處記憶有誤，一是巴黎第七大學的亞洲文學
討論會舉行時間 1991 年 12 月誤記為 1992 年 12 月，二是開始翻譯《靈山》
的時間，他把 1992 年 1 月記成了 1993 年 1 月。

　　11 月，《明報月刊》2000 年 11 月號刊發馬悅然撰、陳邁平譯文章《諾
貝爾文學獎得主高行健的創作成果——兼談現代中文文學》。

　　文章指出：

　　現代中文文學發端於 1919 年的「五四」運動之前。它在許多方面深受西
方文學流派的影響。上世紀的二三十年代在現代中文文學發展史上是最偉大
的時期。魯迅以兩本小說集《吶喊》和《彷徨》為新小說奠定了新的基礎，
而聞一多為新詩做出了同樣的貢獻。在我看來，艾青在三十年代後期的詩作
也具有非常特殊的意義。

　　從上世紀的四十年代到七十年代，將近四十年中，在中國的作家和詩人
面對著兩種選擇：或是放下筆桿，或是聽從政治的指揮棒。很多老作家停止
寫作，而年輕作家也很少有人敢於和政治專制對抗。在這一時期，中國的作
家也被剝奪了接觸西方現代文學大師的權利，他們和自身文化傳統遺產的聯

〔註 1174〕諾埃爾・杜特萊撰，凌瀚譯《我記得⋯⋯》（代序），劉心武著《瞭解高行健》
　　　　　第 32 頁。

繫也被切斷。

七十年代末現代文學的復興和二十年代初期的文學繁榮有很多相似之處，這兩個時期都受到西方文學潮流的影響。有一群天賦甚高的年輕詩人，如北島、顧城、舒婷、楊煉、芒克、嚴力、多多、江河等，開始發表詩作。這些詩人大多屬於《今天》文學雜誌這個群體。他們的詩歌完全可以和當時世界其他地方出版的文學作品媲美。

在八九十年代，眾多的作家，特別是年輕作家，為短篇小說和長篇小說開闢了新的道路，其中有莫言、李銳、蘇童、余華、韓少功、史鐵生、賈平凹、王安憶、徐小斌和殘雪等。

上述作家的文學生涯都是在中華人民共和國成立以後開始的。其中有些重要的作家現在在歐美和澳洲過流亡生活。

今年的諾貝爾文學獎授予了高行健。他的創作豐碩，包括十八部劇本，其中很多還在歐美、香港和澳洲的劇院上演過；還有兩部長篇小說、一個中篇小說集、一個短篇小說集。

對我來說，高行健在 1990 年出版的長篇巨著《靈山》是二十世紀中文文學最偉大的傑作之一。在小說中，作者處理了個人對自由獨立的嚮往和他或她對溫情的渴望兩者之間的矛盾。個人的自由獨立只有孤獨才能提供，而溫情又要在和他人的關係中尋求，而這種關係不可避免會導致權力之爭。因為代表作者的「我」在去靈山朝聖的路途中被孤獨感所震撼，於是創造出了一個「你」，作為他本人的外化形象，而這個「你」反過來也被同樣的孤獨感所震撼，於是造出個「她」。小說中出現的很多「他」，其實又同樣是代表作者的「我」的不同外化形象。通過這些人稱代詞的投射運用，作者能夠考察各種人際關係的寬廣光譜以及它們在個人身上的呈現。

在一個政治化社會中被異化的強烈的感覺，使作者踏上了前往中國西部和西南部偏遠地區漫遊的旅途。他在那裡發現了殘存的原始文化和巫術崇拜。他不僅通過對話和意識流對白，而且也通過新聞報導、人類學考察報告、哲學論文和歷史文獻表達在這次旅行中得到的經驗。在他的敘述中充滿了怪異的故事，讓讀者想到中國傳統的話本和說書。作者的批判鋒芒既指向儒家正統，也指向馬列教條。

高行健的另一部長篇小說《一個人的聖經》出版於 1999 年。他自稱這是《靈山》的姐妹篇。在這部自傳體的作品中，他以無情而真誠的筆觸詳細介

紹了自己在文革中先後作爲造反派、受迫害者和旁觀者的經驗。第二人稱「你」表示作者的「此時此地」，而第三人稱「他」表示作者的「彼時彼地」。小說中每隔一章就描寫作者流亡生活的片段，包括描寫到作者和一些女人性愛方面的越軌行爲，有些讀者可能會覺得這些章節在這些性愛描寫方面的篇幅太多了。但正是在這些和有關文革的章節一樣實事求是的描寫中，作者能夠展示他對生活意義、文學本質和寫作條件的看法，而最重要的是說明了記憶和想像對他把握現實的意義。除此之外，如果沒有這些章節，沒有作者向讀者同時也向自己披露自己，這部作品就會顯得不夠完整。

在八十年代初高行健發表他的第一部劇作之前，中華人民共和國從來沒有過眞正的現代主義戲劇。

確確實實，現代戲劇是上個世紀初就介紹到中國來的。這是一種被傳統的自然主義和寫實主義控制了的戲劇。田漢是二十年代最有代表性的劇作家，他寫了《咖啡店之一夜》和《獲虎之夜》等。曹禺三十年代以來的劇作，如《雷雨》（1934 年）、《日出》（1936 年）、《原野》（1937 年），在我看來是斯特林堡、易卜生、蕭伯納和古希臘戲劇的奇怪的大組合。曹禺的劇作名噪一時，掩蓋了其他一些優秀劇作家的成就，比如李健吾寫了《這不過是春天》（1935 年），夏衍有《上海屋簷下》（1937 年）。在我看來，這些是三十年代產生的最偉大的劇作。

一直到了八十年代，西方表現主義戲劇才第一次系統地介紹到中國。高行健的早期劇作受到布萊希特和貝克特的影響。他也借用過安東尼阿陶德「殘酷戲劇」中的戲劇手法，用風格化的姿勢、動作、燈光、音響和色彩來使觀眾對舞臺上的戲劇表演更加投入，而不僅僅依靠劇本本身。他還像格魯道夫斯基那樣，強調戲劇的主要任務是在演員和觀眾之間建立更豐富有效的互動關係。他的很多劇本是根據作曲的方法來創作的。它們最突出的特點就是成功地把現代戲劇技巧和中國傳統戲曲的因素結合起來。

高行健作爲戲劇藝術家的最大成就，是他把不同人稱的使用當作「距離化」的手法，這樣可以表達同一個人物的不同側面。

《彼岸》、《冥城》、《生死界》、《夜遊神》等，依我看來是高行健最偉大的劇作。這些劇作的共同點是它們對女性心理的透視分析。最出色的例子就是《生死界》中女角那一大段獨白，她很像道德劇中的獨角，但又不乞求同情和救贖。

　　高行健作爲一個獨創的作家，在文學形式和結構等方面都取得了很大成就，比如，他使用的敘述技巧、意識流獨白等等都很有創意。這些成就還影響到了作品的心理性的潛在結構。

　　我從事中文文學的研究已經有半個多世紀了，對我來說，最終有一位以中文爲母語的作家被授予諾貝爾文學獎，確實是太讓人心滿意足了。〔註1175〕

　　11月，《明報月刊》2000年11月號刊發萬之的文章《與傳統的獨特對話——也評高行健摘取諾貝爾文學獎桂冠的創作道路》。

　　文章寫道：千禧年的第一個諾貝爾文學獎桂冠授予寄寓巴黎的中文作家高行健，至此，中文作家在諾貝爾文學獎名單上缺席了近百年的歷史終於結束了。海內外的億萬華人，包括大陸的很多文化界人士，大都爲此而歡欣鼓舞。令人憤慨的是，中國官方和官方文人對此採取了抵制的立場，無端地指責瑞典文學院給高行健頒獎是出於政治目的，並且譏諷他是個在中國沒有讀者的默默無聞的作家。然而，稍有頭腦的人都可以看出這種指責荒誕無稽：沒有中國讀者是因爲中國沒有作家的創作和出版自由，是因爲當局禁止出版和上演高行健的作品，是中國官方不讓老百姓讀高行健的書，實行專制主義老掉牙的愚民政策。高行健在中國默默無聞不是他的過失，反而是當局的恥辱，是他們慣用政治干涉文學，剝奪了自己的人民閱讀高行健作品的權利。所謂瑞典文學院有政治目的則更荒謬，這裡我只要指出一個事實就足可以證明那是無稽之談。

　　眾所周知，在中文作家中，北島在西方一直是最受推崇的。他的詩作已被翻譯成歐美各種文字，影響很大，特別是著名漢學家、瑞典文學院院士馬悅然教授非常器重北島，幾乎把北島所寫的每一行詩都翻譯成瑞典文，每一二年就出版一本北島的詩集，讚譽之詞也常常見諸瑞典媒體。正因爲這個原因，這幾年來，觀察人士每年預測諾貝爾文學獎評獎結果時都會提到北島的名字，今年也盛傳北島獲獎，卻很少提到高行健和其他中國作家，儘管他們的作品也早就有被翻譯成瑞典文的。

　　在政治上，北島也比高行健活躍得多。他是1979年北京西單民主牆民刊《今天》的創辦者，還是1989年春天三十三個著名中國知識分子聯名上書要求釋放魏京生的發起人，此事對後來的「八九民運」有直接影響。

　　我們只需平心靜氣地想一想，就可以看出，如果瑞典文學院是出於什麼

<hr />

〔註1175〕林曼叔編《解讀高行健》第4～10頁，明報出版社有限公司2000年11月初版。

政治目的的評獎，那麼早就可以把獎頒給更讓中國官方頭疼、更有政治符號意義的北島，而不是高行健。從文學院沒有選擇北島而選擇高行健，就能看出這裡完全沒有政治的考量，而是出於藝術和美學的考量。同時，這個事實也能說明，文學院給一個作家頒獎是非常慎重的，一不是看這個作家名氣多大，是不是有很多讀者，作品是不是暢銷；二不是由一兩個院士說了算，不是某個院士器重誰就給誰頒獎，而是經過非常民主的程序，經過深入反覆的討論和多數院士的同意。

　　我之所以提到北島的落選，除了要駁斥中國官方所謂文學院有政治目的的無稽之談，也是爲了通過北島和高行健的某種對比，通過對文學院做出如此選擇的一些分析，來說明高行健文學創作的特色，說明他成功摘取諾獎的原因，也向中文作家和讀者傳達一些信息。

　　這其實涉及一個糾纏了中國知識分子近百年的老問題，那就是在西學東漸、整個世界向現代社會轉型的情況下，中國知識分子如何對待自身文化傳統的問題。大致來說，從上世紀初提出這個問題到現在，知識分子的態度可以分成三類：第一類是對中國文化傳統持否定態度的，如「五四運動」的領袖人物，如發動了「文革」破四舊的毛澤東，以及八十年代曾提出「全盤西化」的方勵之、劉曉波等；第二類是對中國文化傳統完全肯定堅決維護的，最著名的當然是辜鴻銘，以及後來的「國粹派」，據說自沉昆明湖的王國維也是爲了國學殉葬的；最後一類是對中國文化傳統採取揚棄態度的，即發揚其適合現代社會的合理資源，拋棄其不合時宜的糟粕。屬於第三類的知識分子比較多，現代新儒家基本上是這一類，八十年代中期開始的「尋根文學」派也是這一類。

　　依我看，在文學上，北島和高行健一開始都屬於第一類，都是現代主義者，都明顯受到西方現代文化的影響，而對中國文化傳統有否定和疏離的一面。七十年代末、八十年代初，當北島和芒克等人主辦《今天》推動現代新詩運動的時候，高行健也開始進行小說和戲劇方面的現代實驗。他們的現代主義創作對當時封閉保守的大陸文壇是非常有意義的衝擊。北島後來走的現代主義詩歌的創作道路沒有太大的變化，只是更爲內心化主觀化了，技巧上也更爲成熟。他的詩作後來翻譯成西方語言後影響確實很大，但簡單地說，有些西方文學界人士看來，北島離西方文化近了些，而離中國的文化傳統則遠了些，甚至還有人認爲他的詩歌是對西方現代詩歌的模仿。這些看法的客

觀存在構成對北島獲獎的不利因素。

　　和北島相比，高行健後來的發展情況則有了很大不同，骨子裏他還是個現代主義者，但他對中國文化傳統的思考有了相當大的轉變。這種轉變的原因主要有兩方面。一方面是個人的原因：由於他那些有明顯現代主義傾向的著作受到批判，他個人為避免政治迫害而出走，在華南和西南林區漫遊了八個月，接觸到了當地鮮為人知的殘存原始文化和巫術崇拜，比如他在那裡搜集了中國民間史詩《黑暗傳》，這些旅行經驗引發了他對中國傳統文化來源的再思考，對他後來的思想和創作轉變有很大影響。他發現了一些長期被中國正統儒家文化壓抑的非主流的文化形態，而他把這些文化形態當作尋求個人文化認同的資源。另一個方面是當時整個中國文化大環境的變化：八十年代中期，大陸曾有過幾場關於文化問題的大討論，比如文學界關於「現代派」或「偽現代派」的討論，知識界關於重新評價「五四運動」的大討論，都涉及到對傳統的再評價問題。有人認為「五四運動」與傳統文化的斷裂還不夠，應該斷裂得更徹底一些，只有更西方化才能現代化，不能拖著長辮子進入新世界，而另一些人，比如阿城，則認為「五四運動」切斷了中國文化傳統的命脈，因此中國文化要想發展，就要重續這條命脈，這就是當時發生「尋根文學」的歷史背景，而高行健在南遊歸來之後大致上可算是「尋根文學」這個派別的作家。不過，他和其他「尋根文學」作家一樣，不是要重續正統儒家傳統的命脈，而是使處於邊緣的道、佛、玄學、巫和地方原始文化的命脈重生。他在一次接受法國漢學家採訪的時候曾這樣說，中國歷史上偉大的文學家幾乎都不是儒家，而是道家、佛家、玄學家等。

　　也就因為這樣，等高行健南遊歸來回到北京，他的創作就有很大的變化，他根據這次旅行的印象創作了大型劇作《野人》（1985 年），同時也繼續醞釀長篇小說《靈山》，最後花了大約七年多時間才完成這部現代中文文學少有的長篇巨著。隨後，他又創作了一系列以道、佛、玄學、巫和原始神話為表現對象的戲劇作品，如《冥城》（1989 年）、《生死界》（1991 年）、《山海經傳》（1993 年）和《八月雪》（1999 年）。此外，他和其他「尋根文學」作家一樣，也對西方語言影響下發展起來的現代漢語產生了懷疑，曾寫過好幾篇論文討論現代漢語西化的弊病。可以說，他在語言上也力圖重建古代漢語的血脈聯繫，但這種聯繫不是與儒家經典的文言文的聯繫，而是與老莊語言、古代口語文學以及民間說唱語言的聯繫。

　　然而，高行健畢竟不是復古主義者，而是現代主義者，這首先表現在他把人看成「個人」或看成「個體」，而且是一個自由的、反抗任何集體壓迫和他人控制的「個人」或「個體」，甚至是力圖擺脫自我的「個人」或「個體」，僅僅是發出個人的聲音而不代表任何集團的抗議。他關注的問題是非常現代的人與人，特別是人與自我的關係問題。這從他的其他一些劇作《彼岸》（1986年）、《逃亡》（1989年）、《對話與反詰》（1992年）、《夜遊神》（1995年）等作品裏面都可以看出來，這些非寫實的、現代劇場性非常強的劇作依然在處理這些現代主題。而他在寫上述傳統題材劇本的時候，也是古爲今用，借這種傳統文化形態探討個人存在的位置，是通過超越傳統，來達到對個人文化的認同。在藝術上，他強調的也不是恢復傳統，而是以傳統手法表現個人的文化品格，於是，他的創作就成爲一種他個人和中國非主流文化傳統的獨特的對話。

　　瑞典文學院讚賞的是高行健的文學和戲劇創作和中國文化傳統本身的這種聯繫，認爲他最突出的特點就是成功地把現代西方文學和中國傳統戲曲和敘述藝術的因素結合起來。〔註1176〕

　　11月，《明報月刊》2000年11月號刊發潘耀明的文章《高行健訪問記》。

　　11月，《明報月刊》2000年第11月號刊發劉再復的文章《新世紀瑞典文學院的第一篇傑作》。〔註1177〕

　　劉再復說：他的得獎，是漢語寫作的勝利。瑞典文學院這個獎雖然是授予高行健，實際上首先發給漢語，發給我們母親的語言。高行健的寫作成功，說明漢語寫作的美文可以打動西方人的心，可以和世界上任何一種語言寫作媲美，漢語是有無限光明的遠大前景的，它可以創造具有「普世價值」的最精彩的文學作品。因此，高行健獲得諾貝爾文學獎，我們爲之慶賀，這乃是一種原始文化感情，女媧、倉頡子孫的原始感情，這種感情近乎本能，無需用高深的意識形態去判斷。1998年，葡萄牙的左翼作家、共產主義者薩拉馬戈獲得諾貝爾獎，葡萄牙政府立即聲明我們要放下分歧，共同慶祝「葡萄牙語的勝利」。在歐洲，葡萄牙屬於小語種，能出現一位用葡語寫作的大作家，誰都高興，這是一種原始性的喜悅，一種帶有民族本質本眞本然的喜悅。可惜，我們的一些同胞連這種喜悅都沒有，他們離自由太遠，離文學也太遠，

〔註1176〕林曼叔編《解讀高行健》第35～43頁。
〔註1177〕劉再復著《論高行健狀態》第37～41頁。

連母語的光榮都無法靠近。

　　劉再復認爲瑞典文學院在 21 世紀頭一年把該獎項授予高行健，這種選擇本身，也是一大傑作。這次授獎的歷史場合和二戰之後的冷戰時期不同。在冷戰時代裏，確實存在著意識形態的對立，因此，瑞典文學院把諾貝爾文學獎授予前蘇聯的索爾仁尼琴和帕斯捷爾納克，引起蘇聯政府作協的強烈攻擊，然而，到了七十年代，瑞典文學院又把該獎授予蘇共中央委員肖洛霍夫，這已說明，他們把文學水平放到第一位來考慮，至於作家站在何種政治立場，那是作家的自由，他們不想干預。瑞典文學院沒有政治目的，但有價值取向。諾貝爾在遺囑中要求文學獎授予「富有理想主義的最傑出的作品」，這個「理想主義」，就是價值取向。儘管什麼才算理想主義常有爭論，但是，體現人類理想應當是和平的即非暴力的，是眞誠的而非虛僞的，是良善的而非邪惡的，這種經過人類數千年歷史積澱而形成的價值取向即基本價值立場還是可以把握的。像日本的三島由紀夫，在日本可說是眞正的大作家，但是他崇尚暴力，諾貝爾文學獎就難以授予這種價值取向的作家。

　　瑞典文學院在新世紀的頭一年，把諾貝爾文學獎授予高行健，除了反映出他們的高度的文學鑒賞能力之外，還反映了他們的價值取向，這就是在整個世界被物質利欲所壓倒、精神發生全面沉淪的歷史時刻，表彰了最具文學狀態的作家，一個不屈不撓進行精神追求的作家與藝術家，旗幟鮮明地支持了自由寫作與自由表達的權利。

　　高行健獲獎的歷史背景，不是十年前、二十年前的冷戰背景，而是全球精神沉淪的背景，即史賓格勒在《西方的沒落》一書中所預言的第三維度（人文維度）全面萎縮的背景。在這種背景下，高行健所表現出來的狀態，也就是反叛物質壓力與物質誘惑而以全生命投入精神價值創造的狀態。這是一種反潮流的狀態，中流砥柱似的狀態。〔註 1178〕

　　劉再復寫道：這裡我要特別表示對瑞典卓越漢學家馬悅然教授的敬意。他正是一個無條件地維護作家尊嚴與作家自由寫作權利的學者與衛士。自從 1987 年相逢至今，他給我最深刻的印象是他對中國文學具有宗教般的虔誠與摯愛，這種宗教情懷燃燒了整整半個世紀。他從青年時代到中國四川考察方言開始，數十年如一日地沉浸於中國語言與中國文學的研究、翻譯之中，他不僅翻譯了從魯迅、沈從文、艾青到李銳、北島等一千多種現代和當代詩歌、

〔註 1178〕劉再復著《論高行健狀態》第 2～5 頁。

小說，而且翻譯《水滸傳》與《西遊記》這兩部中國古典文學巨著，可謂嘔心瀝血。1992年至1993年，我在瑞典斯德歌爾摩大學擔任客座教授時，他正全神貫注於《西遊記》的翻譯之中。每譯完一章，他都會高興得像小孩一樣地告訴我：又譯完一章了。他每次相告時，總是對我提起在那一章有些什麼古怪的詞彙或名稱折磨過他，但說到孫悟空在空中撒一把尿化作一場大雨時則哈哈大笑起來。他是中國人的「女婿」，但他不僅把愛獻給中國女子陳寧祖大姐，而且把愛把生命獻給了中國詩歌、小說和戲劇。他不像一些文學史作者，只會對人所共知的明星作家進行「英雄排座次」，而是進行辛勤的閱讀，以自己的眼光去發掘真正有文學質量的作家，高行健就完全是他在閱讀時發現的。從戲劇進入小說，他翻譯了高行健十八部劇作中的十四部，還翻譯了長篇小說《靈山》和《一個人的聖經》。他作爲中國文學的摯友與知音，通過夜以繼日的工作，通過對高行健作品的翻譯，表達了他對漢語的深厚之情與對中國文學的無限傾心。高行健雖然懂得法國，但寫作全用漢語（只有幾部劇作用法文寫成），如果不是馬悅然和其他法文、英文譯者的勞動，他的作品就無法被瑞典文學院充分認識。

11月，《明報月刊》2000年11月號刊載《世界各地學者、作家爲高行健得獎而歡呼》。〔註1179〕

該文由《明報月刊》編輯部製作，部分引用如下：

葛浩文：我和高行健先生1997年在波德見過面，他的文學代表作《靈山》我看了一部分，很獨特，我不能簡單地封他爲先鋒派或什麼派，他把自己的人生作爲全書的貫穿，表達人與社會的矛盾、人的自我認識，並以社會的很多傳說串在一起形成自己的風格。還有一本是《一個人的聖經》也沒有看完，準備最近花一段時間專門去看。他的書，不能茶餘飯後消遣性輕鬆地讀，而是要集中心思地去看。高行健的得獎，我很高興，我認爲他是有資格的。你剛才提到的幾位（記者提及巴金、北島、王蒙、莫言、李敖等幾位），我認爲都還有一些不足。比如巴金先生，他的文學貢獻很大，以作家來看，我也譯過他的一本小說，但要算國際一流作家，還有一點問題。巴金自己說：「我不是小說家，是魔鬼逼著我寫的。」在他的作品中，確實反映了當時的社會和生活；但在藝術上，還有不足之處。再說王蒙，他確實是一個有才氣的作家，但據我所知，諾貝爾獎還沒有先例給一個當過社會主義獨裁國家文化部長

的。還有北島，他的作品，詩歌不算很多，從天安門民主牆開始，他有點名氣了。出國之後，寫的東西沒有大發展，沒有大作品，他早期的小說寫得不錯。前幾年北島提名似乎提得多了一點，並不利於得獎。另一個年輕作家莫言，我翻譯了他好幾部作品，他還年輕，四十五歲，諾貝爾文學獎給予五十歲以下的，據我所知，好像沒有。目前莫言有一點難，過十年有希望。他的作品的缺點是有一點囉嗦。至於臺灣的那位李敖先生，我認為如果他得諾貝爾獎確是個笑話，那是他自己吹出來的，他也沒有什麼大作品。

得了諾貝爾獎究竟代表什麼？它確實是一個全世界有影響有權威的評選委員會之一，但也可以說是十幾個瑞典老頭們對文學作品的看法而已！中國文學畢竟在近百年中是第一次獲得諾貝爾獎，是一件令人關注的事情，得之不易。中國政府對這件事應該學會開明一點，表示高興，表示歡迎他能回母國看看，否則人的同情會往哪一面？人民不會去同情政府。

高行健是一個正宗的知識分子、作家，他不像嚴家其等人參加過政治民運活動，他一直埋頭寫作、畫畫，經常是一天十六小時，生活很清貧。九七年他在紐約搞畫展，特地來波德看劉再復和我，我們談過一個晚上，他的代表作《靈山》的瑞典文翻譯是瑞典的諾貝爾文學獎評選委員會的馬悅然教授，這次他又是執行主席，應該說對他的獲獎是有利的。至於中國作家有資格獲得諾貝爾文學獎的，還有一位老作家沈從文先生。他的文筆很漂亮，國學根底深，但是評選的當年他去世了，很可惜。高行健的作品艱澀、拗口、難懂，但是法國人喜歡這種風格，從這點上說，可能法國人比美國人更深刻一點。總之，作為法國籍的中國人高行健得獎，世界各地有種種看法是很正常的。

李澤厚：前幾年，我就和再復說，我最支持兩人得諾貝爾文學獎，一個是高行健，一個是北島，現在高行健得獎，我很高興。高行健的《沒有主義》出版後我很快就讀完，並非常欣賞。他說了許多其他作家不敢說或說不出來的話。在當時崇拜尼采的風氣下，他特別批評了尼采的個人主義，此外，他還特別提出要警惕漢語的歐化和保持漢語的純潔問題，非常有見解。這些理論觀念，說明高行健不是一個人云亦云的人，而是一個具有充分個性的人，一個敢於創造的人，因此他獲得了成功。

夏志清：1980年我在巴黎見過高行健，後來又讀了他的劇本《車站》。《車站》寫得很好，我非常滿意。高行健的劇本比另一個諾貝爾文學獎的獲得者

貝克特寫得更好。貝克特的《等待戈多》有點單調。高行健這人不講政治，是個眞正的文學家，馬悅然這個人好，他懂得文學。

　　李銳：高行健是華文寫作作家中第一個榮獲此獎的作家，是很好的事情。

　　王安憶：任何一個華人作家獲獎我都會很高興，這說明華文寫作已進入世界的水平，可惜我還沒有讀到他的小說。但八十年代初我讀到他的劇作《絕對信號》，覺得這部劇作爲中國文壇帶來新的形式。這也說明了中國文學已經有很大進步。現在回頭看高行健當年的劇作，還是相當出色的。這次諾獎頒給他，我覺得是恰當的。

　　吳祖光（因患腦血栓，由女兒吳霜代講幾句話）：高行健是自諾貝爾各獎項（物理、化學等）中第一位中國獲文學獎的作家，值得高興。他當年（二十年前）在中國已是一位有名的劇作家，八十年代出國後，他一直孜孜於創作，至今他的創作生命力仍然很強。無論如何，他是一位很優秀的劇作家。

　　余英時：在得知高行健獲獎消息後，引用蘇東坡的兩句話，贈予高行健：

滄海何曾斷地脈

白袍今已破天荒

　　聶華苓：高行健是一位很傑出的作家，如果還未從「國際寫作計劃」退休，高肯定被邀請作爲「國際寫作計劃」的成員。

　　金庸：我雖然沒有讀過高行健的作品，但是一個中國人獲得諾貝爾文學獎，我感到很高興。

　　11 月，《明報月刊》2000 年 11 月號刊發羅多弼撰、傅正明編譯的文章《高行健的〈靈山〉六義》。〔註 1180〕

　　11 月，《明報月刊》2000 年 11 月號刊發馬建的文章《無限的遐想——高行健畫中的悲涼與性意識》。

　　文中這樣寫：

　　他曾告訴我，出國以後他主要靠畫山水畫維持生計，從而有時間寫小說。九六年香港藝倡畫廊爲他開畫展的作品，幾乎全賣光。那天他很高興，我陪他去買了一套最好的哈蘇相機。目前，收藏他水墨畫的博物館和美術館，遍佈世界各地。他每年都會舉辦個展。

〔註 1180〕林曼叔編《解讀高行健》第 164 頁。

高行健的畫，也是他心靈的流浪詩。他骨子裏是個孤獨者，儘管他有很多朋友。

八三年，高行健編寫的戲劇全部被文化部下令禁演。文學作品也沒人敢發表。他就悶在斗室裏，專攻水墨畫。古人云：欲煉簡淨，必入手繁縟。高行健也是從具象到抽象，從形式到表現都做了探索。掌握了一個現代畫家應具備的圓熟技巧。

八十年代初，高行健住在北京人民藝術劇院的後院，我去他那間單身宿舍時，斗室裏掛滿了他畫的水墨。那一年，文化部門的頭目賀敬之，正準備把高行健整到監獄。他揚言，高行健的戲劇是建國以來最壞的。面對壓力，他只能發洩在筆墨之中。我送給行健的一幅油畫，他也掛在牆上。那是一張站在暗夜的山頂上的一匹白馬。正是行健的處境。

他的孤獨不僅來自專制的黑暗，也來自個人生活的不幸。為此，他的內心世界更是靠著無限的遐想活著。認識他這麼多年了，從沒有見到他正在畫畫。我能想像到他做畫時的心態了。

有一次，我倆從中國美術館看完展覽後回我的家，一邊喝酒，一邊聊天，談到畫畫的心態。我說我創作時先要聽音樂，腦子裏有了色彩才動筆。他指著牆上的一張畫說：「這片雪中樹林的境界我喜歡，因為它不真實。我就是感到自己消失了，然後走進了幽冥之旅，又像是迷失在死寂之間，在那種物我兩忘的狀態裏作畫。對我而言，創作屬於心性的需要。」

我理解他處在四面楚歌的地步。那時，他每天拼命吸煙。不久，他就消失了。八九個月以後見到的高行健，已經不吸煙了，臉上帶著超然的平靜。他說，當時感到了死亡的恐懼和驚慌，只有一個人去承擔著。過後，面對著時日不多的生命，一下子清楚了。他決定游蕩人間，去尋找被社會強加在體內的生存方式，從尋找原始傳統和生命本質裏發現自我的價值。這些經歷，他後來寫成了小說，也為他繪畫的境界找到了本質。

那幾年，我們的談話的主題總離不開他這段經歷，他敲碎了鬼牆又回到人間，他不再吸煙，肺部也好了。就在這回歸自然的過程裏，他看破紅塵，走進道家的無為心境。以後創作的《玄想》、《幽居》以及《致遠》等畫都蒙上了一層與死亡對話之後的寧靜。在構圖上，他更加不描寫自然的外表，而是自然的內質，從而更有流動變化而又有不確定的意象出現。似有崇山峻嶺大江奔流，又似雲馳樹掠。一切盡在神覺之中。筆痕也比從前更渾厚凝重，

筆法簡練得多一筆則太多少一筆則太少。

八五年初，我去廣州籌辦中國西南少數民族展覽，把越秀公園的一座山丘，布置成一個很有特色的民族博物館。開幕那天，我們高興地喝著從雲南帶來的青稞酒，聊起少數民族的風俗習慣和信仰。沒想到他從蠟染到儺戲，從面具到唐卡，幾乎是如數家珍。從雲貴高原到青藏高原，他幾乎跑遍了，對所展出的物品和參展的地區，也就十分熟悉。這些民族文化的精華不盡揉進了他的小說，也進入了他的畫，而且淨化為達觀與自然的和諧，生死與天意合一，神靈和氣韻一體。他還勸我去西藏看看。不久之後，我從西藏回來，寫完了中篇小說《亮出舌苔》，他是第一個看了我手稿的人。我倆一直談到天亮，最後他決定馬上找雜誌幫我發表。在這方面，我一直認為高行健是當代的伯樂。

八七年底，高行健移居了巴黎。他精力充沛，幾乎每年一個劇本，至今已排演上演了三十個多出戲，這幾乎是一個戲劇家一輩子的工作量。他每天工作最少十六個小時，其中一部分的時間又是在畫畫，以便應付每年起碼一兩次的個人畫展。

行健的畫風依然東方味十足，其所表現出來的美感比出國前更具民族文化情結。他自己也清楚重返東方精神，正是他自己的本質。畫家或作家哪怕是和自己對話，用自言自語式的創作，只要他做夢用的是本語言，他潛意識裏的觀眾也一定是同語言的，根本變不了。

行健的墨拓一筆下去，輕重濃淡俱有，筋肉骨氣分明。近來的作品更帶著一種永恆的原生——性的根源，不經意地流出了生命的力度。那是他活得自由了，精神放鬆了，人性的本質盡情地展露出來了。用他的說法：自我本渾然一體，或者只是個黑洞。藝術家倘沒有這份自知之明去抽身靜觀這世界（也包括我），那我們能看見什麼？也許我們就生活在宇宙的子宮裏；也許我們就是母體本身。你要表現內心時，那神秘便會隨你流淌出來。那裡面就有欲念，性也包括在其中。

高行健近期的新作，常常在水墨肌理出現性意識。他的《欲之門》、《內視》等作品，大片的濃黑色調，在白色宣紙上滾過。渾圓的山巒，彎曲的幽谷，以及先是水拓又是層層墨拓的森林，都間接地把實存與虛幻顯現出來。

九七年他又來香港排戲，空閒時我們去了大澳漁村，那些站在水裏的木房子令他吃驚。他上岸也照，坐上漁家的小船也照，高興地說，這是他在香

港見到的最有原始韻味的地方，藏著神秘的母性的空靈。

他說，沒有女人這世界就不存在，男人離開女人也很難活下去，我就離不開女人。一部作品如果沒有女人別說難讀下去，寫起來都乏味。我的作品除了一個獨白的戲，差不多都有女性。

他說，我希望總在戀愛，這是美好的事。我對婚姻有所保留，我認爲愛情可以超越婚姻而存在。

總之，他蘊含著不竭的創作力和激情，爲他的藝術道路準備了充實的燃料。他對生命有著太多的渴望，使他不停地創作著並陶醉在其中。

當我們明白了生命僅僅存在欲望和希望之間時，能夠不斷地在這情景中注入關懷，在變化中穩住人性的對稱，已經超出體驗了。這超驗反而證實了人的能量。這一點高行健無疑是一位大智者。

巴黎羅浮宮國際畫展的評委們，沒料到他們選中的畫家之內，有一位是中國文學大師。一切原在意料之外又在意料之中。〔註 1181〕

11 月，香港《文學世紀》2000 年第 8 期刊發劉再復的《答顏純鉤、舒非問》。〔註 1182〕

劉再復指出：

八十年代之前，我們有兩個問題，一個是文學的生態環境很壞，第二是大思路有問題。我們的當代文學重新被外界認識，只有從八十年代到九十年代的二十年。

諾貝爾文學獎規定四種人可以推薦。一種是曾經得過諾貝爾文學獎的。第二種是文學教授，不分國界的，副教授還不行。第三種是國家級作家協會主席，另外就是相當於全國作家協會的那種大型文學團體的主席，比如筆會。當時我當文學研究所所長，也是研究員，相當於教授，所以他們曾經有六個評選委員寫信給我，讓我推薦。

一開始我推薦巴金，後來幾次才推薦高行健。前幾年如果他們能先頒獎給巴金，現在再給高行健就更好了。高行健多次對我說，給巴金，大家都比較能接受。他對巴老很有感情。爲什麼不頒給巴金？最重要的是巴老解放後將近三十年基本上沒有作品。最後的《眞話集》對我們來說是很重要的，很不容易寫出來的，但瑞典文學院處在另一種環境下，就不容易認識，所以我

〔註1181〕林曼叔編《解讀高行健》第 202～207 頁。
〔註1182〕劉再復著《論高行健狀態》第 54～78 頁。

也認爲這是評選委員會的一個缺點。巴老的這部巨著代表著中國當代文學的最高道義水平。

問：高行健和你有不少相近的地方，比如人道精神、寬容，還有精神自救、叩問靈魂等等，但他又和你有不同，你對祖國和鄉土的感情比他要濃厚。

答：他的逃亡包括從主義中逃亡，從集團中逃亡，這一點我們倒是有共同認識。我們都認爲中國現代文學最大的危害便是主義的危害。我的鄉土情懷的確比他濃厚，但我後來也笑他，說你的中國情懷也沒有放下。《一個人的聖經》明明是中國情懷，不過他還是更早就有一種要打破國界的意識，早就對民族主義提出質疑，他這方面的意識比我強烈，但我後來慢慢也和他接近，我寫「思想者種族」，便沒有什麼偏見，也沒有什麼國界，用王國維的概念來表達，我最後也打破了這個「隔」。他一直是叩問存在的意義，揭示存在的荒謬，在他的戲劇中表現得很前衛。《靈山》的寫作手法也很前衛，他的藝術意識比我強。

問：他的話劇《彼岸》表面上看起來好像批判文革，但其實已經超越對文革的批判，表現人的生存困境。

答：他總是追尋命運背後隱藏的東西。我上次在中文大學講過文學的四種維度，中國現代文學只有「國家、社會、歷史」的維度，變成單維文學，從審美內涵講只有這種維度，但缺少另外三種維度，一個是叩問存在意義的維度，這個維度與西方文學相比顯得很弱，卡夫卡、沙特、卡繆、貝克特，都屬這一維度，我們只有魯迅的《野草》，另外張愛玲的《傾城之戀》有一點。第二個就是缺乏超驗的維度，就是和神對話的維度，和「無限」對話的維度，我的意思不是要寫神鬼，而是說要有神秘感和死亡體驗，底下一定要有一種東西，就是「從哪裏來到哪裏去」。本雅明評歌德的小說，說表面上寫家庭和婚姻，其實是寫深藏於命運之中的那種神秘感和死亡象徵，所以要有一種超驗的維度。第三個是自然維度，一種是外向自然，也就是大自然，一種是內向自然，就是生命自然。像《老人與海》，像傑克·倫敦的《野性的呼喚》，像更早一點梅爾維爾的《白鯨》，還有福克納的《熊》，都有大自然維度。內向自然是人性，我們也還寫得不夠，高行健幾項都挺厲害的，他的《冥城》便是超驗的維度，《靈山》有自然的維度，而他的戲劇則有強烈的叩問存在意義的維度。

問：《一個人的聖經》中，到了最後，就像巴哈那種非常的平和、安詳，

一個人經過大災難，到了另一種境界。他沒有一般的人那種苦澀、悲痛，好像昇華了。

答：他兩部長篇都是這樣，他寫第一部長篇《靈山》時，因為被誤診患上癌症，以為會死，所以他就去做最後一次旅行，沒有想到經過長途跋涉，慢慢就昇華了，穿越了死亡就昇華了。海德格爾就認為，人一切都是假的，只有一樣是真的，就是死亡。人在死亡面前會感到一種恐懼，這時候存在的意義就充分展開。其實，人在愛的面前，存在的意義也會充分展開。高行健第二部長篇也是這樣，也是穿越了死亡。《一個人的聖經》接觸到現實的根本，不僅是接觸現實，而且是接觸到根本。《一個人的聖經》是一個人的心靈苦難史，一個知識分子的苦難史，但是他又不能陷進去，而是走出來對自己進行觀照。我說他是一種「逼真的現實主義」，寫得非常逼真，但他又不是自然主義，他揭示人性的屈辱與悲慘，但又昇華為對人性尊嚴的呼喚。他有自己的觀照，意境和詩意就在觀照中出來了。

問：你跟高行健還是保持經常聯繫的吧？

答：經常聯繫。每一次通電話都談很久。前兩年他到科羅拉多看我，談了三天三夜，聽他談話是極大的精神享受，真的，一點也不誇張。他這個人連導演也行，法語非常好，但他主要是用中文寫作，然後別人才翻譯成法文。《靈山》在法國大受歡迎，跟我們中國情況完全不一樣，左中右的報紙評價都非常高。他得獎後我們也通了三次電話，他正在飽受疲勞轟炸，不過，他一定會回到自己平靜的生活狀態中。他這個人無論是在受難中還是榮譽中都有平常之心，對人生看得很透徹。

問：這一次我們政府的態度也很奇怪。諾貝爾獎不評給中國人，就說人家歧視，現在評給中國人了，又說人家「別有用心」，那你叫人家怎麼辦？

答：他們太不瞭解評審的機制，馬悅然一個人只有一票啊！一定要有半數以上的票數才能當選，十八個人要有九票以上，不是他一個人就能決定，很難的。每個評委都非常獨立，很有個性。諾貝爾文學獎和科學獎的評審，已經成為我們這個人類共有的文明的一部分，好像奧林匹克運動會一樣，都經過了一百年的歷史考驗，大家都覺得他們的評審非常公正。

問：高行健並沒有參加任何政治組織，他在國內受到的批判現在看來也不算什麼，但為什麼我們政府還用這種態度來對待他呢？更包容一些，對政府應該沒什麼壞處吧？

答：所以馬悅然說他們愚蠢。美國總統傑佛遜說過一句話：我從來不會因為政治上、宗教上、文化上、哲學上的分歧，拋棄任何一位朋友。不能太小氣，最多只是八九年高行健在政治上有分歧，做一個作家可能會講一些比較激烈的話，但他在文化上的創造，是高於政治層面上的東西，他是用我們的母語來寫作的，應該看作是我們漢語寫作的勝利，看成母親語言的勝利，應該為他感到驕傲。這一勝利將提高中國在國際上的文化地位。

問：高行健的作品在得獎前都不好賣，當然得獎後就不同了。但有多少人可以得諾貝爾文學獎！一個作家的作品，和市場脫了節，面對這樣的困境有什麼出路呢？

答：我覺得這本來是正常的。一個作家的創作本來就是個人的，用高行健的話說，作家「只自成主張，自有形式，自以為是，逕自尋找一種人類感知的表述方式」。這種方式往往非常超前，他的思想和創作方法都超前，所以一下子不能被人家理解，這種現象是經常發生的。就像喬伊斯的《尤利西斯》，現在被稱為二十世紀最好的英文小說，但開始也是不能被多數人接受，讀者非常少，時間推移以後，人們就認識到它的確是非常好的經典。高行健也比較超前，所以不太能被人接受。讀者很少，沒有市場，這是很多經典著作的共同命運。優秀的作家就要接受這種命運，經得起寂寞，沒有別的辦法。什麼都要就成不了好作家。另一方面，我們對讀者的接受心理也要反省，為什麼法文版一出來，人家反應那麼好，那麼強烈！法國是個精神水準很高的國家，比美國高。美國總的來說還是商業化太重，人文氣質不夠，高行健選擇法國定居是對的。這裡也對文學批評、文學評論和文學史研究提出問題。文學批評要在廣泛閱讀的基礎上，去發現真正有價值的東西，能發現才是真工夫，馬悅然就是這樣，不是人云亦云，不是「英雄排座次」。瑞典文學院的眼睛，整月整年都在尋找真正有文學質量的作品，相當有眼光。

問：最近還有很多人說中國人都不知道高行健這個人，其實很多老作家曹禺、巴金、吳祖光、鍾惦棐等都很欣賞他，對他的成就早有預言了。

答：國內已十幾年不出版他的著作，老是批評他、封禁他，我們的同胞怎能瞭解他？要對高行健得獎的事發表意見，至少要看他的作品，不然就沒有發言權。像高行健的《靈山》、《一個人的聖經》這樣的文學大書，用我們的母親語言寫作成功的巨著，被瑞典文學院肯定為最高水準、最高品質的巨著，卻被阻擋在國門之外，這是中國人的悲哀。我認為，這是阻擋不住的，

也確信：禁止高行健的作品進入故國，一定是歷史性的錯誤。

問：照目前這個情形，高行健的作品在大陸恐怕還出不來。

答：目前是出不來，但我相信我們的祖國慢慢會明白，會有進步。國家的領導人也應看看高行健的書才說話。行健的世界是很美的世界，一旦進入，就什麼都明白了。諾貝爾評委都是很懂行的，他們說高行健有「刻骨銘心的洞察力」，而且他的自由度確實比很多人都高。他在《沒有主義》這本書中就說過：文學便是人精神上自救的一種方法，不僅是對強權政治的一種超越，而且也是對現存生活模式的一種超越。他內心的力量是很強大，為自己確立一種高品質、高視野，這方面一確立就不一樣，我自己也經常這樣自勉。我為什麼要把《紅樓夢》當為「聖經」，也就是要確立高品質和高視野，有高座標，才能超越政治、主義那些東西。

問：要是政府更包容一些，高姿態歡迎高行健，那對推動中國文學、對改革開放會有更大的好處。

答：那是一定的。政府完全可以在高行健獲獎這件事上和知識分子、作家找到共同的情感，這是一種最原始的民族情感。我們不應該在概念的包圍中迷失，不應當在暫時的政府意識形態的計較中迷失。我們子孫後代還要為此事而自豪，正如現在的美國人總是為福克納自豪，印度人總為泰戈爾自豪。高行健的精神境界的確早已超過中國，他的戲劇就在叩問人存在的意義。他所寫的中國人的生存困境也是人類普遍的生存困境，所以他能打動西方讀者的心。他的世界意識、宇宙意識比我覺醒得早。但他的生命體驗主要還是在中國，血脈裏還是留著中國的血。他不僅竭盡心力地研究如何保持漢語的魅力，而且特別喜歡禪學，在作品中注滿了禪味。他的世界觀，受禪的影響極深，在整個世界陷入物質主義、金錢崇拜的情況下，《靈山》給人一種特別新鮮的感覺。西方的邏輯文化與程序文化通過電腦已發展到極致，生活在程序文化的人總有一天會悟到像《靈山》這樣的精神境界，是絕對不可缺少的。

問：高行健對《紅樓夢》、《金瓶梅》也很推崇，他認為《金瓶梅》是一部偉大的小說。

答：我們兩個人都很喜歡《紅樓夢》，很有共同的看法。我們都認為《紅樓夢》「無是無非，無真無假、無善無惡、無因無果」，所以它就得了「大自在」。王國維說我們中國文學基本上有兩種大境界，一個是《桃花扇》，是政治的、國民的、歷史的，一個是《紅樓夢》，它是哲學的、宇宙的、文學的。

我們中國現代文學一直只有《桃花扇》的，沒有《紅樓夢》的。高行健就完全是屬於後者，他是哲學的、宇宙的、文學的，這個才厲害，這個才是永恆的。高行健的確喜歡《金瓶梅》，這部小說毫不掩飾地揭示人性深層的東西，最後的部分又寫得很冷靜。這可能對行健有啓發。他的作品對性的描寫很大膽，也很冷靜，可能受《金瓶梅》的影響。高行健寫什麼都沒有心靈之隔，性描寫也不能成爲一種「隔」，一種障礙。

11 月，**劉再復著作《論高行健狀態》由明報出版社初版。**

該書目錄如下：

序——滿腔熱血酬知己（潘耀明）

第一輯（2000 年）

論高行健狀態

最有活力的靈魂

新世紀瑞典文學院的第一篇傑作

高行健小說新文體的創造

答《文學世紀》顏純鈎、舒非問

第二輯（1987～1999 年）

高行健與實驗戲劇

《山海經傳》序

高行健與文學的複調時代

《車站》與存在意義的叩問

《一個人的聖經》跋

《靈山》與高行健

中國文學曙光在何處？

第三輯（1998～1999 年）

百年諾貝爾文學獎與中國作家的缺席

答《世界日報》曾慧燕問

附錄

告別諸神

高行健評《告別諸神》

後記——經典的命運

11 月，香港明報「2000 年文庫——當代中國文庫精讀」出版《高行健》第三版。

　　11月，陳邁平（萬之）去找瑞典學院的常務秘書賀拉斯‧恩格道爾作了一次訪談，讓他再仔細介紹一下瑞典學院給高行健頒獎的理由和想法。

　　瑞典學院十八位院士，不設院長，院士一般每週來開會一次，平時可以不來，而擔任常務秘書長的院士主持日常工作，一般任期爲五年，連選可以連任。在近百年的諾貝爾文學獎評選工作中，常務秘書和一個評選小組負責初選和復選並提出最後交全體院士投票的決選名單，通常也是每年的頒獎詞和新聞公報的起草者，因此在整個評選過程中是個舉足輕重的關鍵人物。〔註1183〕

　　恩格道爾非常清楚地解釋了頒獎詞中所說的「普遍價值」：我們現在確實有不同的解釋。什麼是「理想傾向的作品」，在不同的歷史時期一直有不同的解釋。最早是簡單地解釋爲非唯物主義的講究道德理想的文學，後來又解釋爲一種廣爲流傳的、有眾多讀者的文學。再後來又強調作家的前衛性和天才，特別是上世紀四、五十年代。到七十年代又曾重新強調過道德，強調作家的責任和義務，關注人權等等。現在我們是從一個不同的角度來解釋的，這個所謂「理想傾向」的「理想」，在我們看來，就是文學本身，就是文學本身的理想。文學可以成爲不同文化間的橋樑，使人類互相之間有溝通的可能。事實上，好的文學作品就像沒有寫明收信人地址的信件，它不是固定給一個人看的，而是可以送到任何人的手裏，給任何人看的。作家可以從自身的文化背景出發，而又走向讀者走向他人，而能走多遠，你永遠也不知道。就是在很遙遠的天涯海角，一個好作品也總會有新的接受者。〔註1184〕

　　恩格道爾特別強調他對《靈山》非常讚賞，認爲這就是世界文學中一部不可多得的「具有普遍價值」的好作品，是可以和喬伊斯的《尤利西斯》或者托馬斯曼的作品媲美的，所以能獲得包括法國和北歐在內很多讀者的認同，能超越國家和民族的界限。他還說：我認爲諾貝爾遺囑中的「理想傾向」就是這個意思。關於這個問題，我可以給你看一篇我的文章。這是兩個星期前我在法國巴黎一個公共圖書館的演講稿，是用法語寫的。我在文章裏詳細介紹了我這種解釋的由來。我提到了文學史上的史達爾夫人、歌德、史萊格爾等人的理念，正是這些作家的理念構成的文學傳統成爲諾貝爾所要褒獎的文學的「理想傾向」。如果用這種「理想傾向」的解釋來做評選的標準，應該

〔註1183〕劉再復編《讀高行健》第51頁。
〔註1184〕劉再復編《讀高行健》第51～52頁。

得獎的作品就是那種有「普遍價值」的，這種標準就能適用於地球上廣大地區。我希望你在你的文章中替我強調這一點，這非常重要。這種意思在我們給高行健的頒獎詞中也已經體現出來了。

恩格道爾最讚賞的是高行健作爲作家的獨立人格，不屈服於任何意識形態和國家話語，也不屈從任何群體壓力和政治運動，包括不屈從於某種「善意」的高調和口號：正如屬於他個人經驗的自傳性作品《一個人的聖經》中的人物，高行健有個人見解，不媚俗，不隨波逐流。他的寫作只追求文本的眞實，盡可能地展現這種眞實，而不考慮爲了某種政治理念改寫自己的文本。即使這種理念是正面的、善意的、好的、很多人接受的，他也不人云亦云。他就像他的劇本《車站》中的那個人物，那個沉默的人。當多數的群眾等待的時候，他一個人轉身離開了。一個人有權利走開，站在外面，這個人行駛了這種權利。這種姿態常常會引起專制統治者或者其他人的強烈反應，其實，很多專制統治者更害怕這種姿態，因爲不便於他們控制，而其他群眾也不理解。

人生之道是追求獨立人格，藝術之道也就追求獨立風格。恩格道爾讚賞高行健的寫作不是使用一個現成的人人使用的「寫作程序」，就像現在人們的電腦中普遍使用的那種寫作程序，高行健總是不斷開拓而有所創造。當別人以爲前面沒有路可走而轉身返回的時候，他卻繼續前行，走前人沒有走過的路，而這正是獨立人格在文學藝術上的體現，也就是頒獎詞讚揚他爲中國文學和戲劇開闢了新的道路。

恩格道爾特地向我介紹了那年十二月將要舉行的頒獎典禮上發給高行健的獎牌。諾貝爾文學獎的獎品，除了獎金、獎狀、獎章之外，每年還請一位藝術家專門設計製作一塊特殊的獎牌，是獨一無二的獎品。給高行健的獎牌是瑞典藝術家布·拉森設計的：在一塊軍服綠的銅質底板上有成行成列的紅色星星，而中間鏤空，是中國傳統楷書「一」字形狀。恩格道爾解釋說，這象徵一個人通過文字從權力中走了出來，而且在權力中找到一個洞，一個屬於個人的空間。「這也就是高行健作爲一個個人讓我自己非常欣賞的地方。能夠這樣獨立不移，是成爲一個優秀作家的條件。」

我也很欣賞這塊諾貝爾獎牌的設計，確實形象概括了瑞典學院對於高行健的理解與稱讚。獎牌上的這個「一」，就是「獨一無二」之「一」，它代表的其實不僅是一個優秀作家的條件，也是表示一個獨立獨特的個人，是這個

星球上每個個體生命的價值所在，這也正是「普遍價值」的應有之義。《靈山》
也好，《一個人的聖經》也好，還有高行健的眾多劇本也好，這個「一」貫穿
了他的全部創作，個人獨立性和自我生命價值一直是在他的求索思考之中。
他的諾貝爾文學獎演說，題目是《文學的理由》，而這種理由，歸結起來就是
幾句話：「文學只能是個人的聲音……自言自語可以說是文學的起點……文學
就其根本乃是人對自身價值的確認，書寫其時便已得到肯定……」

　　高行健就是一個走出了「鐵屋」的作家。他確實像是他的劇作《車站》
中的那個「沉默的人」，當眾人都在等待時，已經默默走開，獨自前行。他又
像是《彼岸》中的角色「那人」，拒絕做群眾的領袖，而不願意大眾跟隨其後。
高行健不畏懼獨自前行，並把這種獨行解釋為「必要的孤獨」。獨自前行不僅
是擺脫國家權力的控制，也是不在乎取悅大眾，更不在乎商業炒作市場熱賣，
不追隨這個文學熱那個文學熱。他把自己的這種文學稱為「冷的文學」，而正
是這種獨自前行的「冷的文學」，倒讓他一步步走近諾貝爾文學獎的領獎臺，
獲得了瑞典學院的熱情酬報。〔註 1185〕

　　恩格道爾還有一種說法意味深長，我也很贊同。他說，真正偉大的作家，
為自己創造出讀者，諾貝爾文學獎就應該獎給這樣的作家。高行健這樣的作家
不是為讀者創作的，他們的寫作正是從他說的「自言自語」狀態出發的，在他
們的作品創作出來之前，理解他們作品的讀者還沒有產生。也只有在他們的作
品產生之後，在人們閱讀了他們的作品並且讀懂之後，他們的讀者才產生。這
樣，在優秀作品的帶動下，人類的文化修養和精神境界才有新的拓展、新的提
高，這就是優秀文學的意義，也是諾貝爾文學獎獎勵他們的意義。〔註 1186〕

　　豐富深刻的思想性是一個現代優秀作家藝術家的重要品質，這是理解瑞
典學院給高行健的頒獎詞中所說的「洞察力」的關鍵。這種思想性，這種「洞
察力」，常常是劃分一流作家和二三流作家的一條分界線。

　　高行健本人是全面的文學家戲劇家藝術家，小說、戲劇、繪畫、電影、
詩歌都有涉足，而且都有可觀的成就。中國作家中，很多人在小說藝術上或
許可以和高行健一比高低，但是很少有人同時還有十幾部戲劇的傑出成就。
獲得諾貝爾文學獎的戲劇家也很多，而很少有像高行健這樣，同時能創作出
色小說，而且在戲劇創作上也能兼顧戲劇的文學性和劇場性，編導兼於一身。

〔註 1185〕劉再復編《讀高行健》第 52～54 頁。
〔註 1186〕劉再復編《讀高行健》第 56 頁。

更不用說，高行健還早就出版過了現代小說和現代戲劇方面的理論著作，還出版了理論更加系統完整的《論創作》，藝術實踐和理論並舉，非常難能可貴。然而高行健的精彩之處還在於他同時是一個具有「洞察力」的思想家，出版過《沒有主義》這樣的思想隨筆著作，而戲劇創作中又有明顯的哲理性，因此還有戲劇學者把他的戲劇總結爲哲學家的戲劇，也有人總結爲「禪劇」，而我認爲，就如我們稱呼「莎士比亞戲劇」或「易卜生戲劇」一樣，當一種戲劇具有了自己的獨特品格，不妨直接稱之爲「高行健戲劇」。〔註1187〕

　　11月，《明報月刊》11月號刊發李歐梵的文章《如何看待諾貝爾文學獎——對於高行健得獎的一些看法》。

　　文章指出：高行健得到諾貝爾文學獎，引起了不少爭論，尤以中國大陸反對的聲音最多。我個人認爲這是多年來中國海內外文壇「諾貝爾獎」的反效果。諾貝爾獎各個委員會都不是聯合國的機構，以民族國家爲大前提的各種要求，我認爲都是無稽之談。誠然，政治性的考慮可能有，但歐洲人的政治觀大多是文化政治而非國家政治，至少，文學創作是不應該受到政治上的國界限制的。從這一立場看來，高行健的得獎並非偶然，因爲他和北島——另一位熱門候選人——一樣，是自願流亡到中國境外的作家，他們不受任何政權的主宰。身爲自由人，這是一個作家創作的基本條件，至少歐洲人如是觀。另一個歐洲文學的傳統就是「流亡」，這是二十世紀西方文學的共通特質。

　　我認爲他是一位徹頭徹尾的現代主義作家，特立獨行，追求一己的藝術視野。

　　高行健得獎，是一種對作家個人藝術觀的肯定。沒有藝術觀，何來文學？而多年來中國現代文學中的「涕淚交流」的文以載道傳統，我們早該作反省了，半個世紀以前，夏志清教授就指出了這種「執迷中國」（obsession with China）的「鄉愿性」（provincialism）。〔註1188〕

　　11月，明報出版社推出《解讀高行健》（林曼叔編）一書。

　　該書目錄如下：

讓我們爲高行健舉杯（代序）	潘耀明
第一輯	
瑞典文學院諾貝爾文學獎得主新聞公報	瑞典文學院

〔註1187〕劉再復編《讀高行健》第55頁。
〔註1188〕林曼叔編《解讀高行健》第44～47頁。

海外學者讀高行健：走出中國情結挑戰傳統　　　明報記者

第二輯

高行健小說選序　　　　　　　　　　　　　　　趙毅衡

《靈山》法譯文序言　　　　　　　　　　　　　諾埃爾・杜特萊

《靈山》的英文面孔　　　　　　　　　　　　　葉舟

高行健的《靈山》六義　　　　　　　　　　　　羅多弼

性是政治的永恆救贖　　　　　　　　　　　　　邱立本

從現實社會到莫須有的彼岸

　　　————評高行健的戲劇《彼岸》　　　　　馬建

一雙冷眼，抽身觀審

　　——從高行健的創作論說起　　　　　　　　方梓勳

高行健的「中國情意結」　　　　　　　　　　　楊慧儀

冷的文學的心靈宣言　　　　　　　　　　　　　阮純清

與高行健共「舞」　　　　　　　　　　　　　　江青

「無限的遐想」

　　——高行健近期畫作的性意識　　　　　　　馬建

水墨騎士——高行健和他的山水畫　　　　　　　金董建平

高行健生平和創作年表　　　　　　　　　　　　陳邁平整理

後記　　　　　　　　　　　　　　　　　　　　編者〔註1189〕

馬建在《從現實社會到莫須有的彼岸——評高行健的戲劇〈彼岸〉》中指出：

　　高行健作為開創漢語實驗戲劇的作品可分為三個階段。早期的《絕對信號》、《車站》、《野人》為第一階段，這個階段是對傳統戲劇的質疑，打破了框架式舞臺觀念。《彼岸》則是第二個階段。在劇本中，我們發現，他把詩的意念融入了戲劇。文學中的敘述語言，也由在場者（演員）帶進了戲劇，發生時的「觀念時間」同時呈現，給了戲劇新的血液。而他的《週末四重奏》又像是長途奔跑的汽車，關掉了轟鳴的馬達，回到寧靜——那是語言思維的對話遊戲。〔註1190〕

〔註1189〕《解讀高行健》目錄，明報出版社 2000 年 11 月初版。此書信息由徐全幫忙查閱，特此感謝。

〔註1190〕林曼叔編《解讀高行健》第 168 頁。

　　邱立本在《現代派和傳統智慧》一文中寫道：在巴黎郊區這座不起眼的房子內外，鎂光燈的閃耀成爲最新的風景。不同膚色的新聞「狗仔隊」要在這裡追獵最新的對象。他們要追問他的私生活、政治立場以及他生命中有幾個女人，但高行健只關心文藝和隱私權。他要尋回免於恐懼、也免於外力干擾的自由。〔註 1191〕

　　邱立本在《性是政治的永恆救贖》中指出：

　　《一個人的聖經》也許可以戲謔地視爲「一個人的性經」，在作者記憶的折縫中，是性與政治壓迫的交錯。性成爲對政治的救贖。這是獨特的儀式，一種在驚嚇中、被權力強姦中的最佳救贖。

　　在性愛中，他發現「天堂在女人的洞穴裏」，但他對性並不膜拜，因爲「孤獨才是他的神」，他永遠追尋自由，追尋免於恐懼的自由，也逃避市場和時髦的圍堵。《一個人的聖經》是一首交響樂，奏出了政治與性、現實與回憶、生命與死亡，以及中西互動的對比。這四大主題是一種四重奏，環環相扣，也絲絲入扣，緊扣全球中文讀者的心弦。

　　小說的場景不僅是北京和中國大陸，也涵蓋香港地鐵、南丫島、紐約、巴黎。這是世紀之交的重量級中文小說，總結了文革這場二十世紀的重大悲劇；而在文學的昇華中，文革的悲劇意義提升至全新的層次。這是中文小說的勝利，也是諾貝爾家族的最新榮譽。〔註 1192〕

　　《亞洲週刊》的葉舟在《〈靈山〉的英文面孔》一文中採訪了《靈山》的英文翻譯陳順妍教授。

　　祖籍廣東中山的陳順妍（Mabel Lee），出生於澳洲新南威爾士州北部小鎮瓦瑞雅達，畢業於悉尼大學文學院，取得博士學位後留校在中文系教書，長期從事中國文學的研究及翻譯工作。

　　問：作爲《靈山》英文版譯者，高行健得獎是否在你意料之中？

　　答：說不少意料之中，聽到消息時很驚喜，當時還是英國廣播公司記者打電話告訴我的，我上網查看後，才敢確定。可是我在翻譯《靈山》的時候，已感覺這本書可能會得什麼獎，因爲我覺得這部書很了不起。九三年，瑞典文學院讓我寫過推薦信，高行健也知道有人提名他，但誰也不知道結果會怎樣。

〔註 1191〕林曼叔編《解讀高行健》第 87 頁。
〔註 1192〕林曼叔編《解讀高行健》第 165～167 頁。

問：當初是什麼令你決定要把這部五百多頁的長篇小說翻譯成英文？

答：首先是他的語言。我喜歡他的語言，他的創作語言很簡單、精練，一點不囉嗦。我沒有從頭到尾讀過，只翻了一下，就決定做這件事。以前我只讀過高行健的《車站》及《絕對信號》，1990年到巴黎見楊煉，他帶我去見高行健，其間大家飲酒暢談。高行健也談自己的《靈山》，當時剛在臺灣出版。他講了一些《靈山》故事給我聽，我覺得很有意思，就說：「好，我翻。」

問：前後用了多少時間？

答：九十年代初，我行政工作很忙，外加談戀愛、帶研究生，沒時間搞翻譯，直到九三年後才正式開始翻譯《靈山》；當時也沒想過去找出版社，只是想完成這件事。不斷修改後，九七年才交出版社。

問：你眼中的高行健是怎樣的人？

答：我認為高行健思想深邃，對不少事情都思考甚多，較透徹，而且經歷過很多事，所以他對人的價值探索較深。他對人與文學的看法與我觀點一致。我也因此而喜歡他的作品。翻譯他的作品是一種享受。

高行健基本上是個比較安靜的人，他喜歡獨處，靜靜地思考，比較孤獨地做自己喜歡的事，也不到處活動，他喜歡獨自搞創作，導演自己的戲，不斷地思索，總的來說較靜。

問：你對高的作品有何認識？

答：高對人、人際關係、一個人與很多人的關係、人與自然環境的關係等，想得很多，考慮得很多，另外他對寫作技巧也考慮很多。因為是現代生活，用以前的寫作方式已不適合。高行健想方設法把故事講得好些。但是他也覺得寫作是好玩的。他寫作並不是為了宣傳什麼，而是表達自己的心聲。

問：國際輿論說「高行健是個偉大作家，為小說及戲劇開啓了新局面，他是個為全球讀者提供通用學問的作家」，你認為如何？

答：這話說得很對。他有很多話要講，在不停地思考，每天都在學習，不停地看書。今年七月份《靈山》英譯本發行時，他來澳洲，帶了許多書來看，其中一本是《法國文學評論》。

問：高行健是諾貝爾文學獎史上首位華人得主，你認為意義何在？

答：高行健是法國公民，法國人都願意把他說成法國人。他是華裔，他的獲獎，對所有用漢語寫作的人可以說是鼓勵，人們可以向他學點東西，他

愛看書，看中國文學及各方面的書，又有思考，當然他有天才，不但寫作，也畫畫。在他的小說創作中，可以看到繪畫的影子。

問：你今後的翻譯計劃怎樣？

答：我要先把高行健的長篇小說《一個人的聖經》譯完，然後再考慮其他計劃。《靈山》獲獎，我就不用再爲找出版社而傷腦筋。向出版社介紹作家，是很花時間的，現在一切都會很順利。〔註1193〕

11月，（廣西桂林）灕江出版社出版高行健作品集〔註1194〕，包括《靈山》、《有隻鴿子叫紅唇兒》、《絕對信號》。

《有隻鴿子叫紅唇兒》收入了中篇小說《有隻鴿子叫紅唇兒》和《寒夜的星辰》兩篇。

11月，《魯迅研究月刊》2000年第11期刊發賈冀川的文章《〈過客〉與〈車站〉的比較研究》。〔註1195〕

12月5日晚上，方梓勳從香港乘坐飛往蘇黎世的飛機，轉機到斯德哥爾摩去。

方梓勳在《我當童話配角的日子——諾貝爾獎頒獎典禮側記》中寫道：

這是公元2000年12月5日晚上，接近午夜，我手裏拿著結婚禮服店租來的禮服，跟妻子道別後，走上飛往蘇黎世的飛機，然後再轉機到斯德哥爾摩去。大約一個禮拜之前，高行健的新聞專員愛芙蓮女士特地從巴黎打電話來，花了十分鐘的時間解釋什麼是白領帶和黑色燕尾服，我本來是知道的，但那時下意識地感到有點兒抗拒：文學嘛，清高，超然得可以，用得上那什麼勞什子的燕尾？她不厭其詳地叮囑說：就跟交響樂隊的指揮一樣，懂嗎？再說，沒有燕尾禮服，不得進場觀禮。我方才明白事態嚴重，趕緊到尖沙咀的結婚禮服專門店試身，裹上腰封，結上白底銀線的領帶……這燕尾服是我的戲服，我發覺我逐漸入戲。〔註1196〕

12月6日下午，方梓勳到達斯德哥爾摩機場，移民官笑臉相迎。與諾貝爾獎有關的人都住在格蘭飯店，高行健被許多人圍繞著。

〔註1193〕林曼叔編《解讀高行健》第149～156頁。
〔註1194〕灕江出版社2000年11月第1版第1次印刷。
〔註1195〕《魯迅研究月刊》2000年第11期第43～47頁。
〔註1196〕方梓勳《我當童話配角的日子——諾貝爾獎頒獎典禮側記》，臺灣《聯合文學》第196期，2001年2月號第25頁。

他寫道：

12 月 6 日下午，到達了斯德哥爾摩機場，過關的時候移民局官員問我這次來瑞典的目的，我說來參加諾貝爾獎，他立刻笑臉相迎，應了一聲 Oh, yes，便在護照上蓋印，讓我過去。原來瑞典舉國都很重視諾貝爾獎，頒獎禮和得獎人的每一細節，都在報章和傳媒報導，整個斯德哥爾摩市都籠罩著諾貝爾獎的氣氛，與將要到來的聖誕節分庭抗禮。有一次我坐在出租車裏面，司機看見我是中國人，身穿黑色大衣，又結了領帶，很神氣的樣子，對我說，你喜歡在夜裏工作吧？我一時摸不著頭腦，說你怎麼知道？他說是報紙上說的。我想了好一陣子才恍然大悟，告訴他 Oh, I'm not Mr.Gao！雖說斯德哥爾摩的出租汽車司機是出名的「喋喋不休」，由此可見街頭巷尾也知道諾貝爾獎得獎人的名字。而高行健的照片，在書店和百貨公司都可以見到。

從機場到格蘭飯店，已經是下午的二時多，天色漸黑。瑞典的冬天白天的時間很短，下午三時左右天已經黑齊，那幾天氣溫不算低，約六至七度，但很多時都下著毛毛雨，好不蕭殺。格蘭飯店是斯德哥爾摩最好的飯店，不很大，但頗有氣派，有一種皇室的味道。與諾貝爾獎有關的人都住在那裡，大堂接待處有一張辦公專桌，提供頒獎禮的訊息與服務。我抵達後梳洗畢便聯絡上陳順妍教授，她是澳大利亞悉尼大學的教授，也是高行健的長篇小說《靈山》的英譯者。兩人吃完飯後在飯店的大堂流連了一會，高行健就出現了。我和他雖然經常有通訊，但自從香港一別，已有兩年多沒有跟他見面。只見他好像瘦了一點，卻精神飽滿，活力十足，可說是人逢喜事精神爽。身邊圍繞了很多人，包括拿著攝影機不停閃光的記者。他一眼看見我倆，便立刻熱情地迎上來，先後一個緊緊的熊抱，我好像有一點兒措手不及，但感覺到他的熱情是來自內心的，頓時想起他在獲知得獎的那天晚上便從巴黎打長途電話給我的情景。敘舊片刻，他又忙於分發明天他的諾貝爾獎演講的票，有人勸他說，你現在是大人物啦，犯不著做這些雞毛蒜皮的事情，但他還是要親自打點，要肯定的知道他的朋友都有票。

之後我們到他的房間坐了一會兒。房間在七樓，全飯店最高的，保衛很森嚴，要用特別的電腦卡開門才可以進去。那是一間套房，單是客廳就比我住的斗室大三倍，從客廳望出去，可以看到海港的景色和皇宮。房間裏面的擺設很有品味，咖啡桌上放著飯店送的滿滿的一盤水果，我想，拿了獎多好，多氣派。其實，好處還多著呢，除了 VIP 式接待之外，當局還特別安排一部

加長的豪華轎車專供高行健使用，又爲他請了一位念中文的瑞典小夥子，他也懂英語和法語，負責高行健的時間表，例如什麼時間接見記者等，自然也替他擋駕不必要的約會和不想見的人。〔註1197〕

12月7日，在瑞典學院發表講詞《文學的理由》。〔註1198〕

方梓勳寫道：

演講廳在舊城區的瑞典學院，保安很嚴密。講場不太大，密密麻麻的坐滿了人，連閣樓上面的，總共三、四百人左右。講臺沒有特別的布置，只是在後面掛上了一幅約四尺乘五尺的高行健的水墨畫。儀式也一切從簡，先由瑞典學院的主席介紹，然後穿著西裝便服的高行健就踏上講臺，開始他歷史性的時刻，說出那名爲《文學的理由》的演講。全文都用普通話，按照高行健的說法，就是假如他用法語，他會是第十二個在這裡發表諾貝爾獎演講的人（已經有十一個法國作家拿了諾貝爾文學獎），現在他用漢語，就是第一個。場內的聽眾大多不懂普通話，只好一面聽一面閱讀譯文（大會提供瑞典語、英語和法語的譯文），但看來也全神貫注，聽得津津有味。事後有人對我說，高行健的聲音娓娓動聽，他們從來也不知道漢語會是如此悅耳。講演完畢，聽眾致以熱烈的掌聲，長達一分半鐘之久。之後高行健還留在會場，跟他的聽眾拍照、簽名，被人群重重圍住，閃光燈閃個不停。不論是中國人或外國人，認識的和不認識的，高行健都來者不拒，等到完全滿足了他們的要求，才拖著疲乏的身軀離去。

諾貝爾圖書館館長奧克對我說，高行健是一名好好先生，今年的諾貝爾獎的得獎人當中，他最喜歡高行健。（昨天晚上高行健請他夫婦倆在一家高檔的館子吃飯，可能與此有關。）他見過不少的得獎人，演講完畢後便不理會在場的擁護者，即時拂袖而去。可能是他人緣好，也可能是他最具爭議性，高行健是這次十二位得獎人中最受歡迎和最惹人注目的人物，這是無容置疑的。〔註1199〕

12月8日上午，高行健在斯德哥爾摩大學講演。

〔註1197〕方梓勳《我當童話配角的日子——諾貝爾獎頒獎典禮側記》，臺灣《聯合文學》第196期，2001年2月號第25～26頁。

〔註1198〕高行健著《文學的理由》第50頁，香港明報月刊出版有限公司2001年4月出版。

〔註1199〕方梓勳《我當童話配角的日子——諾貝爾獎頒獎典禮側記》，臺灣《聯合文學》第196期，2001年2月號第27頁。

方梓勳寫道：

12月8日早上，高行健在斯德哥爾摩大學講演，約兩百人坐滿了偌大的課堂，不少的記者在拍照和錄影。講演原定十五分鐘，他講了二十多分鐘，又不厭其詳地回答聽眾的發問，事後更為慕名者簽名和跟他們拍照，整整一個小時之後才離開，耽誤了接著的簽名活動，直把他的隨員急死了。他離開之後，輪到我們幾個譯者上場，討論翻譯高行健的苦樂和心得，講者包括馬悅然教授（瑞典文翻譯）、杜特萊教授（法文翻譯）、陳順妍教授和我（英文翻譯）；臺灣大學戲劇研究所的胡耀恒教授也發表演說，建議高行健多採用中國的題材，多用中文寫作。〔註1200〕

12月9日，法國大使館為高行健舉行盛大的午宴。

方梓勳寫道：大使和大使夫人都出席，又有音樂助興，可見法國人對這件事的重視。下午，參加了瑞典學院的酒會。晚上，高行健和我們到一位斯德哥爾摩大學教授的家中作客，是高行健這幾天來唯一較為私人的時間。回飯店的時候，我、陳順妍教授、高行健同坐在他的豪華轎車裏面，大概因為明天就是頒獎禮的大日子，我們都有一些感觸。高行健說他早上到當地的佛光會演講，主人家希望他講禪，他就信手拈來一句話：放得下，放不下，都得放下。我想，這可算是他當時心情的寫照吧。〔註1201〕

12月10日，斯德哥爾摩市的音樂廳舉行2000年度諾貝爾文學獎頒獎典禮，高行健從瑞典國王的手裏接過諾貝爾文學獎獎金。〔註1202〕**馬悅然在諾獎頒獎禮上介紹文學獎得主高行健，題目為《你帶著母語離開你的祖國》。**〔註1203〕

馬悅然說：

高行健的文學成就包括十八部劇作、兩部長篇小說和收在一個合集內的短篇小說。高行健生於1940年，他的作家生涯早在二十世紀六十年代就已經開始。如果不是中國文化大革命中的生活狀況迫使他燒毀了上世紀六十年

〔註1200〕方梓勳《我當童話配角的日子——諾貝爾獎頒獎典禮側記》，臺灣《聯合文學》第196期，2001年2月號第27～28頁。

〔註1201〕方梓勳《我當童話配角的日子——諾貝爾獎頒獎典禮側記》，臺灣《聯合文學》第196期，2001年2月號第28頁。

〔註1202〕孟浪《在中國作家與斯德哥爾摩之間……》，林曼叔編《解讀高行健》第77頁。

〔註1203〕該文翻譯為萬之，《逍遙如鳥：高行健作品研究》（楊煉編）第2～5頁，臺北聯經事業股份有限公司2012年6月初版。

代、七十年代的所有手稿，他的產量當然要大得多。在八十年代，他對中國戲劇與小說的結構及功能的理論討論也有非常重要的貢獻。他的作品開拓了新的領域，既涉及文學作品形式和結構，也關係到文學作品的心理基礎。

長篇小說《靈山》（1990）是二十世紀中國文學中最傑出的作品之一。在這部小說中，除了其他方面之外，高行健還處理了一種生存的困境：不論男人或女人，都強烈要求找到孤獨帶來的絕對獨立性，而人又渴望「他者」可以提供的溫暖和友情，這兩者之間會發生衝突。同時，這種讓生活豐富起來的人際關係還是會威脅個人的人格，而不可能避免地以某種權力鬥爭而告終。

這位作家對於一個政治支配一切的社會中人的異化狀態感知真切，使得他在上世紀八十年代早期就深入到中國西南和南方那些隔絕神秘的地區漫遊求索。那裡依然存在原始文化的痕跡，有古老的巫術儀式和道家雜說。在他對這些文化的描繪中又充分融合了天方夜譚似的故事，精彩絕妙繪聲繪色，讓人想到傳統說書人的拿手節目，而他也嘲弄刻板的儒家教條和馬克思主義意識形態，譴責這些教條對服從和整齊劃一的苛刻要求。

在作家走向靈山的朝聖之旅中，他希望找到有關生活意義和人類狀態的絕對真理，而作家的自我忍受著孤獨的折磨，被迫創作出一個「你」，一個自身的投影，而這個投影反過來也被同樣的孤獨擊中，又創造出一個「她」。在這部小說中出場的眾多第三人稱的人物，都像是作者自我的投影。在這些代詞性投影的幫助下，作者就能夠在一個寬闊的範圍內考察個人的人際關係及其帶來的後果。

高行健自己將長篇小說《一個人的聖經》（1999）看作《靈山》的姐妹篇。這是一部自白式作品，將自己在中國文化革命中所扮演的三種不同角色做了不留情面的披露：一個是造反派領袖的角色，一個是犧牲者的角色，一個則是沉默的旁觀者的角色。作者在此使用代詞「你」和「他」來分辨不同程度的異化狀態：「你」代表在流亡中的彼時此時的作家，而「他」處在文化革命如火如荼的中國的彼地此地的作家。小說的框架章節描述作家在流亡中的生存片段，和那些處理文化革命中不同角色的片段一樣，據實敘述、昭示個人經驗。正是這樣的框架章節，能夠讓作家對人類生存意義、對文學性質和作家創作條件提供個人見解，而首先是對記憶的重要性以及作家現實觀察之想像的重要性提出自己的看法。

　　高行健作爲戲劇家也非常活躍而深具開拓意義，其創作基礎是上世紀八十年代前期他在北京人民藝術劇院擔任藝術指導、戲劇導演和編劇，此劇院當時被認爲是中國最具前衛性的戲劇舞臺。高行健的戲劇以原創性爲特點，並不因爲他受到現代西方戲劇薰陶和傳統中國戲曲影響而減損這種原創特色。作爲戲劇家，他的偉大在於他的創作方式，能成功地使得原本完全不同的戲劇元素更加豐富，並糅合成全新的戲劇作品。

　　親愛的高行健：你不是兩手空空地離開中國的。你在離開中國，您的眞正而實在的祖國的時候，你隨身帶著您的母語，你總是眷顧你的母語。我非常高興地代表瑞典學院向您表示我們最熱烈的祝賀。我現在請你從瑞典國王陛下的手中，領取本年度的諾貝爾文學獎。

　　方梓勳這樣寫道：

　　12 月 10 日，期待的日子終於來臨。下午二時，格蘭飯店的大堂被熙來攘往的人群擠得水泄不通，到處都是穿了黑色燕尾服、結了白色蝶形領結的紳士，像一隻一隻的企鵝，穿插在衣香鬢影的淑女當中。我那不遠千里而來的「戲服」自然也有用武之地。高行健一行十來個隨員，包括我們配角，先在大堂旁邊的會議廳拍一幅全家福，很有中國人吃喜宴的味道。然後，我們坐大會準備的專車到斯德哥爾摩音樂廳參加頒獎禮。音樂廳有兩層，可以容納約一千五百名的觀眾。我們坐在樓上，離舞臺不遠，居高臨下的可以鳥瞰整個會場的情況。只見人頭湧湧，不同種族，不同國籍的，就像一個聯合國的聚會。臺上皇家斯德哥爾摩交響樂團在演奏，瑞典學院的成員與一些前諾貝爾獎得獎人就座，瑞典國王、皇后、公主和過往的嬪嬙上臺，最後是諾貝爾獎得獎人和贊辭人，得獎人坐在最前的一行。首先頒發的是物理學獎、然後順次是化學獎、醫學獎、跟著就是文學獎和經濟學獎。頒發文學獎的時候，馬悅然教授用他極富音樂性的瑞典語念出贊辭，頌揚《靈山》和《一個人的聖經》的成就，又推崇高行健的作品，認爲它們爲中國的小說和戲劇開闢了新的道路。最後他又用普通話向站起來的高行健說：你把你的母語當作你的祖國。國王把獎狀和獎章頒給他之後，他向各面的觀禮者鞠躬，全場觀眾包括國王和他的家人都起立鼓掌致敬。回到座位坐下來的時候，可能因爲高潮過後，臉上有點茫然。我記得他的一句話：做夢也想不到會這樣。這位童話中的主角是否已進入中性演員的狀態，抽身靜觀自己的表演？舞臺上的虛擬

是否已被手中實實在在的獎章所覆蓋和毀掉？典禮完畢，高行健又成了一大群記者的獵物，要在工作人員護送之下才得以脫身。

晚上又是另一個高潮。一千三百多人的晚宴在斯德哥爾摩的市政大會堂舉行，會場外面有兩列的小朋友拿著火把夾道歡迎，由前園一直排到會場的入口，這是瑞典人歡迎賓客的傳統儀式。因為賓客太多，編排座位也是一件頭痛的事情：男女相間，旁邊坐的一定要是陌生人，即使夫婦也不能不坐在一塊兒。大會特別印製了一本長達七十二頁的名冊，賓客進場後按圖索驥找出自己的餐桌和座位號碼。（除了有九十個座位的上賓桌之外，還有六十五席）。客人就座之後，國王和皇室人員在樂聲中帶領著上賓魚貫入場，高行健身穿大禮服，腳上踏著發亮的黑漆皮皮鞋，左手挽著一位瑞典貴婦，非常神氣。想起平日衣著樸實的他，又是另一番感受。如此隆重的宴會，自然少不了載歌載舞，彩色繽紛的舞臺，更為本來已經目不暇給的盛況，增添了好些金碧輝煌。食物方面，頭盤是龍蝦，主菜是烤鴨肉，甜品是著名的諾貝爾冰淇淋──白色的香草冰淇淋包著紅色的果子凍。每上一道菜的時候，超過兩百名的侍應生手托著菜盤，在悠揚的樂韻陪襯下排隊進場。在這樣夢一般的境界裏，高行健的答謝辭大抵有感而發：國王陛下，這是真的嗎？還是個童話？

飯後舞會有現場音樂伴奏，賓客翩翩起舞的當兒，只見舞池的一角鎂光燈閃個不停，原來那邊廂又上演這數天來不斷重演的戲──捉放高行健。他向我招手示意叫我過去，我到了他身旁，記者們也不管我是誰，就拍個不亦樂乎，這個小配角居然也嘗到當半個主角的滋味。非但是記者，其他人也同樣地不放過高行健，很多女賓客都主動地邀請他作舞伴，他總是有求必應，不知道哪裏來的精力，直到一點多才盡歡而散，返回飯店睡覺。

在他的諾貝爾演說中，高行健談到文學的真實。諾貝爾獎節日氣氛籠罩下的數天，我們都徘徊在童話和現實之間，感覺上是兩者合二為一，沒有衝突，也沒有矛盾，也許這就是人生快樂的源泉。〔註1204〕

12 月，高行健的著作《八月雪》（三幕八場現代戲曲）由（臺北）聯經出版事業股份有限公司初版。

〔註1204〕方梓勳《我當童話配角的日子──諾貝爾獎頒獎典禮側記》，臺灣《聯合文學》第 196 期，2001 年 2 月號第 28～29 頁。

　　書裏的簡介這樣寫：在這本現代戲曲的新作中，諾貝爾文學獎得主高行健，結合中國傳統戲劇的說唱藝術、與當代荒謬喜劇的手法，表現唐代最著名的禪門公案——五祖弘忍傳法六祖慧能。在劇中，作者安排多位饒富深意的角色：如比丘尼無盡藏、禪師神秀、僧人惠明、小沙彌神會、瘋和尚、歌伎、作家、是禪師、非禪師、這禪師、那禪師、俗人等等三十餘人，將「菩提本無樹，明鏡亦非臺，佛性常清淨，何處有塵埃？」這段知名的禪宗傳說，做了一番發人深省的戲劇演繹。

　　12 月，王福湘的文章《當代文學史寫作與 90 年代文學考察——中國當代文學研究會第 11 屆學術年會綜述》刊發在《西江大學學報》2000 年第 6 期上。

　　王福湘在文章的最後一段，記敘了一個重要的細節。「此次年會的舉行恰在高行健獲今年諾貝爾文學獎之後，這自然爲會上會下增添了一個熱門話題。姚新勇在發言中說：2000 年 10 月 2 日（應該是 10 月 12 日，筆者按）是中國文壇的恥辱日，我相信每一個還能夠反身自問的中國大陸作家，尤其是批評家，很可能除了感到深深的恥辱與悲憤外，就只能是無話可說。我無話可說，並非因爲恥辱感太強烈而抑制了言語神經，而是因爲我作爲一個當代的當代文學批評工作者，竟然對高行健這個並不陌生的當代作家陌生得不知說什麼好。我們所擁有的當代文學知識已實質性地決定了，對高行健獲獎一事，不論我們作出什麼樣的評價，都是毫無意義的。因爲此時此地的我們，不擁有一個完整的高行健的文學形象，能讓我們彼此、讓我們去與他人對話，我們墜入到了一種無知的失語境地，豈不是可憐之至！白燁（中國社會科學院）則從文學創作角度分析了這次諾貝爾文學獎。他建議應以一種更爲開闊的胸襟和平和的心態對待這個問題，要有一種更爲長遠的歷史眼光，同時，他還就海外華人對這次諾貝爾文學獎的反應介紹了相關的情況。」

　　姚新勇是暨南大學的教師，他的反應體現了中國大陸當代學者強烈的自省意識和批判精神，而白燁也提供了一個更富理性和建設性的意見與做法。
〔註 1205〕

　　12 月，**劉心武著作《瞭解高行健》由（香港）開益出版社初版。**

該書的編者在前言中說：

高行健榮獲 2000 年諾貝爾文學獎，意義非凡。但有關高行健的材料極爲

〔註 1205〕莊園著《個人的存在與拯救——高行健小說論》第 277 頁。

稀少。因為高行健為人一向低調，與人交往不多，使眾人對他缺乏瞭解。至於他獲獎後新聞媒體不斷挖掘抓住一些朋友、無關痛癢地塗上幾筆，確實令人有以訛傳訛之慮。為了讓世界瞭解高行健，使讀者走近高行健，把高行健的真實形象公諸於眾，我們考慮再三，多番勸說高行健的摯友劉心武撰寫了這本書。

第一輯劉心武以生動的文筆記錄了 2000 年 5 月至 7 月他們在法國巴黎相聚的詳情。第二輯收錄了劉心武近些年關於諾貝爾文學獎的有關文字。第三輯收錄了劉心武的四篇散文與兩個小說，以紀念他長期與高行健切磋文學創作的獲益與快樂。第四輯是內容豐富的附錄。

高行健與本社的交往由來已久。1996 年，開益出版社就印行了《週末四重奏》，是高行健未獲獎前在香港出版的為數不多的中文著作之一。〔註1206〕

該書的編者在第一輯的編者按語中指出：在獲獎之前，高行健知音無多，而劉心武從 1978 年結識高行健後，便成為高行健少數知音之一。最難得的是高行健 1987 年出國後，他們仍能保持聯繫，1988 年他們曾在巴黎相聚，1992 年劉心武訪問瑞典時高行健專程從巴黎飛往斯德哥爾摩與其暢談，2000 年夏天，劉心武與夫人訪遊西歐，他們又多次相聚歡談。這篇長文詳細生動地記錄了高行健與劉心武在他榮獲諾貝爾文學獎前夕的聚談情況，對人們瞭解高行健的為人與藝術創作情況，以及高行健的美學觀念、人生追求，參考價值極高。劉心武稱，他無意在好朋友獲殊榮後著文「沾光」，且自己尚有緊迫的寫作計劃有待完成，本不擬整理、公開這些文字，但現在發現很多人。包括海內外文化圈的創作者與研究者，似乎都很缺乏對高行健的瞭解，而能提供第一手材料的人又非常之少，因此才決定將此文給本出版社獨家披露。對高行健成為第一位用中文創作而獲得諾貝爾文學獎的華人作家的消息，各人在作出本能的反應以後，都應冷靜下來捫心自問：我究竟對高行健瞭解多少？而劉心武的這篇長文，不同於一般記者的追蹤訪談，而不僅見景見人，而且見心見性，無疑對各方面的人士，都具有不可低估的參考價值。〔註1207〕

該書目錄如下：

高行健：文學的理由

　　2000 年 12 月 8 日在諾貝爾頒獎儀式的演說辭

〔註1206〕前言，劉心武著《瞭解高行健》第 23～25 頁。
〔註1207〕劉心武著《瞭解高行健》第 39～40 頁。

　　　　諾貝爾獎頒獎禮上的答謝詞

　　編者的話

　　我記得（代序）諾埃爾・杜特萊

　　第一輯

　　　　獲獎前夕的高行健

　　第二輯

　　　　斯德哥爾摩的誘惑

　　　　聽沃爾科特受獎演說

　　　　進入程序

　　　　馬悅然院士如是說

　　　　他們的獎

　　　　彼此難懂

　　第三輯

　　　　無處存放（散文・外二章）

　　　　心裏難過（散文）

　　　　黑牆（小說）

　　　　黃傘（小說）

　　第四輯

　　　　瑞典文學院將 2000 年諾貝爾文學獎頒予高行健的新聞公報

　　　　法國總統希拉克有關高行健的談話

　　　　中國作家協會有關負責人就 2000 年諾貝爾文學獎對新華社記者的談話

　　　　高行健文學藝術創作年表

　　　　高行健：舊事重提

　　　　高行健自撰簡歷

　　　　後記〔註 1208〕

　12 月，臺灣亞洲藝術中心出版畫冊《高行健》。

　　該書中，由瑞典國家遠東博物館副館長美德・史格斯德特博士撰文的《從現實世界到莫須有的彼岸》中說：

　　在高行健的繪畫中我們可以看到現代西方藝術的強大影響。他作品的語言形式是抽象表現主義的，但和古老的中國繪畫傳統有聯繫。高行健的大部

〔註 1208〕劉心武著《瞭解高行健》第 3～4 頁。

分繪畫作品都是用墨在紙上作畫，這是中國文人畫家的典型的選擇。然而，高行健感興趣的僅僅是中國藝術中非正統的東西。在他的許多作品中，隨意瀟灑、自由流暢的筆墨構成模糊的形成，讓人想到禪宗的模糊性。那種繪畫力求描繪出這個世界的虛幻特徵。在高行健的作品中我們也能看到時間和空間的模糊性。他最近的作品都是水墨在紙面上流動而成的。這種流動造成了奇異的風景，輪廓模糊，細節朦朧，動機難以琢磨。這是想像和夢境的風景，是彼岸的風景。

他的一些風景畫的捉摸不定的形式給人一種白雪覆蓋的印象，有些作品的標題事實上把雪景定義爲主題。儘管如此，他描繪的不是新雪的潔白。而是正在融化的殘雪過往的模糊痕跡，「似飛鴻，踏雪泥……」

在有些風景畫裏我們還發現難以捉摸的黑暗的潑墨，有時像人，有時如鳥獸，有時幾乎不可能分辨它們是鳥獸還是人形，或者就是中國遠古傳說中的鳥人。那時在此世和彼世之間漫遊的神靈。高行健的繪畫於是成了無法置於時間和空間的心象，或者，如他的劇作《彼岸》的開場所說：

時間：說不清道不明。

地點：從現實世界到莫須有的彼岸。〔註1209〕

臺灣詩人羅門爲該書撰文《隱藏在水墨背後的無限世界》中指出：高行健不但是一個純粹、眞實與執著的藝術家，而且具有原創力、獨創性與生命潛力的「思想型」藝術家；他的畫筆，沿著高度的心智以及敏悟的直覺、直觀與直感，觸動到大自然的心、宇宙的心、茫茫時空的心，也引導我們在他的畫中、驚視到人與萬物不斷向存在的終極點與前進中的永恆世界探索所映顯的奇幻的生命景象與情景，而感動不已，並覺得他繪畫世界施放出的思想力度與視感能量是強大與具震撼性的。〔註1210〕

李德在《兩支健筆——高行健先生藝文掠影》中寫道：

也是一種機緣吧？像我這樣與時間競賽的人，很少到畫廊看畫。不是老友詩人羅門的邀約，我是無緣、也不可能在高行健先生獲得今年諾貝爾文學獎之前，就看到他的畫的。那天一進亞洲藝術中心的會場，站在滿屋子水墨作品之前，不禁脫口而出：「作者眞有才情啊！」這是我的第一句話。之後，知道高先生滯留在法國，過著寫作與繪畫平靜的生活。我想，就從二十年代

〔註1209〕亞洲藝術中心出版《高行健》第5頁。
〔註1210〕亞洲藝術中心出版《高行健》第5頁。

算起吧，懷抱著雄心壯志、企盼爲中國繪畫開創新局的畫人，不知凡幾？而有高行健這樣識度的，並不多見。他明白什麼是中西繪畫的根本，他不在工具材料上打轉，更不隨便追逐時尚，或是截取別人歷史某一斷層面的形成、技巧，擁爲己有。確確實實從自身的認知與歷練中得到了今天的成績——那裡有整然的空間的呈現，那裡也透露出一顆置身異域，面對曠宇長宙的孤寂心靈。生命與結構，竟表現得如此貼切融合，值得讚賞！但反過來想，一種風格，一旦塑造到極爲完備的境況，似乎也難以有進展的餘地了。下一步，又將如何呢？

我們也知道，繪畫，不過是高行健寫作之餘的一種調適，但無論任何一門學術的研討，它終將歸結爲與作者生命一齊成長的事實，它必得在歷史、自然與個我層層檢視之下跏躑跋涉、掙扎攀登。說不定高行健今後的作品有一個大的轉折，亦未可知？讓我們拭目以待。

得獎，固然是一種鼓勵，同時也打亂了平靜的生活。但願很快就會過去，重回到「一個字」、「一條線」終朝煎熬的日子，那無論置身何地的、古老中國的「讀書人」！〔註1211〕

臺灣師範大學美術系教授江明賢在《讀高行健的水墨畫》中寫道：

高行健的作品在形式上受西方現代主義，尤其是抽象表現主義和超現實主義影響甚大。但終究他是在中國文化的大環境之下成長的，仍然獨鍾於王維那種「畫道之中，水墨最爲上」之潛意識情懷。

在技法上，高氏突破傳統水墨畫中筆墨技法之八股框框，尤以潑墨和破墨之交互運用，自由揮灑，隨心所欲，渾然天成。可謂「筆不筆，墨不墨，自有我在」的境界。

從高氏作品中的諸多標題：諸如異地、歸途、雪夜、內視、欲之門、夜之眼等看來，他的水墨創作與他的文學作品是息息相關的，也就是在創作內涵上，高氏是在表現個人內在之視象與玄想。

高氏的作品也深受道家與禪宗之啓示和影響，畫面上呈現之空靈虛實，以不畫爲畫之「留白」效果。氣勢磅礴，奔騰寰宇，一片混沌不明之黑白墨象交融，一道神秘光線之出現等，皆構成了一幅幅他心中之「靈山」世界。〔註1212〕

〔註1211〕亞洲藝術中心出版《高行健》第 111 頁。
〔註1212〕亞洲藝術中心出版《高行健》第 113 頁。

　　杜十三在《水與墨的戲劇——高行健的繪畫藝術》中寫道：

　　和他逃亡的歷史一樣，從 1985 年他在北京舉行第一次畫展之後，他就讓他的繪畫創作觀點也從傳統的中國束縛中一齊「逃」了出來，而以一種絕對的獨創性去架構一種同時融合了詩的神秘、哲學的深沉以及戲劇的張力的繪畫藝術，強而有力地撼動觀眾心靈的深處。「畫家高行健」就是從中國大陸逃出來的「筆墨與宣紙」，以此二者再加上在歐洲得到的「水」為創作的「材質」，以黑白對位與水墨暈染而成的質感為繪畫的「詞彙」，再以歷經文革劫難中的壓迫、掙扎、絕望、欲望的煎熬體悟，與信仰、價值與人性的位移與扭曲的深層經驗所形塑而成的哲思，以及大量文學與戲劇創作過程所累積的神秘美學共同構成了他的繪畫「文法」，進而有機，也有效地建構了高行健如此兼具獨創性與傳達性，涵蓋了「黑白演繹成色彩」、「水墨律動成質感」、「戲劇轉換成空間」與「形象提升為心象」、「黑暗創造光亮」的流暢繪畫「語言」。如果再詳加分析，我們也不難發現，高行健繪畫藝術的「元素」居然就代表苦悶、傷痛的「黑的心」與代表希望、忘我的「白的心」的辯證二元，就像陰陽兩極，不斷而充滿律動的在水中與紙上互動而產生繪畫詞彙的「八卦」，再以此繪畫詞彙的「八卦」演化出高行健繪畫語言的「萬象」，和他整體繪畫藝術的無限可能。

　　「性靈所在無處不能發光」，高行健如是說，也解釋了為何幾乎他所有的作品都有神秘光線出現的原因，事實上，「性靈所在」往往即是黑白交界之處，黑白互辯對高行健而言，大部分的結局即是頓悟、忘我與希望，這也是他的繪畫藝術之所以動人的主要原因。大文豪巴爾扎克曾經如是說過：「藝術除了動人之外，什麼也不是。」一個藝術家的存在價值，即是「能夠以他獨創的藝術去感動人」——從這樣的標準來說，高行健的繪畫藝術是值得我們高度肯定的。〔註 1213〕

　　羅門在詩歌《窗》中這樣寫道：看畫家高行健在亞洲藝術中心展出的畫有感——他寫下自己的聖經，背上自己設計的十字架，推開建築物的窗、生命的窗、歷史的窗、大自然的窗、宇宙時空的窗……成為窗外的窗，飛在風景中的窗，飛躍千山萬水，飛向無限，飛入前進中的永恆。

　　猛力一推　　雙手如流

　　總是千山萬水

〔註 1213〕亞洲藝術中心出版《高行健》第 114 頁。

總是回不來的眼睛

遙望裏

你被望成千翼之鳥

棄天空而去　你已不在翅膀上

聆聽裏

你被聽成千孔之笛

音道深如過去與未來

猛力一推　竟被反鎖在

走不出去的透明裏

走進前進中的永恆

而世界仍在走〔註 1214〕

這一年，長篇小說《靈山》和《一個人的聖經》由香港天地圖書有限公司出版中文簡體字版。

法國總統希哈克親自授予高行健法國榮譽軍團騎士勳章。法國黎明出版社出版《一個人的聖經》法譯本，譯者杜特萊夫婦。瑞典大西洋出版社出版《一個人的聖經》瑞典文譯本，譯者馬悅然。法國文化部訂購的劇本《叩問死亡》脫稿。美國哈普科林出版社出版《靈山》英文版，譯者陳順妍。法國黎明出版社出版《文學的理由》，譯者杜特萊夫婦。瑞典電臺廣播《獨白》。法國文化電臺廣播《週末四重奏》。

高行健畫作參展法國羅浮宮藝術大展。德國弗萊堡哈莫特藝術研究所展出收藏的高行健畫作。德國巴登巴熱斯畫廊舉辦高行健個人畫展。〔註 1215〕

〔註 1214〕亞洲藝術中心出版《高行健》第 112 頁。
〔註 1215〕劉再復著《再論高行健》第 234～235 頁。